SUPER UE FELTRINELLI

SUPER UE

GABY HAUPTMANN

DI AMANTI NON CE N'È MAI ABBASTANZA

Traduzione di Margherita Belardetti

FELTRINELLI

Titolo dell'opera originale
EIN LIEBHABER ZUVIEL IST NOCH ZUWENIG

Traduzione dal tedesco di
MARGHERITA BELARDETTI

Prima edizione nell'"Universale Economica" – SUPER UE
marzo 2002

ISBN 88-07-84008-1

Un gran martellare ritmico. Interrotto di colpo. Anna stava in ascolto, il viso rivolto al soffitto. Alla fine si girò verso Lars con un'occhiata carica di sottintesi.

Lui sogghignò. "Ci danno dentro, quei due!"

"Parrebbe proprio!"

Silenzio.

"Già finito?" Anna allungò una mano verso il suo calice di champagne e si aggiustò un po' la coperta.

"Così sembra." Lars alzò le spalle. Gli si leggeva in faccia che stava pensando: "Non tutti sono alla mia altezza!".

In quel medesimo istante il cigolio sopra le loro teste riprese.

"Variazione di ritmo," constatò Lars.

Anna appoggiò il bicchiere.

"Qual è il nostro numero di camera?"

"416... Perché?"

Anna fece un risolino. "Allora quelli di sopra avranno il 516. E scopano come ricci in pieno giorno..."

"Già... perché, noi cosa abbiamo fatto?" replicò Lars guardandola in tralice. "Che ti prende?"

Anna aveva afferrato il telefono e stava già componendo un numero. All'istante, sopra di loro calò il silenzio. Nell'attimo in cui qualcuno sollevò il ricevitore, Anna riattaccò precipitosamente. "Roba da pazzi," esclamò, rivolta a Lars, "risponde al telefono mentre fa sesso! Uno così, io lo scaraventerei giù dal letto!"

"Sei un'infame! Probabilmente gli hai rovinato la scopata della sua vita!"

"Be', stammi a sentire! Uno che alza la cornetta nel bel mentre, è uno da dimenticare!"

Tacquero un momento, tendendo l'orecchio.

"Ammosciato," sentenziò Lars, e afferrò la bottiglia.

"Davvero?" Anna gli sorrise e gli porse il bicchiere. Visto che Lars non reagiva, lo punzecchiò di nuovo: "Ne sei proprio così sicuro?". Poi infilò una mano sotto le coperte.

Prima di lasciarsi ricadere sui cuscini, lui aggiunse: "Di sicuro ha pensato che fosse la moglie a tallonarlo!".

"Oppure lei che fosse il marito!"

Anna restò un secondo in silenzio guardandolo dritto negli occhi. "Basta che non capiti a noi," disse, e con mossa rapida gli montò sopra a cavalcioni.

Il giornale le si parava davanti, come ogni mattina. Barricato dietro c'era Rainer, che a intervalli regolari prendeva la sua tazza di caffè, o la fetta di pane spalmata di miele.

"Non sei mica andata ad Amburgo, ieri?"

"Sì, perché?" rispose Anna, inarcando, non vista, un sopracciglio.

"Di nuovo un omicidio. Stamattina hanno trovato un uomo morto in un albergo."

"Ah, sì?" fece Anna, puntando gli occhi sul giornale.

"Già, al Ramses. Neanche negli hotel di lusso oggi si è più al sicuro! Roba da pazzi!"

"Fa' un po' vedere!" Anna allungò una mano verso il giornale, ma Rainer lo abbassò di colpo e la guardò in faccia.

"Ecco! Tipico! Davanti a un omicidio le donne si ringalluzziscono... Siete dei mostri assetati di sangue, altroché!"

"Non farla lunga, da' qui!"

Lui brontolò ancora un po', ma le passò il giornale. Anna inforcò gli occhiali da lettura. Nella camera 516 era stato rinvenuto dal personale, di prima mattina, il cadavere di un uomo. Oltre la quarantina, completamente nudo, senza documenti. Accoltellato. Si sospettava che l'artefice del delitto – forse un marchettaro – provenisse dall'ambiente omosessuale.

Anna fissava il giornale a occhi sbarrati, e intanto rifletteva sul da farsi. Doveva chiamare immediatamente Lars. Era una cosa mostruosa. Aveva telefonato a uno che adesso era morto! O magari direttamente all'assassino!

Ma due uomini a letto fanno quei rumori?

Anna aspettò fremendo d'impazienza che il marito uscisse di casa. Il che non era mai una cosa rapida, perché tutta l'esistenza di lui era un cerimoniale unico. Tentò di distrarsi trafficando in cucina, ma non poteva fare a meno di immaginarsi ogni suo gesto, come se l'avesse davanti agli occhi. Quel rituale a volte le dava molto sui nervi, a volte meno: quel giorno la tirava pazza. Lo sentì usare lo spazzolino elettrico, se lo vide di fronte all'armadio scegliere la cravatta e poi davanti allo specchio annodarsela lentamente e assestarla con pazienza, finché non cadesse alla perfezione, se lo vide nello studiolo ispezionare la sua ventiquattrore, benché l'avesse già riordinata la sera prima, e poi finalmente scendere le scale, darle un bacio sul naso dicendo "Fa' la brava, mi raccomando" e uscire di casa, dopo aver preso il suo trench, che indossava tutti i santi giorni.

Anna tirò un sospiro di sollievo e rimase a osservarlo uscire dal garage, mentre già componeva il numero di Lars.

Lars rispose con un "Buongiorno" e rimase sulle sue. Era evidente che aveva ancora tra i piedi Bettina. "In questo momento non ho a disposizione i documenti necessari," disse in tono gelido, "la richiamerò più tardi!"

Anna diede un'occhiata all'orologio, e intanto avviò la lavastoviglie. Ardeva dall'impazienza. Aveva trentatré anni: dieci anni prima si era sposata perché era convinta che Rainer fosse il grande amore, e anche perché sua madre aveva detto che un avvocato era un ottimo partito, roba da sistemarsi per tutta la vita. Onesto, stimato, fedele. E probabilmente era tutto vero, solo che era vera anche un'altra cosa: era terribilmente noioso. Particolarità che sua madre si era scordata di menzionare.

E Anna aveva cercato una via di scampo e trovato Lars, al veglione di Capodanno di un anno prima, in casa di amici. L'uomo ideale per le scappatelle. Sempre in giro, visto che faceva il rappresentante di una casa farmaceutica, con la faccia e il fisico di un giocatore di basket americano. Un viso squadrato, dai lineamenti decisi, due occhi celesti penetranti, muscoli in bella mostra. Anna si era sforzata di innamorarsi di lui, perché volerlo solo per il letto le pareva una cosa disdicevole, in contrasto con l'educazione che aveva ricevuto. Ma la storia aveva due pecche: anche Rainer trovava simpatico Lars e cercava in continuazione di farselo amico, il che li portava a frequentare lo stessa cerchia di persone, e poi, Lars era sposato. La qual cosa in realtà non era poi malvagia, perché così almeno si manteneva un equilibrio. Solo che Bettina era una mammola. Una che da sola era praticamente persa. Anna continuava a non capire come Lars avesse potuto innamorarsi di lei.

Quasi le nove e mezzo: a momenti avrebbe dovuto uscire di casa, e Lars non aveva ancora chiamato. Eppure Bettina doveva essere ormai da un bel pezzo nel suo ufficio al comune, all'assessorato per la cultura. Finalmente il cellulare di Anna squillò, e sul display comparve il numero di Lars. "Oh, era ora!" esclamò, non appena sentì la sua voce.

"Prima era impossibile!" replicò lui sulle difensive, con il tipico tono che assumeva quando si sentiva attaccato. Anna decise di non insistere, ma di venire subito al dunque.

"Hai letto il giornale stamattina? Il tipo che abbiamo sentito ieri al Ramses..."

"Non sentito... interrotto," interloquì lui.

Anna non ci badò: "...sentito ieri," proseguì, "è morto! Accoltellato!".

"Per la precisione: accoltellato quando era già morto!" La voce di Lars tradiva totale indifferenza.

Anna tacque un istante. "Che razza di scemenza hai detto?"

"Se leggi il giornale, almeno leggilo bene. L'orario presunto della morte viene calcolato intorno a mezzogiorno. Ma ancora deve essere fatta l'autopsia."

Anna non rispose. E come no! Allora avevano disturbato un morto durante il coito.

"Ma non è possibile," disse alla fine, pensosa. E poi ripeté, con più veemenza: "Non è possibile! Che cazzata! Noi lo abbiamo sentito ancora verso... Aspetta! Verso le quattro!".

"Esatto!"

"Dobbiamo dirlo alla polizia!" Anna si tormentava con le unghie un foruncoletto sulla schiena. Cosa che faceva sempre quando era agitata o nervosa. Un foruncoletto senza speranze di guarigione.

A Lars non passava neanche per la testa di andare a testimoniare alcunché. "E che spiegazione daresti del fatto che in quel momento ti trovavi nella camera 416, eh? Eri lì a dare aria ai materassi?"

Anna smise di tormentare il foruncolo e si guardò il sangue sotto le unghie. Naturalmente aveva ragione lui. Non c'era scusa plausibile per poter esporre il fatto nuovo di sua conoscenza. "Ma non è un obbligo di legge testimoniare, quando la testimonianza potrebbe contribuire a risolvere un caso?"

"Chiedilo a Rainer!"
"Non essere tanto acido!"
"Non essere tanto ingenua!"
Anna ammutolì. Non aveva nessun senso parlare di quella faccenda con Lars. Ma con chi, se no?

Lars riattaccò. Ci mancava solo che Anna, per amor di sensazionalismo, desse in pasto a tutti la loro storiella. In tutta sincerità, il gioco non valeva la candela. Quel poveraccio era morto, nessuno poteva farci più niente! Lars si infilò in tasca il cellulare e prese la valigia. Bettina non mancava mai di preparargli i bagagli prima di ogni viaggio di lavoro. Ma quello che inizialmente gli era parsa una piccola gentilezza dettata dall'amore di una moglie premurosa, adesso cominciava a dargli vieppiù sui nervi. Il guaio era che in quel modo lei era al corrente di tutto quello che lui portava con sé nei suoi viaggi. Neanche uno slip nuovo poteva permettersi, senza che lei attaccasse a bombardarlo di domande.

Si richiuse alle spalle la porta della villetta in stile bucolico-anglosassone e aprì di malavoglia la serranda del garage. Quella non era la sua vita, e nemmeno il suo mestiere: aveva quarantatré anni e la sgradevole sensazione di aver perso ormai tutti i treni. Cosa gliene importava della casa, dell'auto, quando già fin da quel giorno era chiaro che nei prossimi vent'anni non sarebbe cambiato niente? Un'altra macchina, prima o poi un'altra Anna... Bettina avrebbe continuato a trascinarselo dietro a vernissage che lo facevano schiattare dalla noia, e lui avrebbe continuato a sparare giudizi acuti sull'arte moderna, anche se quelle croste imbrattate di colori gli parevano una schifezza... avrebbe continuato a rinunciare alle sue partite di calcio serali, perché a Bettina pareva un gioco troppo plebeo, e a bersi la sua birra alla chetichella, e a far l'amore con la moglie solo di venerdì. Il massimo del brivido nella sua vita l'avrebbe provato il sabato, all'estrazione del lotto.

Montò nella sua Audi A8 e sbatté la portiera. Quanto gli sarebbe piaciuto salire una volta su una Ferrari. Rossa fiammante, vistosa, sfacciata. Nessuno dei suoi ginecologi gli avrebbe più comprato un farmaco. Grigi e poco appariscenti come avevano scelto di essere, per puro sfoggio di understatement. E toccava adeguarsi. Imperativo: non dar nell'occhio. Auto antracite, completo grigio, scarpe nere come la valigetta, di buona pelle, ma senza esagerare; sorriso contenuto, espressione accondiscendente. Sedurre personaggi grigi a forza di grigiore. Si avviò lungo la strada. Un quartiere residenziale di recente costruzione. Una vita inquadrata, tra le otto e le diciotto. Sicurezza illusoria. Pigiò sull'acceleratore, sognando Malibu. Spiaggia, sole, mare: l'importante era andarsene via! Più di una volta era stato sul punto di vendere tutto e, che a Bettina piacesse oppure no, cominciare una nuova vita. Dopo tutto ne aveva solo una, non esiste una vita in prova.

Accese la radio. Tra le notizie si faceva rapidamente menzione del morto al Ramses. Immediatamente dopo il suo cellulare fece due brevi trilli. Evidentemente, Anna non mollava la presa. Lars prese il cellulare e lesse il suo SMS: "Le indagini sono su una pista completamente sbagliata. Peccato che non possiamo rettificarla". Per Lars non era affatto un peccato. Con Anna aveva passato, come accadeva spesso, un pomeriggio a sollazzarsi: punto e basta. La cosa finiva lì. Non c'era di certo motivo per uscire allo scoperto.

Nei giorni seguenti Anna prestò attenzione a tutto ciò che avrebbe potuto aggiungere qualche nuovo particolare a quel misterioso delitto. Seguiva tutti i telegiornali delle emittenti locali e leggeva i quotidiani da cima a fondo alla ricerca delle minime notizie. La cosa la teneva occupata, perché Lars era in viaggio di lavoro, e Rainer ogni sera le chiedeva il resoconto delle sue giornate con una pignoleria tale che a malapena celava un palese rimprovero di oziosità. Rimprovero non del tutto infondato. Anna aveva lavorato nel settore vendite di una ditta di computer, ma era stata licenziata a seguito di una ristrutturazione aziendale, sebbene poco prima, per via del suo buon rendimento e delle sue spiccate capacità, la medesima ditta l'avesse mandata a frequentare un corso di aggiornamento. Tutto lasciava supporre che avrebbe dovuto avanzare di grado, diventare direttrice delle vendite. Ma i nuovi padroni, piovuti dal nulla, badavano solo alle cifre: su trecentocinquanta impiegati, settanta almeno erano risultati in esubero. Lei, Anna Leicht, di punto in bianco era stata considerata in esubero. E così si sentiva anche. Trentatré anni, capelli castani, occhi grigi, statura nella media, seno prosperoso, priva di prole e in esubero.

Per Lars almeno non era in esubero, no di certo. Le sbavava dietro come un cagnolino. Rainer nel frattempo cercava una soluzione al problema, che alla lunga aveva finito per non essere affatto un problema. Anna riempiva le giornate con aerobica e shopping, andava a trovare le amiche e faceva grandi riflessioni sul significato di essere autonome. Chissà come – era lei la prima a chiederselo – riceveva ancora il sussidio di disoccupazione e la liquidazione non era stata poi male. Forse l'insieme era da considerarsi una fortuna. Solo l'afflato missionario di Rainer le dava un po' fastidio: quei ritagli di giornale che, sera dopo sera, le metteva davanti! Non c'era offerta di lavoro che, ritagliata con precisione certosina, non finisse accanto al suo piatto all'ora di cena. Anna dava un'occhiata, prometteva al marito che si sarebbe interessata della cosa, e alla fine buttava via tutto insieme ai resti del cibo. Non si sentiva affatto in colpa. Rainer guadagnava bene, e in fin dei conti lei non era certo l'unica disoccupata in tutta la Germania, l'unica pietra dello scandalo nella terra del miracolo economico.

Passava il tempo in congetture e bombardava Lars di SMS. Poi lo esortava a cancellarli, perché non si fidava di Bettina. Una che fa la valigia al marito, è capace anche di frugargli nelle tasche della giacca alla ricerca di bigliettini, o di spiare nella memoria del suo cellulare. Lars ci rideva su. Bettina non era neanche in grado di accenderlo, un cellulare. Comunque non era una cattiva idea quella di diradare un po' gli SMS, e di fissare invece il prossimo appuntamento. Anna era d'accordo, e prenotò immediatamente al Ramses. Chiese la camera numero 416, e la ottenne. Per pura curiosità, si disse, e per la segreta speranza di scoprire qualcosa, una volta sul luogo del delitto.

Rainer aveva studiato giurisprudenza perché sin da ragazzo trovava appassionante il mestiere di avvocato. Suo zio aveva uno studio ben avviato, e raccontava sempre certi casi che facevano sfigurare qualsiasi giallo. Rainer aveva una grande ammirazione per lui, più che per suo padre, che era soltanto un misero impiegato di banca in una piccola filiale, e faceva una vita assai incolore. Durante l'università la professione non gli era parsa più così avventurosa. Giurisprudenza era più arida di quanto pensasse, ma lui si rincuorava all'idea che in seguito avrebbe trattato casi importanti, diventando un principe del foro. Anelava a diventare una star, e si era specializzato in diritto penale. Entrato come quarto socio in uno studio legale, aveva ben presto constatato che ci sono più divorzi che delitti. Il diritto di famiglia non gli era mai andato molto a genio, ma faceva guadagnare un sacco di quattrini. Sentiva sempre le stesse storie. Corna, inganni, disamore, indifferenza, brutalità. Soppesava ogni questione, elaborava una strategia che si rivelasse la più fruttuosa per i suoi clienti e per il suo portafoglio. Ce la metteva tutta.

Ma quando, come quel giorno, sorseggiava il caffè del pomeriggio guardando il cumulo di atti davanti a lui, lo sopraffaceva a volte un senso di frustrazione. Non c'era, tra quelle carte, niente che lo appassionasse davvero, nessun caso con cui avrebbe potuto far colpo su un nipotino, se mai ne avesse avuto uno. Niente che somigliasse neanche alla lontana alle storie di suo zio. I suoi sogni professionali non si erano avverati, la realtà era stata ben diversa, monotona e piatta. Era un mestiere per far soldi, niente di più. Ogni tanto invidiava sua moglie, che rispettava con tanta soddisfazione gli impegni che lei stessa si era imposta, come se avessero chissà che importanza. Ma al tempo stesso gli venivano i nervi, perché lei, in quel suo ozioso mondo dorato, impersonava proprio ciò che in molti clienti lo urtava profondamente: il menefreghismo totale. Ma qualcuno, prima o poi, avrebbe raddrizzato le cose. Nel caso di Anna, sarebbe toccato di certo a lui, nel caso di altri, magari allo stato.

Rainer stava per prendere l'atto in cima al mucchio e il dittafono, quando gli fu annunciata una certa signora Engesser. Rainer balzò in piedi. Gudrun in studio, era una pazzia! Aprì la porta in tutta fretta, per sottrarla prima possibile alla curiosità della segretaria. Gudrun lo sfiorò passandogli accanto e portando con sé una brezza di calda carnalità. La porta si richiuse alle sue spalle. Era molto bella, nell'attimo in cui si girò verso di lui, i corti capelli neri gettati con noncuranza all'indietro, la minigonna di pelle aderente alle natiche, le lunghe gambe sottili bene in vista, il giubbino jeans con il colletto alzato.

"Avevo voglia di vederti," esordì lei, attirandolo a sé con un gesto brusco.

Rainer la baciò frettolosamente sulla bocca, il cervello straziato da mille pensieri. "E ti pare il posto adatto?" le chiese, passandosi veloce il dorso della mano sulle labbra, nel timore che vi fossero rimaste tracce di rossetto.

"Adatto come qualsiasi altro posto," replicò lei con un sorrisetto di scherno.

"Ti vado a prendere una tazza di caffè!" Infilare la porta gli pareva il modo migliore per trarsi d'impiccio.

Era una novità. Gudrun non si era mai infiltrata nel suo sacrario. Rainer ancora non riusciva a capire che effetto gli facesse.

Quando rientrò con la tazza di caffè, lei era già piazzata sulla sua poltrona di pelle.

Rainer si schiarì la gola, ma Gudrun non si mostrò affatto turbata dal suo imbarazzo.

Al contrario, gli ordinò: "Vieni qui!" e lui ubbidì, sottomesso e recalcitrante insieme. "Ieri non ti sei fatto vedere!" lo rimproverò, e poi, abbassando la voce: "La cosa non mi va affatto!".

"Mi spiace!" Rainer sentì quel frizzo che sentiva sempre nelle vicinanze di Gudrun. "Non ce l'ho fatta a liberarmi!"

"Quando non ce la fai, vengo io da te!" Suonava come una minaccia.

Rainer le si inginocchiò davanti e le abbracciò la vita. La minigonna di pelle era scivolata un po' verso l'alto, e lui appoggiò il viso sulle sue cosce. Sentiva il suo odore, il suo odore misto a quello del cuoio della gonna e della poltrona, ed era turbato ed eccitato al tempo stesso.

In quel momento alle sue spalle si aprì la porta. La sua segretaria entrò a passi rapidi, capì al volo la situazione, restò interdetta in mezzo alla stanza.

"Il signor Leicht ha perso una lente a contatto," disse Gudrun senza scomporsi. "Ma non è il caso comunque che lei se ne stia qui!"

Rainer era paonazzo. Di colpo gli era passata ogni eccitazione. Rialzò il viso, giusto in tempo per vedere la sua fedele collaboratrice lasciare la stanza senza una parola. Roba da restare annichiliti! Proprio lei, che nel corso di tutti quegli anni gli aveva sempre dimostrato grande attaccamento...

Non disse una parola, si alzò, si riassettò i pantaloni.

"Meglio di così non poteva andare!" bofonchiò, stupito del proprio tono aggressivo.

"A quanto pare, qui è normale entrare e uscire a piacimento." Gudrun si alzò senza troppa fretta dalla poltrona e si lisciò la gonna. Aveva un'espressione divertita, e se Rainer non l'avesse ritenuta totalmente anaffettiva, avrebbe optato per una leggera sfumatura di gioia maligna.

Le lanciò un'occhiata di rimprovero. "Santo cielo, io ho una reputazione da difendere!"

Lei fece una breve risata. Simile a un roco latrato di gola. "Dovevi pensarci prima. Un avvocato serio non ha bisogno di una domina." Si avviò verso la porta, passandogli accanto, poi si fermò e si girò verso di lui. "O è vero il contrario?" Abbassò la maniglia. "Ci vediamo," disse, ed era già fuori.

Rainer si lasciò cadere di peso sul bordo della sua scrivania. Non c'erano spiegazioni plausibili. Lui stesso non ci capiva niente.

Era stato per puro caso che si era imbattuto in Gudrun e aveva preso gusto ai suoi modi imperiosi. Perché, non sapeva. E nemmeno avrebbe mai potuto confessare ad Anna la sua inclinazione. Al solo pensiero si sentì quasi male. Come avrebbe reagito, se per qualche motivo fosse saltata fuori? Se la sua segretaria avesse fatto qualche allusione in presenza di Anna?

Pigiò il pulsante del telefono interno. "Signora Schenk, può venire un attimo?"

La signora Shenk arrivò, pallidissima, e restò sulla porta. La segretaria ideale. Competente, affabile, decisa. Ma di tutte quelle doti adesso non c'era traccia: aveva un'aria distaccata, addirittura gelida.

"Mi spiace di essere entrata così, senza preavviso. Non avevo visto arrivare quella... quella signora," la parola le riusciva evidentemente difficile, "e in agenda non era segnata."

"Lei non ha nessuna colpa." Rainer si riavviò rapido i capelli. "Non avrei dovuto perdere così il controllo. È una vecchia amica di famiglia, e oggi è l'anniversario della morte di mio padre. Lei mi era stata così vicina..." Si interruppe, una smorfia di dolore sul viso.

Ingrid Shenk lo fissò per un attimo, quindi annuì con aria allusiva. "Mi spiace molto per lei!"

"Grazie!" Rainer si girò. Non avrebbe potuto reggere più a lungo il suo sguardo. Abbassò gli occhi e la sentì uscire, silenziosa.

Lars stava facendo colazione beato. Sabato era sempre stato il suo giorno preferito. Il giorno in cui si lasciava tutto alle spalle. Il giorno in cui faceva il pieno di nuove energie: il ritorno a casa al venerdì, dopo un lungo viaggio di lavoro, la ricca cena, che di solito Bettina preparava con gran cura, e poi la notte con lei, non certo scatenata come con Anna, ma comunque appagante. Rivolse un sorriso a Bettina, che gli stava mettendo accanto al piatto un uovo alla coque, e prese il giornale.

In quel momento sentì il doppio trillo breve del suo cellulare, segno che era arrivato un messaggio. E, prima ancora di aprire il giornale, si immaginò cosa avrebbe letto: in effetti, avevano catturato il presunto assassino del cliente dell'albergo. Un giovane marchettaro. L'orario del decesso era stato fissato all'incirca alle due del pomeriggio. Il che non era vero, ma c'erano solo due persone che lo sapevano. Anzi, tre. Anche l'assassino.

Lars avrebbe preso più volentieri il cellulare che non l'uovo, ma non osava. Bettina si era seduta di fronte a lui, indossava una t-shirt leggermente trasparente, i capelli castani, di media lunghezza, sciolti sulle spalle. Si vedeva che era di buon umore. Anzi: raggiante.

"Come sei carina!" Lars le fece un cenno con la testa in segno di apprezzamento.

"Grazie!" Bettina gonfiò un po' i suoi piccoli seni, tanto che i capezzoli si profilarono sotto la stoffa leggera. "L'ho appena comprata, e ho pensato di metterla oggi per prova. Veramente sarebbe per il concerto jazz – non ti immagini nemmeno chi suonerà, un tipo sensazionale!"

A Lars andò di traverso il tuorlo.

"Cosa???" sbottò, afferrando il tovagliolo. *Lui* faceva da cavia per un jazzista?

"Ti piace davvero?" ribatté lei, rigirandosi un po'. Quella cosuccia le stava incollata addosso come una seconda pelle. Se fosse stata completamente nuda sarebbe stata molto meno provocante.

"Non vorrai mica metterti davvero questo straccetto in pubblico, sei fuori di zucca? Da qui così non esci!"

"Cosa hai detto, straccetto?" Bettina lo fissava incredula. "È un capo griffato! In saldo. Un'occasione, se proprio ci tieni a saperlo!"

"Non ci tengo per niente. A ogni modo, così conciata da casa non esci! Un jazzista! Stiamo dando i numeri? Che razza di coglione sarà mai?"

Bettina si era alzata. In una posa che lui aveva sempre chiamato, tra sé, la postura da attacco.

"Il fatto che tu sia un rozzo in materia d'arte non ti autorizza a fare certe scene!" lo investì. "Questo jazzista non è affatto un coglione, bensì un musicista di fama mondiale. Lothar Matthäus dei Third Stream. Ma visto che tu non ne sai niente, è inutile stare a parlarne con te!"

Lars mise da parte l'uovo alla coque. Un attimo prima si stava così bene... "E anche se fosse Elvis Presley o James Dean redivivo, io me ne sbatto. Tu non metti..." Si accorse che gli si era gonfiata la vena sulla fronte. Un attimo ancora, e avrebbe perso il controllo. Si fermò, e disse in tono conciliante: “Non hai intenzione di metterti quella maglietta senza una giacca sopra, vero?”.

Lei lo guardò come se lì, al tavolo con lei, sedesse un orangutan, buono solo a grattarsi il cranio.

“Un Dolce&Gabbana con la giacca!... Tu non hai tutte le rotelle a posto! Tanto varrebbe non comprarlo nemmeno!”

“Qualcuno ha chiesto il mio parere in proposito?” Lars scattò in piedi e gettò il tovagliolo accanto al piatto. “Magnifico! Torno a casa dopo una settimana faticosissima, sperando di starmene in pace nel week-end, e invece accumulo solo nuovo stress!”

“Già, perché io non l’ho avuta, la settimana faticosissima?” Bettina restò seduta. Lui le lanciò un’occhiata: i capezzoli erano visibilmente induriti, il che gli faceva ancora più rabbia.

“Se vuoi farti quel coglione, vacci addirittura nuda. Fai prima!”

“Quanto sei volgare!” replicò lei, scandendo enfaticamente le sillabe e ravviandosi i capelli all’indietro. Poi, imperturbabile, prese il giornale.

In quel momento Anna era in soggiorno, seduta al tavolo non ancora apparecchiato per la colazione, con il cellulare e il giornale davanti a sé. Era in preda a una agitazione febbrile: dunque, avevano preso un poveraccio, un tossico, uno che probabilmente non c’entrava niente con quella storia.

L’unica cosa certa, fino a quel momento, era l’identità della vittima. Un uomo d’affari di Francoforte, quarantasette anni, coniugato, vita regolare, nessun precedente penale. Anna tentava di immaginarsi quell’uomo, e riandava continuamente con la memoria a quanto era accaduto al Ramses. Quei cigolii ritmici, segno evidente di un atto sessuale in corso; lei che afferrava il telefono, e l’improvviso silenzio. Era una vera tortura per lei non poterne parlare con nessuno. Lars ancora non aveva risposto ai suoi SMS, e la sua amica era fuori discussione: era sposata da poco e non avrebbe certo visto di buon occhio la sua relazione. Tanto più che erano spesso ospiti a casa loro, e lei si sarebbe sentita sicuramente in imbarazzo a mantenere un normale rapporto con Rainer.

Anna si alzò e andò in cucina, per prepararsi un caffè. Aveva giusto in mano il cucchiaino pieno di polvere di caffè, quando il suo cellulare mandò due trilli brevi. Era salva! Anna si precipitò a prenderlo.

C'era scritto. "Sarà andata davvero così." "Lieve anticipo. Errore del medico legale." Anna fissava quelle parole. Errore del medico legale! Un classico! Lars voleva semplicemente lavarsene le mani. Altro che medico legale! Lì c'erano in ballo ben altre questioni, ne era più che sicura. Stava giusto rispondendo a Lars, quando sentì aprirsi la porta alle sue spalle. Rainer aveva davvero le antenne, bisognava ammetterlo. Appena lei prendeva in mano il cellulare, lui immancabilmente compariva.

"Che affari hai tanto urgenti di primo mattino?" chiese, allacciandosi la cintura dell'accappatoio.

"È Patricia: vuole andare in centro a cercare un regalo," rispose lei, cancellando il messaggio. Guai, se gli fosse capitato sott'occhio!

"Be', la mattina è tutta nostra!" Rainer le prese il telefono di mano, lo appoggiò sul tavolo e la baciò sulla bocca. "Cosa ne diresti di farci due coccole, e poi di andare a pranzo al ristorante italiano?" Il che per Anna significava saltare la colazione: un atto meritorio per la sua dieta.

Lars aveva attraversato di corsa la reception del Ramses ed entrando in ascensore aveva subito pigiato il bottone del quarto piano. Bruciava dalla voglia di vedere Anna. Anche perché era ancora furioso con Bettina. Gli risultava del tutto incomprensibile come una potesse vestirsi – o, meglio, svestirsi – così per un coglione mai visto né conosciuto. Ma più lui aveva insistito perché si mettesse qualcos'altro – arrivando addirittura alle minacce – più Bettina si era incaponita a ripetere che a quel concerto jazz avrebbe messo proprio quella maglia. E alla fine l'aveva piantato lì dicendogli di andare a sperimentare le sue maniere da macho con qualcun'altra. "Puoi contarci," le aveva borbottato dietro lui, e immediatamente aveva chiamato Anna. Che gli aveva dato una notizia assai piacevole: per la camera lunedì pomeriggio non c'erano problemi, e Lars aveva tirato un sospiro di sollievo. Grazie al cielo c'erano ancora donne senza troppi grilli per la testa. E lui se la sarebbe spassata. Ancora più arrapato, se possibile, per il gusto della vendetta.

Per tutto il week-end aveva tenuto il broncio a Bettina, che non aveva fatto una piega. Un atteggiamento che gli aveva dato ancora più sui nervi. E adesso, come quasi tutti i lunedì, stava percorrendo il corridoio, diretto alla camera 416. Sotto il cappotto teneva una bottiglia di champagne stretta contro la camicia, e il freddo del vetro si faceva sentire attraverso la stoffa leggera. Il fatto che Anna avesse voluto proprio quella camera non lo metteva molto a suo agio, ma del resto era già tanto che non avesse chiesto quella di sopra. Bussò rapido ed entrò.

Anna si era già messa a letto, ma si liberò delle coperte e gli venne incontro. Era nuda, e l'oscillare dei suoi seni mentre camminava era quanto mai eccitante. A Lars piacevano anche i piccoli seni di Bettina, ma qui era tutto diverso. Si eccitava subito. Anna gli aprì il cappotto e gli si strinse contro. Lui le appoggiò la bottiglia gelata sulla schiena.

"Oh!" Fece un balzo indietro. "Farabutto!" Poi, ridendo, gli tolse di mano la bottiglia e tornò a letto.

Lars rimase a guardarla, e cominciò a spogliarsi.

Anna prese i calici e intanto lo osservava. Anche il sabato mattina con Rainer non era stato male. Ma la passione vera mancava, come accade a una coppia che si conosce da dieci anni, ha un grande affiatamento ed è in grado di prevedere i minimi dettagli. Una cosa tranquilla, ma al contempo poco eccitante.

Anna guardò Lars sfilarsi la camicia. Erano i preliminari migliori, per lei. Il suo corpo era semplicemente perfetto. Muscoloso, ma non troppo scolpito. Una leggera peluria si arricciava sul suo petto, e scendeva, in una striscia sottile, verso il basso ventre. Ad Anna quel punto piaceva da impazzire: l'ombelico largo e rotondo, la pelle calda e liscia e la certezza che bastasse seguire quella striscia scura per imbattersi nel suo giocattolo. Le scappò quasi da ridere: perché era proprio quello, per lei. Un giocattolo, per godere. Un uomo, per godere. Lars buttò la camicia sulla seggiola più vicina e si slacciò la cintura. Anna stappò la bottiglia. Era l'inizio di settimana più libidinoso che ci si potesse immaginare. Già quello sarebbe stato un motivo più che sufficiente per evitare un lavoro fisso. O magari con il suo datore di lavoro avrebbe potuto spacciare quegli incontri come sedute terapeutiche, e farsele rimborsare dalla mutua?

Lars si era tolto scarpe e calze, pantaloni e slip e le venne vicino. "Formidabile!" disse lei, porgendogli la bottiglia. Lars riempì due calici a metà e la baciò sulla nuca, tanto da farle venire la pelle d'oca. Anna scoppiò a ridere e alzò la coppa.

"Ti ricordi? Una settimana fa?"

"Uhm." Lars la guardava e non aveva nessuna voglia di affrontare l'argomento.

"A quest'ora era ancora vivo, anche se tutti credono che fosse già morto!"

Lars toccò il suo bicchiere, poi glielo tolse di mano e cominciò a carezzarle il seno.

"È una storia folle, non trovi?"

Lars fece finta di non aver sentito. Il capezzolo si protendeva verso la sua lingua, sensibilissimo ai suoi giochi, e a Lars la cosa pareva mille volte più interessante di un amante morto.

"Te l'avevo già detto che ho in mente di fondare un'agenzia investigativa? Sarebbe un inizio folgorante, un caso del genere!"

"Cosa?" Lars si staccò da lei e la guardò.

"Non trovi?"

"Be'..." Lars la osservò attentamente. Aveva lo sguardo sognante. La testa altrove. Lars stava per dirgliene quattro, perché dopo tutto per discutere di come rifarsi un'esistenza avrebbero potuto anche incontrarsi al bar, ma nel corso degli ultimi anni almeno una cosa poteva dire di averla imparata sul conto delle donne: occorreva assolutamente mostrarsi comprensivi, in qualsiasi situazione, altrimenti si rischiava di darsi la zappa sui piedi. "Non saprei proprio," concluse, sperando di aver messo il punto finale alla questione. Anna allungò una mano verso il calice, invece che verso di lui, e con l'altra gli scompigliò un po' i capelli.

"Non credi che per me potrebbe essere un'occasione d'oro? In fin dei conti sono quella che ne sa più di tutti!"

Lars sospirò e sentì che la sua erezione andava a farsi benedire. C'era di che stare allegri! A casa Bettina che faceva le bizze, e adesso ci si metteva anche Anna con le sue fantasie da Sherlock Holmes! Si lasciò ricadere supino accanto a lei. "Cosa ne vuoi sapere tu più degli altri! Sai giusto quello che c'è scritto sul giornale. E allora? A cosa vuoi che ti serva?"

"Almeno noi due sappiamo che quel tale faceva gagliardamente sesso qui sopra," e indicò il soffitto, "due ore dopo l'orario in cui la polizia presume che sia morto."

E ridagli, pensò Lars, lanciandole un'occhiatina in tralice e borbottando qualcosa di incomprensibile.

Anna restò un attimo in silenzio. Poi si mise seduta e segnò a dito il suo pene, che si era rincantucciato a son-

necchiare in mezzo alla peluria. "E questo, cosa significa?"
"Be', scusa... Non erano certo argomenti molto eccitanti..."
Anna scosse il capo e scivolò verso il basso per un'ispezione ravvicinata. "Ehi, tu!" Lo squadrò ben bene e lo sfiorò con il dito. "Fammi il benedetto piacere di alzarti in piedi quando ti parlo!"
L'esortazione non sortì alcun effetto, e Lars si puntellò sui gomiti. "Ti succede spesso?" chiese, la fronte aggrottata.
"Ohh!" Anna gli si buttò addosso di peso e lo afferrò per i polsi. "Adesso ti faccio vedere io!"
"Sì, ti prego, metticela tutta!"

In quel momento Rainer era in ufficio, incerto sul da farsi. Gli era stata affidata la difesa d'ufficio del giovane marchettaro, accusato di aver ucciso, giusto una settimana prima, l'uomo d'affari di Francoforte all'Hotel Ramses. Ma ora era perplesso. Da un lato era contento di occuparsi di nuovo del penale, dall'altro aveva un brutto presentimento. Era un processo puramente indiziario, perché il ragazzo, naturalmente, si protestava innocente. Inoltre gli pesava avere a che fare con l'ambiente degli omosessuali e della prostituzione maschile. E ancora, colmo dei colmi: una difesa d'ufficio non porta grandi vantaggi economici. Solo grane.
E comunque quella era una giornata storta. Non sapeva neanche lui perché. Non gliene andava dritta una: le cose, per così dire, seguivano una dinamica propria. Rainer era tentato di dare la colpa di tutto al lunedì, ma al tempo stesso sospettava che ancora dovesse smaltire lo choc dell'incontro a sorpresa con Gudrun. In qualche modo quell'episodio si era lasciato dietro una scia minacciosa. Gli pareva che la sua solida esistenza fosse stata minata alla base, e questa era l'ultima cosa che voleva. Era tardo pomeriggio quando decise di fare uno strappo alla regola e di uscire dall'ufficio un po' in anticipo.

Rainer e Anna arrivarono a casa nello stesso momento. Anna scese di slancio dalla macchina, il sorriso sulle labbra. Nel vedere Rainer che usciva dal garage, la assalì un infausto presentimento. Qualcosa non andava, era evidente anche da lontano. Che avesse scoperto la sua tresca? E perché era uscito prima dal lavoro?

Gli corse incontro. “Ciao, tesoro! Così presto? È successo qualcosa?”

Lui le diede un bacio di sfuggita. “No, niente!” rispose con un tono scostante, senza guardarla negli occhi, puntando dritto alla porta di casa.

Anna si mise immediatamente sul chi vive. “Come, niente!” ribatté, frugando nella sua ampia borsa alla ricerca delle chiavi. “Qualcosa dev’essere successo!”

“Niente, ti dico!” Lui rimase un momento a osservarla frugare, poi tirò fuori dalla tasca del cappotto la sua chiave. “Se c’è una cosa che mi dà sui nervi è dover stare a guardare una donna che cerca le chiavi!”

“Lo vedi che hai qualcosa?”

“No. Se ti ho detto che non ho niente!” Rainer aprì la porta, entrò, appese meticolosamente il trench su una gruccia nell’armadio.

Anna restò lì, dietro a lui, senza sapere cosa fare. Era diverso dal solito. Chiuso come un’ostrica.

“Faccio un tè?”

“No. Vado nel mio studio. Non ho voglia di niente!”

Anna si tolse la giacca e l’appese al primo gancio.

“Parla!” disse. “Se è successo qualcosa, bisogna parlarne. Non posso fare niente per te, se non so cosa è successo! Dai, su!”

“Non devi fare proprio niente per me. Basta che mi lasci in pace!”

Ciò detto, prese la sua ventiquattrore e infilò le scale che portavano allo studio.

Anna lo seguì con lo sguardo. “Non serve un bel niente rintanarsi nel proprio buco!” gli gridò dietro, un attimo prima che lui sbattesse la porta.

“Che ne vuoi sapere, tu!” replicò lui.

Totalmente disorientata, Anna prese il cellulare e andò in cucina. Con la mano sinistra afferrò il bollitore per farsi un tè, e con la destra intanto scrisse un messaggio a Lars: “Sono distrutta. Rainer ha sgamato – credo. Ti bacio... sai bene dove...”. L’acqua bolliva. Anna prese una bustina di tè, mise una tazza sul tavolo e schiacciò “Invio”. In un baleno si rese conto di aver mandato l’SMS a un’altra persona. Distratta com’era, invece di “Lars” aveva premuto “Patricia”. Anna appoggiò il cellulare. Maledizione! Ormai era fatta! Il tutto perché, nella memoria del suo telefonino, Patricia veniva immediatamente dopo Lars. Era stata troppo precipitosa. Chissà che faccia avrebbe fatto Patricia!

Anna cominciò a scervellarsi, ma era troppo agitata per prendere una decisione. Raccontare qualche storia a Patricia e buttarla sullo scherzo? Per fortuna il nome di Lars non compariva. Ma poteva mentire alla sua migliore amica? Laureata in psicologia, per giunta?

Il telefonino mandò due brevi trilli. Anna gli diede un'occhiata di sfuggita e si versò una tazza di tè. Calma, innanzitutto. Non precipitiamo le cose! Poteva benissimo immaginarsi chi fosse a reagire con tanta prontezza. Il display le confermò: Patricia. Anna schiacciò l'opzione "Leggi" e buttò l'occhio. "Anna!!??!!", c'era scritto, e basta. Ma bastava, eccome. "Anna!!??!!" stava a significare: "Non avrai mica... sei fuori di zucca? Vuota il sacco!".

Un secondo dopo, il cellulare squillava. Anna sospirò e rispose. "Sì, sì, sì," precedette l'amica, "so benissimo quello che stai per dirmi. Lascia perdere!"

"E Rainer che ne pensa?" chiese Patricia per niente sconvolta.

"È rintanato nel suo buco!"

"Mi pareva!"

"Ma non per questo!"

"Ah, e per cosa?"

"Che ne so. Con me non parla! Non apre bocca, quel musone!"

"Non preoccuparti. Gli uomini a volte fanno così, ne hanno bisogno!"

"E i miei, di bisogni?"

"Non hai già provveduto?"

Seguì un momento di silenzio.

"E non mi hai detto niente! Che razza di amica sei! Mi è toccato scoprirlo per caso..."

Anna si mise a rigirare il cucchiaino nella tazza.

"Mmm," mormorò, dopo averci pensato un attimo. "Meglio che sia *tu* a scoprirlo per caso che non *lui*... A meno che non l'abbia già fatto. Si comporta in un modo così strano!"

"Ma chi è?" La voce di Patricia era diversa, aveva preso un tono acuto. Moriva dalla curiosità, era evidente. Eppure confessare che il suo amante era Lars era troppo banale... Il bravo ragazzo della porta accanto... Giusto perché non c'è niente di meglio. Un amico di famiglia... Che roba penosa!

"Non potremmo parlarne di persona, nei prossimi giorni?..."

"Vieni alla riunione?"

Oddio, i gruppi di autocoscienza. Il lunedì pomeriggio... quelli che lei – almeno così credeva Rainer – frequentava assiduamente. Prima o poi, era certo, le avrebbe anche chiesto se faceva progressi.

"Be', sai..."

"Lo so, lo so, tu sei incorreggibile e con un'autocoscienza alle stelle..."

"Non per criticare, Patricia: semplicemente non sono il tipo... mi conosci, no? Vediamoci una volta noi due sole."

Nel frattempo Rainer era nel suo studio, i piedi sulla scrivania, gli occhi chiusi, nel tentativo di chiarirsi le idee. Gli erano insopportabili quei momenti in cui gli pareva di non conoscersi. Normalmente la sua vita era solidamente strutturata, indirizzata su saldi binari. Non sempre, ma quasi. Qualsiasi cambiamento gli dava sui nervi. Tanto più quando ne aveva una percezione confusa e gli mancava un appiglio sicuro per orientarsi. Si sforzava di capire cosa covasse dentro di lui. L'improvvisata di Gudrun l'aveva messo di malumore, la difesa d'ufficio non gli andava giù... ma erano tutte spiegazioni superficiali. Forse era il momento di scavare un po' più in profondità, ma lui non era certo il tipo che sapesse ascoltarsi nel profondo. O forse non aveva nessuna voglia di conoscersi davvero.

D'altro canto quella situazione gli rodeva. La sua psiche gli aveva giocato un brutto scherzo, e lui non era in grado di parare il colpo. Rimase lì seduto, sperando in un lampo di genio.

Anna stava aspettando che Rainer ricomparisse, ma, visto che era passata più di un'ora e di lui non c'era traccia, si mise a preparare il suo piatto preferito: involtini di foglie di cavolo. Era un piatto che richiedeva tempo, e la sollevava dal suo senso di colpa. Se davvero aveva scoperto qualcosa, perché se ne stava tappato nello studio, invece di metterla davanti ai fatti? Anna odiava quei giochetti, e l'incertezza in ogni sua manifestazione. Le ricordava l'infanzia, e quella stupida minaccia, sempre ricorrente, di sua madre: "Aspetta un po', che stasera lo dico a papà". Manco arrivasse l'Inquisizione a domicilio! Avrebbe preferito mille volte litigare direttamente con sua madre, invece di stare ad aspettare un uomo, che poco o niente sapeva del suo mondo interiore.

Che ne sapeva, in effetti, suo padre di lei? Non era quasi mai a casa, e quando c'era, lei, da piccola, veniva mandata subito a letto. Poi la situazione si era ribaltata: era lui a essere già a letto quando lei, a notte fonda, procedeva a tentoni verso il letto, di ritorno dalla sua discoteca preferita.

Anna trafficava con le foglie di cavolo ribelli, che non volevano lasciarsi legare, e intanto rifletteva. A dir la verità, lei e suo padre non avevano mai parlato davvero. Lui non le aveva mai chiesto niente della sua vita, dei suoi progetti, dei suoi desideri o pensieri, e lo stesso poteva dirsi di lei. Le cose concrete erano oggetto di trattative: a che ora bisognava rientrare, che compagnia si poteva frequentare, che regalo si voleva per il compleanno. Ognuno conosceva gli hobby e i piatti preferiti degli altri...

Per lo meno: lei conosceva quelli di suo padre.

Tagliuzzava con foga il suo cavolo, e in quel momento avrebbe potuto anche mozzare la testa a qualcuno. Si sentiva incompresa da tutti. In particolar modo da Rainer. E da Patricia. Cosa ne poteva sapere una psicologa del mondo reale, specie se era innamorata persa? E Lars poi, era al di là del bene e del male. Metteva le corna a Bettina senza battere ciglio! Gli uomini!

"Ahi!" Anna si era tagliata un dito. Poco sotto alla falange di mezzo dell'indice della mano sinistra. Faceva un male terribile, ma faceva ancor più senso alla vista. Anna mise il dito sotto l'acqua corrente e rimase a osservare come il taglio, da biancastro, diventasse rossiccio. Poi corse di sopra e aprì di botto la porta di Rainer.

Era ancora seduto alla sua scrivania, i piedi sul ripiano, l'aria persa.

"Guarda cosa mi è successo!" Anna gli piazzò il dito sotto il naso.

Rainer ebbe bisogno di un attimo per raccapezzarsi, prima di poter rispondere. "Non mi va che tu faccia irruzione così, di colpo."

"A momenti mi mozzo un dito... Guarda! Tutto per i tuoi involtini del cavolo!"

"Cavolo? E chi lo vuole?"

"Accidenti! Sono ferita! Quindi vedi di fare qualcosa, invece di startene qui seduto!"

Rainer tirò giù le gambe dalla scrivania e cominciò a cercare gli occhiali, che aveva lasciato chissà dove.

Anna stringeva forte il taglio, che aveva ricominciato a sanguinare.

"Ti esce sangue, è vero," constatò Rainer stupito, guardandola.

"Sei incredibile!!!" Anna fece una smorfia. Rainer pareva riconfortato: almeno così era in una situazione che lo costringeva ad agire.

"Vai in bagno, tieni il dito sotto l'acqua, io vado a prendere una benda. Dobbiamo andare da un medico!"

Un'ora più tardi erano già di ritorno dall'ospedale. Anna era sollevata: le avevano fatto l'antitetanica e dato qualche punto di sutura alla ferita. In apparenza sembrava più grave di quanto non fosse, aveva detto il medico al pronto soccorso. Il suo tono vagamente sprezzante aveva lasciato intendere ad Anna che quel taglio fosse una bazzecola, per uno come lui. Era piuttosto belloccio, un giovane rampante: ma lei la prossima volta non si sarebbe certo tagliata via il dito, per favorire la sua carriera. Era stata sul punto di dirglielo, ma all'ultimo momento era stata zitta. Probabilmente quello non avrebbe apprezzato il suo humour: troppo raffinato per un uomo.

Adesso, seduta in macchina, si sentiva un po' insonnolita e, la mano con il dito bendato sulle ginocchia, guardava Rainer di sottecchi. Incredibile come riuscisse ad amare contemporaneamente due uomini così diversi. Rainer aveva le ossa sottili, il viso ovale, le mani lunghe e affusolate da artista. Era alto quasi come Lars, un metro e ottantadue, anche se non lo si sarebbe mai detto. Aveva i capelli castani, sottili, che teneva piuttosto lunghi e ben pettinati con la riga in mezzo, grazie a frequenti visite dal barbiere.

In realtà è solo un borghesuccio, pensò Anna, ma a modo suo ha anche qualcosa di intrigante. Per lo meno, così le era parso ai tempi, e ogni tanto lo pensava ancora. Era stata conquistata dagli occhi scuri di Rainer, prima ancora che sua madre le spiegasse che era l'uomo della sua vita. A dir la verità, quell'affermazione di sua madre le aveva dato un tale fastidio che le era venuta voglia di fare esattamente il contrario. Per un pelo non aveva mandato tutto a monte, per puro spirito di contraddizione. Poi però aveva cambiato di nuovo idea e si era messa in testa di fare dieci bei bambini, da affidare alle cure di nonnina.

Anna sorrise, mentre i lampioni gettavano sprazzi di luce e di ombre sul viso di Rainer. Il dito le pulsava un po', ma si sentiva bene. Rainer non aveva ancora detto mezza parola su quello che lo tormentava tanto. Quindi, era stato tutto inutile. Gli appoggiò una mano sulla gamba, e lui le sorrise.

"Ti dice niente l'Hotel Ramses?" le chiese all'improvviso.

Dio mio! Anna si irrigidì.

"Ramses?" ribatté con un filo di voce.

"Dove hanno ucciso quell'uomo d'affari. Una settimana fa esatta. Era sul giornale. Ti ricordi?"

Anna abbozzò un cenno di assenso col capo.

"Il sospetto assassino è un ragazzo di vita. A quanto pare, ha ucciso lui l'uomo d'affari, e oggi mi è stata affidata la sua difesa d'ufficio."

"Oddio!"

La sua voce tradiva un tale spavento, che Rainer d'impulso le strinse forte la mano, tanto da farla urlare di dolore.

"Scusa, scusa, non ci pensavo più!"

Anna teneva la mano a mezz'aria e rifletteva. Mille pensieri si rincorrevano veloci nella sua testa.

"Ma è davvero colpevole?"

"Non ne ho la minima idea. Ancora non ho visto gli atti. Forse li vedrò domani."

Anna gli lanciò un'occhiata. Eccolo lì, il suo eroe. Peccato soltanto dover tenere la bocca cucita, quando sarebbe stato tanto facile aiutarlo.

"L'hai già visto, quel poveraccio?"

"Macché! È in custodia cautelare, e non gli è tanto facile venire a trovarmi. Lo farò io, appena avrò visto gli atti."

"Posso accompagnarti?"

Anna stava seduta tutta rigida, la schiena dritta. Roba da matti. Doveva informare subito Lars. L'inchiesta si svolgeva sotto il suo naso. Ancora non sapeva bene come affrontare la cosa, a ogni modo era una faccenda molto eccitante. E lei moriva dalla curiosità. Ed era certissima che in tutta la storia ci fosse qualcosa di marcio. Qualcosa che Rainer non immaginava neanche. Ma come faceva un avvocato ad aiutare un poveraccio, se era all'oscuro di tutto?

"Cosa ti piglia? Ti fa molto male? Siamo quasi a casa!"

Anna fece di sì con la testa e si lasciò ricadere contro lo schienale. Stavano giusto entrando nel quartiere dove abitavano da quando si erano sposati: due cuori e una capanna. Per la capanna c'era stato bisogno del mutuo, i due cuori erano rimasti senza prole. Purtroppo ai tempi non c'erano quattrini a sufficienza per due garage, o forse Rainer aveva creduto, costruendone uno solo, di dare un taglio alle spese. L'unico risultato ottenuto era che lei, Anna, doveva sempre parcheggiare la sua macchina in strada, dove era spesso oggetto di atti vandalici. Una volta era un pazzo che sfregiava la carrozzeria con la chiave, un'altra volta mancavano i cerchioni, in un paio di occasioni il finestrino era stato rotto e la radio rubata.

Era stato un piccolo trionfo quando Anna, a un certo punto, aveva fatto il conto delle diverse riparazioni della macchina e sotto aveva scritto: equivale al costo di un garage. Comunque era sempre e solo la sua, di auto, a stare fuori.

Rainer azionò il telecomando, e la serranda del garage si alzò. "Bell'inizio di settimana," notò, sarcastico.

"Dipende," rispose Anna, pensando a Lars, agli involtini di cavolo, al marchettaro. "Almeno, un inizio per niente noioso!"

Rainer, la fronte aggrottata, le labbra strette, le lanciò la tipica occhiata del grande lavoratore. Poi fece un gran sospiro e disse dal profondo dell'anima: "Vorrei averle io, le tue preoccupazioni!".

Meglio di no, pensò Anna. "Ma io non ne ho!" disse.

"Appunto!"

Nel suo tono, c'era parecchio autocompiacimento.

La settimana di Lars era stata piuttosto infame. Adesso ci mancava solo il morto della camera 516 a rovinargli l'esistenza! E non solo Rainer aveva assunto la difesa del presunto omicida e Anna non rinunciava all'idea di un'agenzia investigativa... No! Ci si metteva pure Bettina. E quella strizzacervelli di Patricia aveva messo a Rainer la pulce nell'orecchio, offrendosi come consulente nell'inchiesta. E lo smidollato aveva acconsentito.

I nervi di Lars erano già piuttosto scossi il venerdì sera, quando, come a volte facevano, si erano incontrati tutti al ristorante greco. Non aveva avuto un gran successo quella settimana: erano più i parcheggi che aveva cercato che non i medici incontrati, più le multe beccate che le commesse ricevute. Il che aveva un effetto deprimente sul suo umore, così come il fatto di trovarsi, davanti a *zaziki* e *suvlaki*, piazzato tra la moglie e l'amante, osservato da due paia di vigili occhi femminili e amichevolmente preso a pacche sulle spalle dal marito cornuto. Lars decise di non fermarsi a lungo, una volta cenato, ma Bettina evidentemente era di diverso parere.

"È una vera indecenza che in questo paese ogni crimine venga addossato sulle spalle dei più deboli!" si era accalorata sul finire della cena. "È un classico! Voi ci credete, che sia stato il marchettaro?"

"Il ragazzo ancora non è stato dichiarato colpevole," obiettò Patricia. "Aspettiamo un attimo. Lunedì Rainer lo vedrà. Non è vero, Rainer?"

Lars le lanciò un'occhiata. Anna gli aveva detto che Patricia aveva intuito la loro storia, e che tra breve ci sarebbe stata una "spiegazione tra donne". Quel genere di spiegazioni gli stavano maledettamente sulle scatole, perché erano sempre a discapito dell'uomo, e per giunta aveva la nettissima sensazione che questa volta non sarebbero state affatto necessarie, perché Patricia aveva capito da un bel po' chi si celasse dietro al misterioso amante. Quella situazione lo imbarazzava non poco, e Lars si sentiva piuttosto a disagio nella propria pelle.

Un'occhiata all'orologio lo convinse che poteva tentare il primo passo in direzione di casa, quando, mentre ancora meditava sul modo più diplomatico per convincere Bettina, la porta si spalancò e il marito di Patricia, in ritardo, entrò nel locale. Ormai non c'erano più speranze. Se se ne fosse andato in quel momento, Bettina avrebbe creduto che lo facesse intenzionalmente. Soltanto perché, nella notte dei tempi, aveva placcato con un po' troppo vigore quel bellimbusto contro il bancone di un bar. Con tanto di occhio nero, è vero. E il bancone era ancora pieno di bicchieri. Per via di un cosiddetto malinteso, poi chiarito alla maniera dei veri uomini: con una serata di sbronze, finanziata da Lars. Ciò nonostante tra loro era rimasto un sottile rancore, ed era evidente che Frank si sarebbe leccato i baffi se avesse potuto spifferare a Rainer la notizia che sua moglie scopava in giro.

Lars restò seduto e si sforzò di sorridere mentre stringeva la mano a Frank dicendo: "Ti sei fatto aspettare, vecchio mio!". Bettina gli rivolse un'occhiata disgustata, perché non sopportava quel modo di parlare.

"Be', ho fatto un saltino dall'altra, ah ah!" replicò Frank in tono faceto, e tutti si sbellicarono dalle risate, mentre Patricia lo minacciava con il coltello. "Basta, basta, dimenticavo che sono felicemente sposato!" Si sedette accanto a lei e la salutò con un bacio.

Lars li osservava. Erano una coppia in perfetta armonia. Addirittura si assomigliavano nel fisico, quasi come fratelli. Stesso naso importante, stessa forma del viso, persino l'attaccatura alta dei capelli sembrava rinviare a uno stesso gene. Entrambi, a loro modo, erano belli. Ma quella sua scoperta improvvisa era sconvolgente, pensò Lars, e scoppiò a ridere.

Rainer lo guardò. "Se ti metti a ridere tu, vuol dire che è il momento di ribagnare la gola. Sei grappini?"

"Oh no, falla finita!" si ribellò Frank. "Sono appena arrivato, e ho lo stomaco vuoto!"

"Niente da fare, bello mio!" Rainer fece un cenno al cameriere. E a Lars piaceva l'idea di mettere nei pasticci Frank. È vero che ai tempi gli aveva chiesto scusa, ma ancora adesso non era del tutto sicuro di aver avuto torto. Bettina non si era pronunciata e aveva liquidato la faccenda come puerile, sta di fatto però che i due ex compagni di scuola, alla fine del raduno di classe per il quindicesimo della maturità, erano spariti fino alle prime luci del giorno, il tutto appena dopo il loro matrimonio. Le coincidenze erano un po' troppe, e lui aveva fatto due più due e spiaccicato Frank contro il bancone, un po' bruscamente, è vero, ma con mossa di grande effetto.

Lars tornò a concentrarsi su quanto succedeva intorno al tavolo. Bettina stava giusto reclamizzando il concerto jazz, il che gli faceva girare non poco le scatole, visto che sicuramente ci sarebbe andata con il suo straccetto trasparente. Per non farsi venire di nuovo i nervi, all'improvviso chiese a Patricia notizie del fratello. Era un argomento inesauribile di conversazione, perché, come Patricia era sicura di sé e determinata, così suo fratello minore era insicuro e sbandato. Lars adorava chiedere a Patricia se fosse diventata psicologa per via del fratello, o se fosse lui ad aver scelto la devianza perché gli era capitata in sorte una tal sorella.

Ma quel giorno proprio non aveva fortuna: Patricia lo stupì con una buona notizia: suo fratello aveva iniziato a lavorare come apprendista da un parrucchiere. Almeno faceva pratica.

"Fammi il piacere di dirmi dove, così non metterò mai piede in quel negozio!" ribatté d'impulso Lars, ma si accorse che la sua uscita non era stata apprezzata.

"Concedigli almeno una possibilità!" esclamò Anna. Anna, proprio lei, lo rimetteva in riga! Era davvero la sua giornata no.

"È solo che non vorrei uscire con i capelli a ciocche verdi o rosa, tutto qui," si giustificò, stringendosi nelle spalle.

"Max, a quanto pare, è contentissimo," continuò Patricia imperturbabile. "Magari ha trovato la sua strada."

Trovare la propria strada! Una frase che Lars, fin da ragazzo, considerava repellente. Ma non era certo né il momento, né il luogo per attaccar briga con Patricia.

"E dalla droga, ne è uscito?" non riuscì però a trattenersi dal domandare.

"Parrebbe." Bettina lo guardò di sottecchi.

Lars si rese conto che era lì lì per fare una battuta contro di lui. "Be', sono contento per Max!" si affrettò a soggiungere, e poi diede un colpetto al ginocchio di Bettina: "Andiamo a casa?".

Lei si sistemò una ciocca di capelli dietro l'orecchio. "Non ci penso neanche."

Era una dichiarazione di guerra bella e buona. Lars fece un bel sorriso. Era uno scorpione, si sarebbe vendicato più tardi. Mai battagliare in pubblico. "Come vuoi," rispose e ordinò un'altra birra. Perché lui reggeva l'alcol molto meglio di tutti loro.

Rainer aveva dato appuntamento a Patricia per le due, davanti al carcere. Aveva parcheggiato il più vicino possibile, perché c'era un freddo polare. L'inverno faceva sentire i suoi rigori, portando con sé un vento gelato e fiocchi di neve che turbinavano nell'aria. Rainer strinse la borsa che portava sotto braccio e si rialzò il bavero del cappotto. Se Patricia non era puntuale, non avrebbe aspettato neanche mezzo secondo. Non era stata una gran bella idea, accettare la sua proposta. Non aveva nessun bisogno di aiuto, e Patricia l'aveva sempre messo a disagio. Chi può mai sapere cosa è in grado di scoprire una psicologa! Anche se uno si tiene tutto dentro! Anzi, magari, è anche peggio!

Quasi sperava che fosse in ritardo, ma, avvicinandosi, la vide che aspettava. Bella rilassata, in jeans e giubbotto di pelle, come se fosse agosto invece di febbraio!

"Ah, eccoti qua, finalmente!" lo apostrofò, cosa che non solo costrinse Rainer a dare un'occhiata all'orologio, ma lo irritò anche non poco. In fin dei conti era il *suo* lavoro.

"Cinque alle due." Le tese la mano. "*Just in time!*"

Patricia gliela strinse, un po' troppo energicamente, e scoppiò a ridere. "Bene, andiamo! Muoio dalla curiosità di vedere il ragazzo!"

Avevano appena aggiunto un'altra sedia al tavolo impiallacciato in noce, quando la porta si aprì ed entrò Steffen Schneider. Era magrissimo, quasi scheletrico, e i lineamenti del volto avevano dei tratti asiatici, in contrasto stridente con i capelli, cortissimi e biondo platino.

"'Giorno," disse, e, subito dopo: "non sono stato io!". Non si schiodava dalla porta.

Rainer gli andò incontro e si presentò, insieme a Patricia.

Gli occhi di Steffen, già a mandorla, si ridussero a una fessura. "Chi se ne frega di chi volete incastrare, non cambia niente: io non sono stato!"

"Infatti è nostra intenzione dimostrarlo." Rainer fece un cenno verso il tavolo. "Vogliamo metterci seduti?"

"Anche questo non cambia niente!" Steffen restò lì a gambe larghe.

"È solo più comodo. E, nel caso che ancora nessuno gliel'abbia detto: siamo qui per aiutarla, non per accusarla. A condizione però che anche lei ci aiuti. Per esempio dicendoci come ha conosciuto il signor Eichmann."

"Eichmann?" ribatté l'altro stupito, e sembrava sincero.

"L'uomo d'affari che è stato trovato morto."

"Ma io non lo conosco!"

"Il suo nome però le sarà noto!"

"Me l'hanno detto. Ma l'ho scordato subito."

Rainer si avvicinò al tavolo, prese il fascicolo aperto e si sedette su un angolo del tavolo. "Qui c'è scritto che lei ha lasciato un messaggio alla reception dell'Hotel Ramses per Harald Eichmann. Solo così la polizia ha potuto rintracciarla!"

Steffen incrociò le braccia sulla t-shirt sbiadita e si appoggiò alla parete a fianco della porta. "Può darsi."

"'Può darsi' non ci porta molto lontano..." Rainer aggrottò la fronte. "Dev'esserci stato un motivo, se ha lasciato un messaggio!"

"L'ho già detto alla polizia!"

"Io non ero presente. Vuole ripeterlo anche a me?"

Steffen piegò la gamba sinistra e appoggiò la suola alla parete bianca. "Io quel tizio non lo conoscevo. Mi ha dato il suo nome e il suo indirizzo un amico, dicendo di chiamarlo. E io l'ho fatto. Tutto qui!"

"E perché l'ha chiamato?"

L'altro alzò le spalle. "Che ne so. Avrà voluto qualcosa!"
"Nel messaggio si diceva..." Rainer si sistemò gli occhiali e lesse: "'Ripasso dopo. Se non può: 01 705431021. Steffen'". Alzò gli occhi. Steffen non si era mosso. "Lei ha lasciato il messaggio poco prima di mezzogiorno e alle due il signor Eichmann era già morto. Deve ammettere che la polizia ha dei buoni motivi per ritenerla colpevole!"
"Ma non ci siamo visti. Mi ha solo telefonato."
"Dal telefono del suo albergo non è partita nessuna telefonata."
Steffen alzò le spalle. "Da dove mi abbia chiamato, non lo so. Ma lo ha fatto!"
Rainer appoggiò di nuovo il fascicolo sul tavolo. "E cosa ha detto?"
"Che non poteva. Che dovevo richiamarlo più tardi."
"E non ha detto quando, e perché?"
Steffen non rispose, Rainer meditava. Non gli veniva in mente più niente, e sentiva la presenza di Patricia alle sue spalle. Chissà cosa stava pensando? Si girò verso di lei. Era rilassata, il sedere in punta di seggiola, le gambe allungate. "Chiedigli se pensa che il colpevole provenga dal suo ambiente," mormorò.
"Stavo giusto per farlo."
Steffen aveva tirato via il piede dalla parete, lasciando come ricordo l'impronta della suola sulla superficie chiara. Guardò Patricia, ignorando Rainer.
"Nessuno di noi ragazzi, di sicuro. Ho sentito che non è stato solo accoltellato, ma che gli hanno anche graffiato i coglioni. Una cosa del genere può farla solo una donna!"

Nel momento in cui Rainer e Patricia lasciarono l'istituto di pena, Anna aveva al suo attivo già due orgasmi. Era seduta sul letto, le braccia intorno alle ginocchia, e guardava attraverso la porta aperta Lars che, dopo la doccia, si asciugava con cura.
"Ho sempre la sensazione che per tutto il giorno mi rimanga addosso il tuo odore."
"Davvero?" Anna si annusò un braccio. "Magari è la mia lozione per il corpo."
"Mi porterà alla rovina!" Lars prese l'asciugamano per i due capi e se lo passò velocemente sulla nuca diverse volte.
"Sembri un orso che si gratta contro un albero!" Anna appoggiò il mento alle ginocchia. "Preciso identico!"

Lars buttò l'asciugamano sul bordo della vasca e le venne vicino. "Mi fa godere, come te! Godere da matti!" Le sfiorò il naso con un dito. "Così tanto che una volta alla settimana è quasi troppo poco!"

Anna gli accarezzò i capelli. "E due volte è troppo caro! Oppure andiamo in camporella?..."

Lars raccattò gli slip, buttati insieme agli altri vestiti sul pavimento, vicino al letto. "D'estate non è male!"

Anna gli fece una smorfia. "Ma ci stai tu, sotto! Così ti rendi conto!"

"D'accordo!" Lars scoppiò a ridere, si girò di nuovo verso di lei e risalì sfiorandola con i polpastrelli su per una gamba. "Se non spifferi tutto alla tua amica del cuore, sono disposto a mettermi dove vuoi tu. Anche sugli aghi di pino. Altrimenti temo che per noi l'estate andrà in bianco," si soffermò con le dita sul ginocchio, "e che ne vedremo delle belle!"

Anna appoggiò una mano sulla sua. "Non starai mica pensando davvero che Patricia non sappia tenere un segreto! Non è mica una pettegola!"

"È una donna!"

"Stronzo!" Gli spinse via la mano dal ginocchio. "Stupidi pregiudizi maschili! Di Patricia posso fidarmi! Non mi ha mai tradito!"

Lars ricominciò a scalare con le dita la sua gamba. "Davvero? E cosa sapeva di così interessante da poterti tradire?"

Anna lo allontanò di nuovo. "Lo vedi, sei tu il fissato! Le chiacchiere da barbiere non sono roba da donne! *Noi* non spettegoliamo mai!"

Lars si chinò verso il suo ginocchio e lo baciò. "Chi vivrà, vedrà, bambolina!"

Gudrun depose la cornetta. Aveva la faccia terrea e la sensazione di non avere più un goccio di sangue nelle vene. Quell'essere andava al di là della sua capacità di sopportazione, ma non c'era modo di liberarsene. Aveva lui tutti gli assi nella manica, e la spremeva come un limone.

Gudrun sedeva sul divano di pelle bianca nel suo grazioso appartamento. Un ampio tinello con angolo cottura e grandi finestre, una camera da letto arredata esclusivamente con mobili di bambù, un bagno tutto bianco, facile da tenere in ordine, e la stanza delle torture, che in realtà non era proprio tale, così come lei non era propriamente una domina, o, almeno, non lo era più.

Faceva la segretaria nell'amministrazione comunale, aveva uno stipendio fisso, in regola. Un lavoro con le ferie pagate, sia a Natale che in estate, e se avesse avuto un figlio, avrebbe avuto diritto anche ai buoni-famiglia, alla protezione contro il licenziamento ingiustificato e a un posto nell'asilo interno. E a un certo punto, sarebbe arrivata anche la pensione.

Il guaio stava nel suo passato e in quel bellimbusto, che a suo tempo aveva fatto un mucchio di quattrini grazie a lei. Quando, a seguito di una rissa in cui c'era scappato il morto, lui era finito in galera, lei aveva immediatamente lasciato il quartiere dove batteva, cambiato nome e identità, trovando subito un nuovo posto di lavoro. All'inizio era piena di paure, poi, pian piano, aveva preso sicurezza, e quando, dopo anni, quel tizio una sera era ricomparso alla sua porta, aveva aperto tranquillamente: sulle prime lui non l'aveva neanche riconosciuta. Si era chiuso in casa con lei, costringendola a darsi malata in ufficio, e l'aveva lasciata uscire solo dopo una settimana. Era piena estate, ma lei doveva girare con maglie a collo alto e maniche lunghe, e pantaloni alla caviglia, perché l'aveva riempita di botte ovunque, tranne che, per prudenza, sul viso. E ogni sera quello aspettava in casa sua che tornasse puntuale. A quel punto introduceva i primi clienti, perché voleva soldi, sempre soldi. E contava sul fatto che lei ci sapeva fare. Ma tutte le volte che lei dava segni di volersi ribellare, le metteva davanti le foto di quando faceva la vita, minacciandola di spedirle all'amministrazione comunale. O a qualunque datore di lavoro a cui lei pensasse di rivolgersi. Come parte integrante, per così dire, del suo curriculum.

Gudrun si alzò e si avvicinò alla cucina. Quattro anni prima, all'inizio della sua nuova vita, aveva acceso un mutuo per comprare quei mobili, ed era fiera della sua casa. Adesso invece le sembrava solo un peso. A volte pensava di tagliare la corda e ricominciare daccapo in un altro paese. Ma fintanto che Charly le stava addosso, non sapeva da che parte rigirarsi. Gudrun si versò un whisky. Ne aveva un gran bisogno, quando chiamava quello. Voleva soldi, e lei non ne aveva. Rainer non era venuto, e lei non aveva il becco di un quattrino. Si era posta il limite di cinque clienti, altrimenti, visto che aveva anche un lavoro regolare, non ce l'avrebbe fatta materialmente con il tempo. E poi di più non ne voleva. Quel Rainer però era un tipo per bene. E per giunta avvocato. Chissà mai che a un certo punto non potesse tornare utile.

Charly era in macchina, una vecchia Chevrolet sgangherata. Ormai non era più il boss del quartiere. Quando era stato graziato per buona condotta prima del termine dei sette anni che doveva scontare e aveva fatto un giretto a testa alta nella sua antica riserva, gli era stato fatto notare con le cattive maniere che il suo tempo era scaduto. Il che era particolarmente spiacevole, soprattutto perché lui non aveva modo di difendersi. Il potere, ormai, l'avevano altri, figuri senza scrupoli. E a lui, se voleva rientrare nel giro, non restava che allearsi con i nuovi caporioni, oppure mungere le vecchie fonti.

Charly rimuginava sulla telefonata che aveva appena fatto a Gudrun. Ormai era tagliato fuori dall'ambiente, e Gudrun avrebbe dovuto capirlo, se solo ci avesse pensato un po' su o avesse avuto ancora contatti con il suo vecchio giro. Ma a quanto pareva ormai era davvero in un altro trip. A caccia di fidanzato e villetta a schiera. Charly fece un risolino, benché non fosse dell'umore giusto. Aveva un debito di più di centomila marchi con uno di quei ceffi. E se Gudrun non ci dava sotto, e con lei le altre tre che aveva rispolverato dai vecchi tempi, sarebbe stato in guai seri. Charly prese una sigaretta. Le avrebbe dato una mossa, a Gudrun. Con le buone o con le cattive.

Anna aspettava con impazienza il ritorno di Rainer. Aveva già tentato al telefono di chiedergli notizie sulla sua visita in carcere insieme a Patricia, ma lui non si era sbottonato. Il che la rendeva ancora più impaziente, soprattutto perché continuava a covare l'idea dell'agenzia investigativa. Il progetto la entusiasmava sempre di più, anzi, pensava che avrebbe potuto allargare il suo campo di attività. Estenderlo alla security e alla protezione personale. Grazie al suo lavoro precedente padroneggiava già perfettamente le tecniche informatiche.

Stava stirando, quando sentì un'auto entrare in garage. Era una buona scusa per piantar lì quel lavoro ingrato. Stirare era l'occasione perfetta per pensare, ma a ben vedere anche stare seduti al tavolo di un bar con un bicchiere di vino davanti lo era altrettanto.

Corse incontro a Rainer. "Ho un soufflé nel forno," gli disse allegra, "visto il tempaccio, mi pare la cosa più adatta!"

Lui la strinse tra le braccia. "Mmm, mi stai viziando!" le mormorò tra i capelli. "È perchè vuoi qualcosa da me?"

Anna scoppiò a ridere. Senza dubbio il lunedì le faceva bene. Dopo il pomeriggio con Lars si sentiva sempre pronta a qualsiasi infamia.

"Sì, di te!" rispose maliziosa, anche se non era affatto vero. Ma conosceva Rainer abbastanza per sapere che non era il tipo da numeri a sorpresa. Faceva l'amore tradizionalmente e gli piaceva farlo comodo, nel suo letto. Anna era convinta che secoli addietro si fosse fatto una scaletta per regolamentare l'atto amoroso. E da dieci anni si atteneva alle proprie direttive: perché quel giorno avrebbe dovuto sgarrare? Quando di tanto in tanto si concedeva qualche piccolo strappo alla regola, Anna aveva la sensazione che si vergognasse di aver chiesto qualcosa di abnorme.

Se n'era fatta una ragione. Rainer in compenso aveva altre qualità, punto e basta. E lei aveva Lars. Una vita perfetta.

Rainer rimase in piedi lì accanto, in cucina, mentre Anna toglieva dal forno il soufflé.

"Niente male!" disse all'improvviso.

"Sì, grazie, pare ben riuscito anche a me."

"Intendevo te! *Tu* sei niente male!"

"Ah, grazie. E il soufflé no?"

Rainer scosse il capo: armato di due presine, le tolse di mano la teglia per appoggiarla sul tavolo. "Oggi non è giornata, nessuno mi capisce!"

Anna lo seguì. "Raccontami tu della tua visita in carcere, che poi io ti racconto dei miei progetti di aprire un'agenzia investigativa!"

"Cosa?" A momenti la teglia gli sfuggì di mano. Ci mancava solo quello! Una detective privata tra le mura domestiche. A quel punto faceva prima a dirle l'indirizzo di Gudrun. E la tariffa.

"Non è un'idea geniale?" Era evidentemente in cerca della sua approvazione. "Un avvocato e un'investigatrice privata, è un'accoppiata fantastica!"

"Proprio, fantastica!" Rainer appoggiò la teglia rovente su un poggiapentole e si lasciò cadere su una sedia. "Non sarebbe meglio un mestiere nel tuo ramo? Qualcosa che abbia a che fare con i computer? Assistenza, installazione, messa in rete, o roba del genere?"

Anna si sedette di fronte a lui. Gli occhi le brillavano

dall'entusiasmo. "È proprio questo il bello! La mia esperienza in fatto di computer mi sarà preziosa! La gestione organizzativa per me sarà un gioco da ragazzi, quando sarà il momento. Domani prenderò tutte le informazioni necessarie!"

"Non c'è bisogno di una preparazione specifica?"

"Non credo. Ma domani lo saprò!"

"Lascia perdere. È troppo costoso, e pericoloso. Prova un po' a immaginarti: se un marito infedele si sente pedinato... è capace di farti fuori!"

"Prospettiva eccitante. Ma non ti preoccupare: farò pratica con te. Di pedinamento, intendo! Adesso, però, raccontami della tua visita in carcere."

Nello stesso momento anche Patricia stava raccontando a Frank dell'incontro con Steffen. Erano stravaccati fianco a fianco sul divano, avevano stappato una bottiglia di vino, e aspettavano due pizze ordinate al ristorante italiano all'angolo.

"Il ragazzo ha ventitré anni," stava dicendo, "appena uno in più di mio fratello. Ma ha un aspetto così sciupato, sfatto. Dovresti vedere che occhi! Mi piacerebbe parlargli una volta a tu per tu!"

"Pensi che c'entri qualcosa?"

"Non riesco neanche a capire che razza di persona fosse quell'Eichmann. Si faceva davvero dei ragazzotti come Steffen? Che poi non è neanche quello strafigo che uno si immagina in quel giro!"

"Ehi!" Frank le puntò un dito sulla pancia. "Giù le mani dagli strafighi, chiaro?"

"Appunto, era piuttosto scarso, cosa ti ho detto!" Patricia scoppiò a ridere contorcendosi, perché la pressione del dito si faceva più forte. "Dai, finiscila! Faresti meglio a versare un po' di vino e a preparare i soldi. A momenti arriva Mister Pizza!"

"Ogni sera Mister Pizza, non se ne può più!"

"E allora sbrigati, compra una cucina come si deve! Che poi la cucina è il cuore di una casa!"

Frank si mise seduto. "Se non temessi di doverci stare sempre io, mi sarei dato da fare già da tempo!"

"Psicologia e arte dei fornelli..." Patricia gli porse il bicchiere vuoto, "sai benissimo che una cosa esclude l'altra!"

"Appunto! Di cucine io non ne voglio!"
"Benissimo, allora..." Patricia indicò uno dei tanti scatoloni che erano rimasti accatastati un po' dappertutto dal giorno del trasloco, "allora per piacere cerca il coltello per la pizza, che ho portato da casa *mia*. Dovrebbe essere da queste parti..."

Anna stava rimuginando sui suoi progetti, quando squillò il telefono. Rainer era appena uscito, e lei stava per cambiare le lenzuola. Le veniva in mente di farlo sempre di martedì, forse era una sorta di inconscio rito purificatorio dopo la scappatella del lunedì. Si avvicinò al telefono e guardò il display: un numero di cellulare, che però non conosceva. Nel sollevare il ricevitore guardò l'ora. Le nove appena passate: troppo presto per una chiacchierata tra amiche.
Il rombo di un motore e una voce, che al momento le risultò estranea. "Ciao, Anna, che fai?"
"Te lo dico quando saprò chi sei!"
"Max!"
"Max! Cosa stai combinando?"
"Pensavo di andare a prendere un caffè con te."
"Cosa? Ti sento malissimo! Sei su un trattore, o cosa? C'è un baccano!"
Sentì che rideva, poi il rumore di fondo cessò e immediatamente dopo suonarono alla porta.
"Sei tu?" chiese lei, il cellulare ancora all'orecchio.
"In persona! Sono venuto a prenderti."
Chissà perché, e per andare dove... Anna non capiva. Conosceva Max da quando erano piccoli: in fin dei conti era il fratellino di Patricia, e i genitori puntualmente lo affidavano a lei e a Patricia ogni volta che avevano un appuntamento con un ragazzo. Mocciosetto di cinque anni, era stato sempre abilissimo nel mandare a monte le loro storie d'amore. Eppure per Anna era come un fratello, il fratello che lei non aveva. Lei e Patricia si erano conosciute al primo anno delle superiori, l'anno in cui Max era venuto al mondo, ultimo della schiatta. Così Anna, volente o nolente, era stata iniziata all'arte di armeggiare con pannolini e biberon, affinando pure, in un secondo tempo, la capacità di schivare bimbetti importuni. Poi, con gran dispetto della madre e gioia della sorella, Max, una volta messa la cartella in spalla, si era convinto, come tutti i suoi coetanei, che le

ragazze fossero stupide, e, come tali, infrequentabili. Patricia e Anna si fregavano le mani e facevano di tutto per incoraggiare quell'antipatia geneticamente condizionata.

Anna aprì la porta. Ormai Max la sopravanzava, letteralmente, di tutta la testa. Era bello, i capelli neri, i tratti marcati.

"A quest'ora? Sei caduto dal letto, o ha appena chiuso la disco?"

"Balle! Ho una missione! E volevo portarti con me, tutto qui. Spassarmela una mattina con la mia quasi sorella, anche se..." e fece una risatina insolente, "allora non dovremmo neanche uscire di casa..."

"Vuoi un bello schiaffone? Dai, entra!" Anna si fece da parte, e solo allora si accorse dell'auto, ferma davanti al garage. "E questa, che roba è?" chiese facendo tanto d'occhi.

"È il motivo per cui sono venuto a prenderti. Sai che lavoro come apprendista da un parrucchiere... una cliente mi ha dato l'incarico di portare la macchina al lavaggio, mentre lei si fa rimettere a nuovo. E io ho pensato di aggiungerci una piccola deviazione fino a casa tua."

"Ti ha affidato una macchina del genere?" Anna era incredula, ma non c'erano dubbi: si trattava di una Porsche.

"Perché no? Dopo tutto la patente ce l'ho!" Max sembrava offeso.

"L'hai rubata!"

"Ma lo sai che sei un bel tipo!" Le mostrò le chiavi. In effetti, erano le chiavi di una Porsche. Lo stemma parlava chiaro. "Tutto legale! Allora, che ne dici?"

Anna ci pensò un attimo. Da fuori veniva un'aria fredda, e lei aveva addosso solo una t-shirt. "Puoi aspettare due minuti? Devo vestirmi di più!" Impossibile resistere. Era la sua auto preferita. E se Max aveva le chiavi, andava tutto bene.

In men che non si dica era già di ritorno, giù in tinello. Nel frattempo Max aveva messo le mani sul suo portafoglio. "Non è che mi puoi prestare un cinquantone? Stupidamente sono rimasto a secco!"

Anna glielo prese di mano e se lo mise in tasca. "Guidi una Porsche e sei a secco!"

"È turbo!"

"Peggio che andar di notte! La sai guidare? E ha una buona tenuta sull'asfalto?"

"Si guida come una qualsiasi turbo. Cosa ti sei fatta al dito?"

"Ho ammonito dei ragazzacci!"

Alzò il dito, ma più che una linea rossa non si vedeva.

"Ah, be'..." Max fece un ghigno e le mise un braccio intorno alle spalle. "Andiamo!"

Solo a vederla, la macchina, con i suoi fianchi larghi e l'argento metallizzato, metteva soggezione, lì, davanti a casa sua. Max le aprì la portiera, e Anna si accomodò sul sedile davanti.

"Quanto costerà un affare del genere?" chiese a Max, quando si fu seduto al volante.

"Sui duecentomila marchi?" buttò lì lui. "Guarda!" Aprì lo scomparto nel cruscotto. "C'è persino il libretto di circolazione. Adesso ti fidi?"

Anna si allacciò la cintura. "La cosa strana è che non è affatto sporca. E allora perché devi portarla a lavare?"

"I proprietari delle Porsche sono dei gran nevrotici. È risaputo!" Infilò la chiave e avviò il motore. "Senti che roba! È come un orgasmo!"

"Una cazzata del genere può dirla solo un uomo!"

Max ingranò la marcia. "E tu come lo definiresti, signorina saputella?"

"Un sound. Al massimo un rumore di sottofondo. A voler essere cattivi un frastuono. Ma un orgasmo! Si vede che non ne hai mai avuto uno..."

Max la guardò di traverso mentre sgommava.

"Karajan sulla sua 911 non ha mai ascoltato musica, perché sosteneva che il motore era già vera musica!"

"Non mi vorrai mica far credere di essere diventato improvvisamente colto?"

"L'ho sempre detto che le ragazze sono sceme!"

"Guida e tieni gli occhi sulla strada!" Anna si lasciò andare contro lo schienale. Era morbidissimo. E la plancia del cruscotto con tutti i comandi argentati, il sistema di navigazione era una gioia per gli occhi. Infinita. Non riusciva a distogliere lo sguardo. E a non tendere le orecchie. In effetti Max aveva ragione: era una cosa straordinaria.

Stavano dirigendosi verso il centro. Scorrazzare per Amburgo in una turbo metallizzata... Senza fare incontri, sperava. Rainer non le avrebbe creduto.

"Dove andiamo a far lavare la macchina?" chiese, dopo un po'.

Max alzò le spalle. "Vedremo, dove ci capita!"

"Quella tipa di certo non ti avrà lasciato andare senza indicazioni precise. Per una macchina così sicuramente ci vuole un posto speciale."

"Può darsi. Non so." Max scalò di una marcia. "E poi hai ragione tu. Non è affatto sporca. Chi se ne frega di farla lavare!"

Anna gli lanciò un'occhiata. Max fece un sorrisetto e pigiò sull'acceleratore, per passare all'incrocio prima che diventasse rosso. L'auto fece un balzo in avanti e Anna sgranò gli occhi dallo spavento.

"Senti, che grinta!... Sai una cosa? Prendiamo l'autostrada per Lubecca. Così possiamo correre quanto ci pare. Anche se sarebbe molto più astuto andarcene subito in Italia. Però è in direzione opposta, e poi avremmo un sacco di menate con i limiti di velocità."

Anna lo squadrò con attenzione. "Di' un po', è davvero tutto a posto con 'sta macchina? Chi è quel pazzo che ti affiderebbe un'auto da duecentomila marchi, giusto per fare una puntatina a Lubecca o in Italia?"

Passarono sul *Jungfernstieg*, girarono a sinistra, costeggiarono il *Binnenalster* e arrivarono all'Hotel Atlantic.

"Questo sarebbe lo scenario ideale per una macchina del genere. Lo beviamo qui, il caffè? Una cosa veloce però, perché sarebbe tempo sprecato, e a patto che tu abbia abbastanza spiccioli per questo capriccio." Max le diede un colpetto sul ginocchio. "Eh, Anna! Che ne dici?"

Anna restò un attimo in silenzio. "Lo dicevo io che c'era qualcosa di strano. Ma adesso mi dai una spiegazione, e subito!"

"Cosa ti piglia? Non capisco!"

In quel momento squillò il telefono dell'auto, e sul minuscolo schermo, su cui fino a quel momento correva la loro auto sotto forma di una piccola freccia nel caos delle strade cittadine, comparve in basso un numero. Anna esaminò i bottoni intorno allo schermo, ne individuò uno con il simbolo di un telefono e lo pigiò.

"Pronto!" si sentì dall'altoparlante. "Pronto, Friederike, mi senti? Prontooo? Dove sei finita? Credevo fossi dal parrucchiere. Aspetta, ti richiamo, sento così male..." Seguirono dei crepitii, poi il telefono squillò di nuovo.

Anna lo ignorò e guardò l'orologio. "È da mezz'ora ormai che giriamo per la città. Max, mi devi una spiegazione!"

"Già mezz'ora? Anna, sai una cosa? Ci vado davvero, in Italia! Dammi il tuo bancomat con il codice segreto, non preleverò più di cinquecento marchi, te lo prometto! E tra pochi giorni li riavrai indietro, parola!"

"È per questo che prima mi hai preso il portafoglio? I

cinquanta marchi erano solo un alibi? Il bancomat lo tengo da un'altra parte, ragazzo mio. E adesso, sputa il rospo! A che gioco stai giocando?"

In effetti, aveva imboccato la direttrice verso sud. "Non farla troppo lunga. È la mia occasione d'oro. Dammi il bancomat, e io ti lascio al prossimo parcheggio di taxi. Ti do la mia parola!"

Anna si mise di traverso, con la schiena contro la portiera, per vederlo meglio in faccia.

"La macchina quindi non ti è stata affidata! Sei diventato matto? Se ci fermano, ci vado di mezzo anch'io!"

"Te l'ho detto, ti faccio scendere. Tu mi dai il bancomat di tua spontanea volontà..."

"Spontanea volontà! Max! Questo è un ricatto, e pure un sequestro di persona!"

Anna pensò di girare la chiave di accensione, ma stava alla sinistra del volante. Non ci arrivava. Anche tirare il freno a mano non sarebbe servito a molto. E poi probabilmente Max avrebbe perso il controllo della vettura. Non aveva nessuna voglia di finire spiaccicata contro un muro.

Max accelerò. Era già ben oltre i cento.

"Max, non metterti nei guai. Puoi ancora sistemare le cose... Ma se rubi una macchina del genere non te la cavi più!"

"Macchine del genere le rubano ogni giorno. Solo se tu non mi dai il tuo bancomat sarò costretto a inventarmi qualcos'altro."

La guardò. Aveva degli occhi che non le piacevano. L'espressione del viso si era fatta truce. Del ragazzo solare di pochi minuti prima non c'era più traccia.

"Anche se lo avessi con me non te lo darei. Non intendo certo diventare tua complice in un reato!"

"Ma lo sei già, mia complice!"

In effetti, poteva anche aver ragione. Ormai erano quasi in autostrada. Bisognava che si facesse venire in mente qualcosa, se non voleva finire in Italia, o in galera. Inizio più che brillante per una investigatrice privata.

"Almeno dimmi come hai fatto. Chiavi e libretto, è roba da veri professionisti, devo ammetterlo!"

Sul viso di Max passò l'ombra di un sorriso. Vanesio lo era sempre stato, Anna lo sapeva. Magari era quella la strada giusta.

"La proprietaria mi ha dato le chiavi perché le mettessi il tagliando del parcheggio sul cruscotto, dietro il vetro. Il libretto era già nello scomparto, e lei rimarrà almeno tre ore sotto i ferri... Restauro generale del cranio: dura un bel po'. Abbastanza perché io me la fili. Devi ammetterlo: è un segno del destino!"

Oddio! Anna si appoggiò allo schienale. Era in una turbo rubata. Magari li stavano già inseguendo. A ogni incrocio poteva spuntare la luce blu della polizia. Guai se fosse successo! Solo a pensarci, le veniva il panico: moglie di un avvocato fermata su una Porsche rubata in compagnia del giovane amante. Rainer ne sarebbe stato entusiasta.

"Max, chi è la proprietaria? Friederike chi?"

Lui alzò le spalle e suonò il clacson. "Musica per le mie orecchie!"

"Piantala! Se ci sentono!" Le strade diventavano più larghe. Ormai avevano quasi via libera.

"Ci sentiranno, eccome, di questo puoi star sicura!" replicò lui con un cenno del capo, accelerando di nuovo.

"Max, stai correndo troppo. E l'asfalto potrebbe essere viscido, non te lo dimenticare. L'Italia! Ma lo sai che devi passare le Alpi? La macchina ha i copertoni da neve?"

Ebbe l'impressione che Max tentennasse. Sembrò riflettere. Forse riusciva ancora a fargli cambiare idea.

"Senza copertoni da neve e senza carburante!" riattaccò. "Per quanto credi di poter proseguire? E ricercato, per di più! In pieno giorno! Adesso hai ancora la possibilità di restituire la macchina. Magari nessuno si è accorto di niente!"

"Ho un vantaggio di tempo notevolissimo. E tu i soldi per la benzina ce li hai. I passi alpini più importanti di solito sono sgombri. E poi la macchina è pesante, tiene bene la strada. Non mi lascerò scappare la prima grande chance della mia vita, Anna, puoi scommetterci!"

In quel momento Patricia era nel suo studio, e stava ascoltando un paziente. Era una storia che conosceva già: quel tizio stava raccontando per la terza volta la stessa identica vicenda con le stesse identiche parole, e i suoi pensieri divagavano. Era interessante quello che aveva detto Steffen: cioè che era altamente improbabile che Harald Eichmann fosse stato ucciso da un uomo. Graffiare i coglioni, aveva detto, è una vendetta tutta femminile. Era un'interpretazione plausibile?

Di certo Rainer aveva il referto dell'autopsia agli atti. Gliel'avrebbe chiesto. E comunque qualcuno doveva pur essersi chiesto quale motivazione potesse avere il ragazzo. E se avessero veramente fatto sesso insieme, con le tecnologie odierne la cosa avrebbe dovuto poter essere provata. Inoltre c'era da chiedersi chi fosse veramente quell'Harald Eichmann. Coniugato... Uomo d'affari... Non significava niente! Quali affari? In che ramo? Cosa faceva d'altro? Era – ad esempio – impegnato in politica? Era coniugato, ma come? Oppure era separato? Aveva inclinazioni particolari?

Patricia cominciò a prendere appunti. Il paziente le stava seduto davanti in una bergère blu, e parlava a raffica. Lei gli dava un'occhiatina ogni tanto, e riprendeva a scrivere. In realtà tutta quella faccenda non la riguardava, ma aveva la sensazione che Rainer potesse aver bisogno di una mano. Ostentava sempre una gran sicurezza, ma in cuor suo lei non era poi così certa che fosse un buon avvocato.

Alzò gli occhi, perché all'improvviso il paziente si era azzittito. Era uno di quei tipi che si chiudono a riccio, che si rigirano su se stessi come il dito di un guanto, si rintanano come una lumaca nel guscio. La stava osservando attentamente.

"Cosa ne dice?" chiese.

Patricia cercò di ricostruire a che punto della storia si era interrotto.

"Sto riflettendo," rispose evasiva.

"Ma ha preso appunti!"

"Esatto," Patricia annuì. "Penso che dobbiamo rielaborare il tutto a poco a poco."

"Bene, allora glielo racconto un'altra volta!"

Anche Rainer stava pensando a Steffen Schneider. Avrebbe dovuto fargli dire più cose, in questo modo restavano troppi punti oscuri. Tutta colpa di Patricia, che stava lì ad ascoltare. Inconsciamente si era sentito a disagio. Non era stato un inizio molto brillante, doveva ammetterlo. E la cosa non gli andava affatto giù, anche perché Patricia era amica di Anna. Le donne si raccontano tutto. Gli uomini fanno gli spacconi e restano in superficie, invece le donne approfondiscono e osservano, anche quando la cosa si ritorce contro di loro. L'idea che magari Anna svelasse a Patricia i segreti della loro vita erotica gli dava particolarmente fastidio. Non perché avesse qualcosa da rimproverarsi: in quel campo non c'era niente di sensazionale. Ma forse era proprio questo che non voleva che lei sapesse.

Prese il fascicolo riguardante Steffen Schneider. A rigore, non potevano esserci molti sviluppi. C'era stato un omicidio, c'era bisogno di un colpevole: Steffen capitava proprio a fagiolo. Per l'opinione pubblica il caso era chiuso: e già caduto nel dimenticatoio nel caso che Steffen venisse poi rilasciato per insufficienza di prove. D'altro canto però, la situazione poteva anche rovesciarsi: un marchettaro era un tipo socialmente equivoco. Di certo non riscuoteva le simpatie della gente per bene, sebbene poi solo di rado qualcuno si chiedesse di cosa campavano quei ragazzi. E cioè proprio dei favori dei signori per bene. E chissà che razza di benpensante dava da intendere di essere quell'Harald Eichmann.

Rainer pensò a Gudrun. Anche lui era diventato vulnerabile. Non che lei nei loro giochetti potesse farlo fuori ma, da che l'aveva conosciuta, era diventato schiavo della sua perversione. Una perversione che, prima di quell'incontro, non sapeva nemmeno di avere. Forse la sospettava, ma non l'aveva mai assecondata.

Aprì il fascicolo di Schneider, sfogliò alcune pagine e prese il telefono. Si sentiva in colpa, e, come sempre quando aveva rimorsi, telefonava ad Anna. Una sua frase gentile era per lui una sorta di assoluzione.

Lasciò squillare a lungo, ma nessuno rispose. Guardò l'orologio. Le dieci e mezzo, quasi. Forse aveva un incontro di lavoro? Per informarsi dei passi necessari per diventare un'investigatrice privata? Avrebbe potuto dirle, la sera prima, che gli investigatori privati non hanno un albo di categoria, e che poteva mettere anche subito la targa con il suo nome accanto alla porta. Ma sperava ancora di farle cambiare idea. Forse avrebbe dovuto inventarsi regolamenti e licenze, stamparli in fretta e furia e portarglieli quella sera. Insieme a un preventivo dei costi della formazione professionale. Ci pensò un attimo: ventimila marchi avrebbero dovuto essere un buon deterrente. Meglio ancora: venticinquemila. E la licenza pure, qualcosa bisognava farla pagare. Senza contare l'ufficio: affitto e costi vari e mobilia, computer e altre attrezzature. Una bella cifra, di sicuro.

Diede un'occhiata all'agenda e mise da parte il fascicolo. Aveva un'ora tutta per sé prima dell'arrivo dei clienti successivi, un tempo più che sufficiente per buttar giù una bozza.

Anna nella Porsche si sentiva perduta, e dalla gran rabbia le veniva da piangere.

Max non faceva una piega. "Speravo che tu fossi un po' più cool. Stavo già per lasciarti all'Atlantic, così io avrei risparmiato un sacco di tempo e tu di nervi, ma non hai voluto!"

"Non potevo sapere cosa diavolo avevi in testa! E come avrei potuto? Mica leggo nel pensiero!"

"È vero. Ti scambio sempre per Patricia. Lei dopo cinque minuti l'avrebbe indovinato!"

Erano già da un pezzo in autostrada. Anna aveva tentato di illustrare a Max le conseguenze del suo gesto. Penali, ma anche personali. Per la sua famiglia sarebbe stato un nuovo colpo.

"Tanto meglio!" aveva risposto lui. Suo padre, chirurgo estetico, era il direttore di una piccola clinica privata e si vantava di appartenere alla buona società di Amburgo. Per Max tutto ciò che aveva a che fare con quella sedicente élite era ripugnante. Quello che suo padre definiva "obbligo sociale" per lui era "smanceria coatta".

Così non avrebbe risolto niente, pensò Anna. Del resto le era stato chiaro fin da subito che a Max piaceva tutto ciò che urtava suo padre. Magari sperava addirittura che lo prendessero, in modo da finire sui giornali nelle vesti di sofisticato ladro di Porsche. Il che naturalmente per lei sarebbe stato un guaio. Per scelta o meno, era lì, accanto a lui. Difficile dimostrare il contrario: in definitiva non l'aveva mica fatta salire in macchina con la forza. Era una situazione assurda.

Si mise a riflettere. Non c'era motivo di farsi degli scrupoli. Che Max andasse pure in malora, lei doveva salvare la pelle.

"Ti faccio una proposta," gli disse dopo un po'.

"Era ora!" Max le rivolse un sorriso raggiante, mentre dava un colpo sul volante rivestito di pelle. "Lo sapevo che saresti addivenuta a saggi consigli per il nostro bene!"

"Semmai per il mio, di bene!" Ormai non mancava molto ad Hannover. Ci avevano messo pochissimo, anche se adesso Max stava piuttosto attento al limite di velocità.

"Avanti, dimmi tutto!"

Anna aprì la zip di un piccolo scomparto nel portafoglio e tirò fuori il bancomat. "Ecco qui!" disse con aria grave.

"Finalmente! Lo sapevo io, che sei un tipo affidabile!"

Anna ignorò quell'apprezzamento e lo guardò in faccia.

"Mi fai scendere alla stazione di Hannover. Al primo sportello bancomat io ritiro dei soldi. Se è uno sportello tirchio, posso prendere solo quattrocento marchi, se ti va di culo, posso prenderne di più. Comunque, se non corri come un pazzo quattrocento dovrebbero bastarti. Io con i soldi che mi restano mi compro un bel biglietto e torno ad Amburgo, e tu dimentichi di avermi visto, oggi!"

"Entrare ad Hannover è una perdita di tempo enorme. Ed è pure pericoloso. Chissà quelli di Amburgo cosa avranno organizzato a quest'ora. E tu che farai, appena ti ho scaricato?"

"Non ti fidi di me? Andiamo bene! Per quanto mi riguarda, puoi andartene con questa bagnarola anche a Honolulu. E i soldi te li do come prestito a interessi zero. Potresti anche dirmi grazie!"

"Grazie!"

Anna si astenne dal fare ulteriori commenti, si lasciò andare contro lo schienale e guardò fuori. Max stava superando un'altra macchina, e Anna lesse negli occhi della donna al volante uno sguardo di vera invidia. Se tu sapessi!, pensò. Quello che l'altra vedeva dall'esterno era una macchina sportiva extralusso, un bel manzo al volante e una donna seduta al suo fianco, una donna apparentemente al settimo cielo, con tutto il necessario per spassarsela.

"Se seguissi le orme di tuo padre, avresti anche tu una macchina del genere, senza bisogno di andarla a rubare!" esclamò, guardando di nuovo fisso la strada.

"Se seguissi le orme di mio padre sarei un bieco studente di medicina, fidanzato con una ragazza di buona famiglia, bionda, di coscia lunga e possibilmente pure nobile, avrei un'assicurazione fino al 2087 e un pallosissimo futuro con villa di proprietà, due pargoli e un golden retriever. Globalizzato e azzerato nella fantasia. Gli va già bene che ha tanto potere su mia sorella. Quella adesso si può rifare con il suo Frank."

"In effetti. Ma non scordarti di prendere l'uscita per Hannover. Almeno sai con che carburante va 'sta macchina?"

"Ovvio! Diesel!"

Patricia stava per fare la pausa di mezzogiorno, quando squillò il telefono. Anna le spiegò in due parole cosa le era capitato. Aveva dato quattrocento marchi a Max, quello se l'era filata a tutto gas, e lei aveva messo subito mano al cellulare.

"No! Pazzesco, non posso crederci!" Patricia camminava avanti e indietro per lo studio. "Non posso crederci veramente! Che razza di idiota, si è cacciato in un brutto guaio!"

Anna intanto si stava avvicinando al tabellone con gli orari, per cercare il primo treno che la riportasse a casa. "Ho fatto di tutto per convincerlo, era cocciuto come un mulo. Si è messo in testa di portare a termine l'impresa, succeda quel che deve succedere!"

"E offrirsi in Italia nel primo mercato strillando: 'Ho una Porsche da vendere!'. Che idee si sarà fatto? Avrà dei contatti? Ti ha detto niente? E non sai per caso chi sia il proprietario?"

Anna aveva letto che il prossimo treno sarebbe partito dopo venti minuti, quindi si avviò verso la biglietteria. "Una certa Friederike. È arrivata una chiamata sul telefono dell'auto, e hanno fatto questo nome."

Patricia si lasciò cadere nella bergère dove pochi minuti prima era seduto il suo paziente. Taceva.

"Patricia?" disse dopo un po' Anna. "Ci sei ancora?"

"Friederike? In una Porsche argento metallizzata?" E tacque di nuovo.

"Adesso parla, però!" la incalzò Anna impaziente. "La conosci?"

"Se le mie supposizioni sono giuste, Max è fritto!" Nuova breve pausa. "Dio mio!"

"Patricia!"

"Friederike Leuthental è la moglie di Siegmund Leuthental, procuratore di stato!"

Anna restò senza parole.

"E non può soffrire mio padre, perché parrebbe che chissà quando abbia deturpato sua moglie, o una roba del genere. È questo l'aspetto peggiore di tutta la faccenda. Questa volta è escluso qualsiasi accomodamento in famiglia! È la volta che papà schiatta davvero!"

Di nuovo silenzio.

Patricia sembrava fulminata nella sua poltrona. "Che razza di idiota!" Poi di colpo balzò su. "Si riesce ancora a raggiungerlo? Se tu, Anna, prendi a nolo una macchina e gli corri dietro a tutto gas?"

Anna si era messa in coda allo sportello. "Escluso. Come faccio a raggiungere una turbo? Anche ammesso che qui ci sia un autonoleggio e che abbiano un'auto veloce, prima che io ci salga, Max sarebbe già chissà dove!"

Patricia aveva ricominciato a misurare tutta la stanza a grandi passi.

"Bisogna che ci procuriamo il numero del telefono di quell'auto, così lo chiamo. È l'unica possibilità! Devo convincerlo a tornare. Solo così può ancora cavarsela!"

"Non torna di certo. È convinto che sia la sua grande chance. A parte che puoi chiamarlo direttamente sul suo cellulare!"

Friederike Leuthental non si era preoccupata del fatto che Max non le restituisse subito le chiavi. Era consuetudine del locale che prendessero in consegna le auto fino al momento in cui le clienti se ne andavano. Quando però si trovò alla cassa, e la direttrice aprì il cassetto in cui venivano tenute le chiavi, restò a bocca aperta. Della sua chiave non c'era traccia. E in quel momento ci si rese conto che anche del praticante non c'era traccia.

"Non sarà che si è tenuto la chiave per distrazione..." azzardò la parrucchiera guardandosi intorno. Il negozio era troppo grande per poter tenere d'occhio tutti i dipendenti. "Oggi aveva il turno in filiale?" Si girò verso la parete e studiò lo schema dei turni. "No, dovrebbe essere qui."

A quel punto rivolse un'occhiata smarrita a Friederike, che stava controllando la sua nuova acconciatura nello specchio.

Quel taglio alla paggetto un po' sfilato le piaceva molto. I colpi di sole chiari erano azzeccati, la tonalità dorata le donava. Tutta quella storia non l'agitava per niente.

"Sapeva qual è il cassetto? Magari le ha messe da un'altra parte."

La direttrice chiamò i rinforzi, e tutti si misero alla caccia delle chiavi, perlustrando il bancone, rovistando in ogni cassetto, controllando persino per terra, dietro alle teche. Avrebbero potuto anche cadere. Ma di chiavi neanche l'ombra, e del praticante nemmeno. Alla fine chiamarono la filiale. Ma anche lì nessuno l'aveva visto.

"Una gran seccatura, ma niente di grave," disse alla fine Friederike, mettendo mano alla borsa. "Ho con me un doppione. Il vero guaio è che le chiavi di casa sono legate alle altre. Pazienza, se mi sbrigo faccio in tempo a trovare a casa la domestica. O meglio, la chiamo dall'auto. E voi mi avvertite immediatamente, appena rispunta il ragazzo."

La direttrice e tutti gli impiegati tirarono un sospiro di

sollievo. Se l'erano cavata con poco. Ma quel balordo l'avrebbe pagata cara!

Pochi minuti dopo, Friederike Leuthental ricomparve. "Avverta la polizia! La macchina è sparita."

Anna dal treno chiamò Lars. Aveva pensato subito a lui, non a Rainer.

"Se mi avessi telefonato prima!" sbottò lui. "Sono anch'io ad Hannover! E due clienti mi hanno dato buca. Avremmo potuto spassarcela tutto il pomeriggio. Tanto ho già una camera prenotata in albergo per stanotte."

"Ti spiacerebbe pensare a qualcos'altro, per un attimo?"

"Dovrei?"

"Eccome!"

Gli spiegò in poche parole l'accaduto, facendo attenzione che gli altri occupanti dello scompartimento non sentissero.

"Che situazione pazzesca!" Lars scoppiò a ridere. L'aspetto per lui più piacevole dell'intera faccenda era che certamente adesso Patricia non avrebbe avuto tempo per fare congetture sull'amante della sua migliore amica.

"Ma che hai da ridere! È una vera tragedia! Se lo beccano, finisce in galera!"

"So io che avvocato consigliargli!" Non smetteva di sghignazzare.

"Sei proprio stupido!" Anna era offesa. Lo trovava veramente fuori luogo.

"Scusa sai, ma il ragazzo ha ancora il latte sulle labbra e due anni al fresco non gli farebbero male!"

"Ragioni come..." Anna abbassò la voce, "come un nazista. Un qualsiasi benpensante di merda! È pur sempre il fratello di Patricia!"

"Lo so. E il figlio di suo padre. Lo conosco più che bene, quel coglione arrogante, che tratta tutti dall'alto in basso, come se fosse il Padreterno in persona. Non è mai mancato una volta – lui e la graziosa consorte – quando le presentazioni dei nostri prodotti si tengono a Creta, a Berlino o a Rio."

"Okay okay!" Anna non aveva nessuna voglia di discutere troppo dell'argomento con Lars. Interruppe bruscamente la conversazione e chiamò Rainer. Finalmente un'avventura che poteva raccontare anche al marito!

Max era gasatissimo. Quattrocentoventi cavalli sotto il sedere e una vita da sballo in prospettiva. Di sicuro in Italia avrebbe venduto la macchina senza problemi, non c'era da dubitarne. E se la polizia lo beccava prima, in qualche maniera il vecchio avrebbe provveduto. Aveva troppa strizza di finire sui giornali, anche se non sarebbe stato niente male un bell'articolo su di lui come ladro di Porsche. Appena possibile avrebbe dovuto dare un'occhiata anche al libretto di circolazione nel cruscotto. Per ora aveva letto solo di sfuggita il nome e l'indirizzo del proprietario. Magari si riusciva anche a combinare qualcosa con le chiavi di casa che stavano nel mazzo insieme a quelle dell'auto. Chi va in giro con una macchina del genere tiene sicuramente in casa anche contanti e gioielli. Max fece un ghigno, pigiò sull'acceleratore e alzò il volume della musica. Quando gli squillò il cellulare, lanciò una rapida occhiata al display. Sua sorella Patricia. Quindi Anna l'aveva avvertita subito. Ma lui non si sognava proprio di sorbirsi prediche sororali. Se la sarebbe spassata per i fatti suoi, senza troppe discussioni.

A quel punto gli venne in mente il suo amico. Steffen si sarebbe divertito un mondo, lì con lui. Brutta faccenda quella dell'omicidio. A ogni modo Steffen non era stato, ne era più che sicuro. Era una storia di coca, mica di sesso, del resto era stato lui a dargli quell'incombenza... Ma se fosse andato a testimoniare dalla polizia, non si sarebbe messo nei guai alla grande? Steffen avrebbe dimostrato la propria innocenza anche senza il suo aiuto, ne era certo.

A Rainer sembrava che la sua vita negli ultimi tempi avesse preso un andazzo piuttosto heavy. Aveva un appuntamento con Gudrun per il primo pomeriggio, e adesso gli capitava tra capo e collo Anna con la sua storia del rapimento bloccandolo in studio con quella telefonata eterna. Gli aveva raccontato l'accaduto nei minimi particolari. All'inizio aveva ascoltato pazientemente, poi gli era venuta in mente la bolletta del cellulare, che per il momento toccava a lui pagare, e l'aveva interrotta sostenendo che c'era un cliente in attesa. Anna si era azzittita all'istante, e Rainer aveva telefonato a Gudrun per disdire. Non era più dell'umore giusto. E poi voleva riflettere in pace. Quanto a Max, non gliene importava niente. Era sempre stato un buono a nulla, senza un'idea in zucca, e non si decideva mai a crescere. Il tutto sulle spalle degli altri. Quello che però lo inquietava era il fatto che la proprietaria della Porsche fosse Friederike Leuthental. Senza contare che, non appena la polizia avesse acciuffato quell'idiota di Max, il caso, grazie all'amicizia con Patricia, sarebbe finito quasi automaticamente sulla sua scrivania.

Rainer sapeva benissimo che Siegmund Leuthental si sarebbe buttato a pesce nella faccenda, sfruttando tutto il potere che la sua carica di procuratore di stato gli conferiva, anche solo per il piacere di fare un dispetto al padre di Max.

Non era una battaglia che gli andava molto a genio. Già si figurava la situazione: dietro di lui Anna e Patricia che lo incitavano, assetate di successo, vogliose di discutere il caso anche tra le mura domestiche. Davanti a lui un procuratore di stato che affilava il coltello... Magnifico! C'era da augurarsi che non prendessero Max, così si sarebbe evitato quella grana.

Rainer guardò l'ora. Le cinque. Chiamò Anna. "Anna, mi è capitato un nuovo cliente, ormai si è fatto tardi. Se lo prendono, verremo comunque informati subito. Tanto non c'è niente che possiamo fare!" Poi richiamò Gudrun e si annunciò di nuovo. Se c'era una cosa che poteva fargli del bene in quel momento, era lei!

Gudrun tirò un sospiro di sollievo. Si era ammazzata per tornare a casa in tempo dall'ufficio, aveva sbrigato in fretta e furia le faccende domestiche ed era proprio sotto la doccia quando Rainer aveva disdetto. Era una catastrofe. Charly l'aveva minacciata, e la sera prima aveva messo, per la prima volta, una bustina bianca sul tavolo.

"Se riesci a battezzarlo, ti guadagnerai anche tu qualche bel soldino supplementare. Basta che gli comandi di ficcarci il naso!"

Era scoppiato a ridere, mentre Gudrun lo guardava. "Non sei nemmeno un granché, Karl Lönitz. Hai i capelli troppo lunghi, la faccia gonfia e dei modi insopportabili!" Poi aveva fatto un cenno verso la bustina. "Cos'è?"

"Cocaina!"

Gudrun aveva scosso la testa con decisione. "Non voglio roba del genere in casa! Portala via! E subito!"

Charly le aveva afferrato la faccia con la mano destra. Gudrun aveva provato un senso di ripugnanza trovandoselo così vicino. Lo guardava dritto negli occhi. Lui aveva stretto la presa. Faceva un male pazzesco. Allora gli aveva afferrato il braccio con entrambe le mani tentando di allontanarlo. Charly aveva stretto ancora, finché le erano venute le lacrime agli occhi. A quel punto aveva mollato.

"Bada a quel che dici!" le aveva detto in tono minaccioso, premendole l'indice tra i seni. "Non hai tanti motivi per darti tutte 'ste arie, ma moltissimi per fare quello che ti dico."

Gudrun aveva fatto un passo indietro. "D'accordo, Charly, sta' calmo..." Sapeva per esperienza che gli uomini aggressivi vanno trattati come cani rabbiosi. Nessun movimento brusco, tono calmo, voce bassa, sguardo sfuggente...

Charly annuì. "Molto bene! Quando domani arriva quel coglione, spremigliene non meno di cinquecento e convincilo a sniffare!"

Gudrun non aveva spostato, anzi, non aveva nemmeno toccato quella bustina, anche quando Charly se n'era andato. Era rimasta sul tavolo tutta la notte, e adesso era ancora lì. Gudrun, impalata, la fissava. La disdetta di Rainer la preoccupava. Se diventava inaffidabile, doveva cercarsene un altro. L'idea non le andava affatto, perché Rainer era un cliente molto facile. Voleva solo il cavalletto per le torture e le botte, voleva essere sgridato da lei che, in stivaloni di cuoio, agitando la frusta, recitava la parte della padrona. Ma quando poi se ne andava, non ne voleva più sapere: pagava, la guardava appena ed era già fuori. Più facile di così, si muore.

Stava asciugandosi e meditando sul da farsi, quando squillò di nuovo il telefono e Rainer tornò ad annunciarsi. Gudrun disse di sì, soddisfatta, e cominciò a vestirsi. Mentre si allacciava il bustier di cuoio nero, che faceva schizzare il seno tanto in alto da renderlo imponente, cercò di figurarsi in che situazione avrebbe potuto offrirgli la coca. Dal momento che non era il tipo a cui a cose finite piaceva bere un bicchiere di whisky, le opportunità scarseggiavano. Mentre era legato al cavalletto? Idea assurda! Tutt'al più avrebbe detto a Charly che ci aveva provato, ma che lui aveva rifiutato. Così non avrebbe avuto più in giro quella roba per tutti i secoli a venire. Almeno, così sperava.

Lars, dopo una giornata piuttosto infruttuosa ad Hannover, stava tornando a casa. Il lavoro gli dava sempre più sui nervi. Peccato che non avesse combinato con Anna. Gli incontri con lei gli facevano bene, gli davano una gratificazione simile a quella che viene dal successo, anche se naturalmente sapeva benissimo che per Anna uno o l'altro sarebbe stato lo stesso. In fin dei conti non era davvero il suo amante bensì solo una sorta di compensazione. Ma era meglio non abbandonarsi a simili pensieri, specie quando la sua vita professionale era così povera di soddisfazioni.

Girò nella sua strada, e contemporaneamente guardò l'orologio. Erano le cinque passate da poco. Bettina avrebbe dovuto essere già rincasata dall'ufficio. Non le aveva detto che sarebbe tornato: in realtà aveva in mente di passare la notte ad Hannover e di proseguire il giorno dopo per Brema. Ma l'idea di una solitaria camera d'albergo lo deprimeva, e una sorpresa ogni tanto non poteva che ravvivare la passione.

Lars mise la macchina in garage e aprì la porta di casa. Bettina era già lì, in anticamera.

"Questa è bella!" esclamò a mo' di saluto, squadrandolo. "C'è qualche problema?"

"Deve per forza esserci sempre un problema, solo per il fatto che uno torna prima dal lavoro?" Gli sarebbe tanto piaciuta un'accoglienza entusiastica, calorosa!

"Be', faccio per dire!" Si alzò sulle punte dei piedi per dargli un bacio. Lars la abbracciò. Già meglio. Era veramente carina, in jeans e golfino aderente. Aveva la faccia accaldata, senza un filo di trucco, i capelli scarmigliati. Così gli piaceva! Era come dopo le notti di sesso del venerdì. Lars cominciò ad accarezzarle la schiena, quando lo sguardo gli cadde sul tinello.

"Stavi facendo un repulisti?" Tutto il tavolo da pranzo, lungo la bellezza di tre metri, era ingombro di carte e libri.

"No, sto facendo una ricerca. Lavoro. O studio. Come preferisci!"

"Cosa?" La sospinse all'indietro, verso il tinello. "Una ricerca? Per l'assessorato alla cultura?"

"No, collaboro a un progetto dell'università." Gli lanciò un'occhiata in tralice, tentando un tono sbarazzino: "Sorpresa!".

Lars cercò di controllarsi: "Sorpresa?" ripeté. "Che progetto? Io non ne sapevo niente!"

Lei fece un gesto vago. "Ti sei mai interessato di sociologia? No, e allora? Perché avrei dovuto annoiarti con simili argomenti?"

Lars era costernato. Sua moglie si occupava di cose che lui ignorava completamente. "Be', potresti comunque tenermi al corrente..." Prese in mano un libro a casaccio. "Vista l'ampiezza dello schieramento..." fece un brusco cenno con la mano che reggeva il libro in direzione degli altri testi sul tavolo, "direi che si tratta di ben più che un progetto... Parrebbe un vero e proprio secondo lavoro!"

Bettina gli prese di mano il libro e cominciò a sgombrare il tavolo. Lui stava a guardarla. "Su cosa vertono i tuoi studi? O ricerche che siano?"

Lei si voltò a guardarlo. "Sul comportamento umano. Ad esempio, sui motivi per cui tu ti agiti tanto se io ho intenzione di mettermi un abito un po' trasparente a un concerto!"

"Oh!" Lars mandò un gemito. "Ricominciamo con 'sta menata!" Bettina si diresse verso il suo studio al piano di sopra, le braccia cariche di carte. Lars si lasciò cadere su una seggiola, davanti al tavolo vuoto. Fissava i grandi vetri scuri della finestra, in cui si rifletteva il tinello, ma non vedeva niente. Sociologia. Esseri umani nella collettività. Che diavolo c'era da studiare... Vivevano, si trasformavano, si comportavano come capitava... alcuni in un modo, altri in un altro... Era poi così importante?

Sentì che stava scendendo. "Non è che butti via il tuo tempo? Non sarebbe più sano un po' di sport?" La fissò nel riflesso dei vetri.

Bettina si bloccò di colpo sull'ultimo gradino della scala. "Cosa ti salta in mente, adesso? Non ti piace più il mio fisico, o cosa?"

"Ma va'! Non ho detto questo, e nemmeno lo intendevo!"

Lei attraversò la stanza e gli si sedette davanti. "Anche il linguaggio tra uomo e donna è materia di studio. Non ci capiamo proprio!"

Lars alzò gli occhi al cielo. "Io ti capisco benissimo. Tu vuoi metterti una cosuccia trasparente per far arrapare un perfetto sconosciuto, un jazzista del cavolo. Ti ho capita, eccome, hai mandato un messaggio chiaro. E adesso ho voglia di una birra. Presumo che sia un messaggio chiaro anche questo, no?"

Lei saltò in piedi. "Sei un cafone! E la birra te la vai a prendere da te!"

Rainer, ogni volta che si trovava da Gudrun, si sentiva stranamente sollevato. Liberato da chissà che peso. Lui stesso non ci vedeva chiaro. E nemmeno aveva voglia di interrogarsi troppo in merito. Gudrun comunque era una donna molto attraente, non c'erano dubbi. Non solo quando gli stava sopra, ma anche a prescindere dalle sue performance, come aveva potuto constatare in studio. Eppure si augurava di non incontrarla mai più fuori dalle sue quattro pareti. Gli affari sono affari. Così la pensava lui, senza troppi fronzoli. Lei beccava i quattrini, lui si liberava di un non so che, a livello sia fisico che psichico. Patti chiari. Niente di più.

E adesso, nell'aprire la porta di casa, di Gudrun si era già scordato. Pregustava l'idea di una bella serata con Anna. Appese con cura il suo trench, e la sentì trafficare in cucina. Buon segno. Rainer sorrise e scartò il mazzo di fiori che le aveva preso strada facendo. Un primo assaggio di primavera a fine febbraio: venti tulipani gialli.

Anna si precipitò ad abbracciarlo, e Rainer fu commosso da quell'accoglienza festosa.

"Allora, novità?" le chiese, sperando che non ce ne fossero affatto. Magari Max e la sua auto erano finiti da qualche parte. Preferibilmente in fondo al mare.

"Patricia lo ha chiamato, ma lui non risponde al cellulare. Nemmeno agli SMS. Niente! Ha persino chiesto al Servizio informazioni il numero di telefono della macchina di Friederike Leuthental, ma c'è la segreteria telefonica..."

Tutto sommato, buone notizie. Rainer annuì e prese un vaso. Anna tagliò un pezzo di gambo e versò dalla bustina allegata il prodotto per mantenere freschi i fiori. Rainer in un primo momento la guardò soprappensiero, poi prestò attenzione a quanto vedeva. Una bustina molto simile – solo completamente bianca – l'aveva vista poco prima sul tavolo di Gudrun. Gli era saltata agli occhi, perché normalmente lì non c'era mai niente in giro. Tutta la casa sembrava più che altro una vetrina. Ma adesso rivedeva nitidamente la scena. Gudrun aveva fatto scivolare più in là la bustina con una mano, mentre lui contava le banconote sul tavolo.

"Hai mai provato la coca?" gli aveva chiesto lei con nonchalance.

"No," aveva risposto lui senza farsi troppe domande.

"Ti piacerebbe?"

"Neanche per idea!" Ed era uscito.

Era veramente cocaina quella sul suo tavolo? Se così fosse stato, era una faccenda scottantissima. Potevano beccarla, e lui con lei. Rainer si sentì venir meno. Se le cose stavano così, doveva dare un taglio alle sue visite da Gudrun. Che pensiero orribile!

"Caro, non ti senti bene? Hai una faccia stravolta... Sei tutto sudato!"

In effetti, era madido di sudore. Prese un pezzo di scottex, si asciugò la fronte e cercò di fare una faccia normale. "A proposito..." disse, sforzandosi di scacciare il pensiero di Gudrun, "ti ho portato un paio di brochure. Non è poi così semplice il mestiere di detective. I corsi di formazione sono lunghi e costosi, e molto costoso sarebbe anche, alla fine, mettere in piedi uno studio con tutte le sue brave attrezzature."

Anna non si scompose e cominciò a girare il cucchiaio in una pentola.

"Cos'hai fatto di buono?" Rainer annusò.

"Quel che ci vuole per la mia linea!" Anna sorrise. "Gulasch con gli gnocchi... Non fatti in casa come da mammina, ma pur sempre gnocchi!"

Pescò con il mestolo due gnocchi dall'acqua bollente e li agitò un po' in aria per raffreddarli.

Lui le palpò leggermente il didietro. "Tu te lo puoi permettere, al contrario di me!"

"Secondo te perché le donne non possono soffrire che qualcuno gli palpi il culo?" lo interpellò Anna, provando la temperatura di uno gnocco con un dito.

Rainer si passò una mano tra i capelli con aria meditabonda. "Ci sarà un risvolto sessuale..."

"Ah, e quale?"

"La prenderanno come un'avance pesante..." Rainer la guardò stringendosi nelle spalle.

"E tu l'hai intesa così?"

"Come?"

"Come un'avance pesante?" Prese tra due dita lo gnocco dal mestolo di legno e se lo ficcò in bocca.

"Adesso? Prima di mangiare?" Sembrava terrorizzato.

Anna fece un sorrisetto e gli porse un paio di gnocchi. "Allora lascia perdere!"

"Cosa?" Li afferrò al volo con la bocca.

"Le palpatine!"

Friederike Leuthental, dopo aver avvertito la polizia e sperato per un'ora che la sua auto riapparisse come per miracolo, aveva messo al corrente anche il marito. "Magnifico," replicò quello, "era comunque una carriola. Ci è costata un capitale in riparazioni. Quel farabutto può star tranquillo: tanto lontano non andrà!"

"Ma le stai sparando proprio grosse!" Friederike sapeva benissimo che al marito non piaceva la sua auto. Avrebbe preferito mille volte una Mercedes. Una Porsche, specie una turbo, gli pareva roba da macho. Il che, secondo lui, lasciava via libera a illazioni sul loro rapporto, cosa che non gli garbava affatto.

"È assicurata bene," le disse, e Friederike sentì al telefono con quanto gusto lo diceva, "e con quei soldi ti compri una bella SLK!"

"Magari riesco a riaverla!" Era affezionata a quell'auto e non vedeva perché dovesse già rassegnarsi al suo destino. E quando lui reagì con un "Vivi sulle nuvole", tirò fuori il suo asso dalla manica, senza riuscire a trattenere un sorriso. "Comunque la polizia sa già nome e cognome di quel praticante."

"E cioè?" A quella domanda Friederike rispose con gusto speciale.

"Il figlio di Wilkens. Non è da morir dal ridere?"

Un secondo di silenzio.

"Da morire, sì. Ma dal ridere?"

Proprio come si era aspettata, la sua voce era cambiata. Adesso tradiva una grande tensione. Friederike, alla finestra della sua ampia camera da letto, guardava l'Elba e intanto si vedeva precisa davanti agli occhi la faccia del marito: la fronte spaziosa, già parecchio stempiata, contratta in mille rughe, i penetranti occhi grigi... Nel giro di pochi secondi avrebbe preso una decisione.

"Rivoglio la macchina!" sbottò reciso. "La farò vedere io a quel signore chi dei due è un professionista!"

"Adesso non esagerare, Siegmund! Dopo tutto ha sbagliato di poco... Non vale più la pena di parlarne!"

"Non c'entra! Questa è una faccenda tra me e lui, tra uomini! Tu non puoi capire!"

Friederike si girò verso la foto del marito, in bella mostra sul suo comodino. "E nemmeno ne ho voglia, di capire!" disse piano e riattaccò.

"Ma così riavrò la mia macchina!" esclamò con un sorriso, rivolta alla fotografia. "Che bambinoni siete!"

Patricia già di primo mattino aveva chiamato Anna, per proporle di incontrarsi all'ora di pranzo. Ad Anna andava benissimo, perché aveva una gran voglia di sapere qualcosa del suo incontro con Steffen Schneider. La scelta era caduta su un bar non troppo distante dal luogo di lavoro di Patricia. Quando Anna arrivò, Patricia era già lì. Aveva un'aria affaticata, come se avesse passato la notte in bianco.

"Mi spiace," esordì Anna, spiegando di non aver trovato parcheggio, ma Patricia fece un gesto per interromperla. "Figurati! Abbiamo un sacco di tempo! Ho ordinato un cappuccino anche per te, ti va?"

Anna fece di sì con la testa e sistemò la giacca sullo schienale della sua sedia. "Allora, su, vuota il sacco!" disse accomodandosi.

Patricia sospirò. "Niente da fare! Quel dannato ragazzo pare essersi volatilizzato... Roba da non credere!" Fece un profondo sospiro e strinse le labbra. "Mio padre è completamente fuori di sé. E, come sempre in queste situazioni, dà tutta la colpa a mia madre. Dice che non ha fatto del figlio un vero uomo, e scemenze del genere... E lei sta lì a difendersi!"

"E cos'altro dovrebbe fare?"

"Almeno non darsi così per vinta! Mi fa impazzire!"

Gesticolava rabbiosa, e a momenti rischiò di far volare il vassoio della cameriera. "Oh, mi scusi!" Patricia fece un po' di posto per la tazza, poi si puntellò il mento con la mano.

"Mio padre è un tiranno della peggior specie," proseguì bellicosa. "Ma solo perché gli si lascia campo libero, capisci? E la cosa peggiore è che l'ha sempre vinta. Tutti quelli che gli stanno intorno abbassano la testa, gli danno ragione, lo guardano con riverenza! Ma una buona volta dovrebbe beccarsene una sulla cocuzza!"

"Sulla che?"

"Cocuzza. Lo diceva sempre mia nonna. È dialetto, credo. Vuol dire testa." Patricia si mise a girare la schiuma del cappuccino.

Anna scoppiò a ridere. "Max per primo si meriterebbe un bel trattamento alla cocuzza, non trovi?"

"Max?" Patricia scosse il capo. "No. È ancora un bambino!"

"Eppure al volante della Porsche sembrava dotato di molto sangue freddo," replicò Anna.

"È tutta apparenza," la contraddisse Patricia con uno sguardo stanco. "È un ragazzino in cerca della sua grande occasione!" Sospirò. "Ma così non la troverà di certo!"

Anna rifletté su quelle parole. Aveva molti dubbi che Max si sentisse un ragazzino. Piuttosto le pareva che volesse a tutti i costi entrare in giri grossi. Era sulla buona strada per diventare un perfetto delinquente. Ma non voleva approfondire troppo l'argomento. "Dimmi un po' del vostro incontro con Steffen Schneider," disse per cambiare discorso. Anche perché era quello che le interessava.

"Steffen Schneider?" Patricia tese l'orecchio. Poi le lanciò uno sguardo malizioso. "Ma non volevi raccontarmi del tuo nuovo amante?"

"Cosa?" ribatté Anna.

"Be', cito: 'Sono distrutta. Rainer ha sgamato – credo. Ti bacio... sai bene dove...'."

"Ah, già!" Anna ci pensò su un attimo. Era vero. Si erano ripromesse una chiacchierata tra donne, se l'era scordato nel turbine degli eventi, e adesso la cosa le riusciva sgradevole. "Te lo sei imparato a memoria?" disse per prendere tempo. "Sembra una citazione letterale!"

"Ci sono cose che restano impresse persino a me!" ghignò Patricia. "Soprattutto: 'sai bene dove'... E dove?"

"Be'..." Anna bevve un sorso di cappuccino. A quanto pare non aveva scampo.

"E se è proprio lì, dove penso che sia, resta aperta la questione: a chi? Chi è il fortunato destinatario di simili coccole?"

Anna la guardava dall'orlo della tazza e non si decideva ad aprire bocca.

"Lars?"

La tazza crollò di schianto sul piattino. Patricia aveva sempre lo stesso ghigno.

"Come hai fatto a capirlo?" Anna boccheggiava. Se Patricia l'aveva indovinato così, senza fatica, potevano farlo anche altri. Si erano traditi? Con i gesti? Con la mimica?

"Allora è vero!" Patricia sembrava soddisfatta. "Me lo immaginavo. La maggior parte dei tradimenti si consumano nella cerchia degli amici, per questioni di comodità. Frank era tagliato fuori, non avevo il minimo dubbio, quindi restavano pochi papabili nel giro, e Lars era il più appetibile di tutti..." Alzò le sopracciglia. "Semplicissimo! Ci ho azzeccato?"

"Eccome!" Anna si sporse un po' in avanti. "In realtà sono contenta che tu lo sappia, così adesso posso parlarti di Harald Eichmann, la vittima, e di Steffen Schneider, il presunto omicida. E in questo modo sarò in grado anche di fare qualcosa per Rainer, visto che di persona non posso raccontargli niente, come ti renderai ben presto conto. Ma poi, tocca a te parlare dell'incontro con Steffen!"

Patricia la guardò di sbieco. "E tu credi che ci basterà il tempo, oggi?"

Quella sera Charly si era rintanato al Culineo, un ristorante trendy nel cuore di St Pauli, famoso per la cucina e gli ospiti di grido. Stava a un tavolino in un angolo, aveva ordinato sogliola gratinata con insalata di patate e fissava i tavoli ancora vuoti. Era uno di quei ristoranti che si animano solo dopo mezzanotte: alle nove era ancora troppo presto. Ma Charly pensava che fosse ora di porre nuove basi alla sua vita e che perciò ci volessero una buona cenetta e una bella birra. Magari nel frattempo gli sarebbe venuto in mente qualcosa di formidabile. Magari avrebbe attaccato discorso con uno di quegli intellettuali da strapazzo che frequentavano il locale. Magari gli avrebbe venduto una storia ganzissima, con lui come protagonista, e così sarebbero ricominciati a girargli i quattrini.

La sua sogliola arrivò, insieme a una birra gelata. Il pesce, dorato appena e ammorbidito dal burro fuso, con il suo contorno di patate al prezzemolo, aveva un gran bell'aspetto, e dimensioni adatte a uno stomaco come dio comanda. Charly si sistemò con cura il tovagliolo bianco sulle ginocchia e prese con circospezione le posate. A ben vedere avrebbe dovuto essere di ottimo umore, e invece non era molto a suo agio. Il locale, senza clienti, con quei tavolini di legno scuro e le seggiole vecchie, faceva un'impressione desolata. Veramente avrebbe preferito starsene al bancone del bar, dove c'erano alcuni uomini che bevevano birra tutti allegri. Avrebbe dato chissà che per sentirsi di nuovo veramente bene. Una volta non aveva nessuna difficoltà: si sentiva sempre bene. E importante. E rispettato.

Liberò la polpa del pesce dalla lisca, bevve la birra, e restò in attesa di un'idea luminosa. A quel punto la porta si aprì ed entrò uno di quegli albanesi che una volta non avrebbero avuto la minima chance, e adesso dettavano legge sul mercato. Al suo seguito, quattro elementi che non avrebbe voluto incontrare nemmeno in un film. Vennero salutati con grande calore, e accompagnati al tavolo dal padrone in persona. Charly li squadrò per bene e si accorse con rabbia crescente che quelli nemmeno registravano la sua presenza. Lo ignoravano, come se non esistesse. Charly continuò a mangiare e li osservò meticolosamente, uno per uno. Camicie di seta fantasia alquanto pacchiane, giubbotti tempestati di borchie sul bavero, sui polsini e sull'allacciatura. Orologi e catene di oro massiccio. Era evidente alla prima occhiata: quei tipi erano ricchi sfondati. Il che guastò del tutto l'appetito a Charly.

Gli suonò il cellulare. Era Lizzy, la sua seconda puledra, dopo Gudrun. Il cliente non era venuto, senza avvertire. Accidenti, la cosa puzzava di cambio di guardia... Aveva con ogni probabilità trovato altrove. Una più brava, o più a buon mercato... O forse entrambe le cose.

Stava per dirgliene quattro, quando si accorse che tutti gli occhi dall'altro tavolo si erano puntati su di lui. "Ok, baby," disse a voce alta, "prendi i cinque bigliettoni e trattalo bene. A questi prezzi non si discute!"

Cinque bigliettoni, i tizi lì a fianco avevano motivo di riflettere: o si trattava di una ragazza straordinariamente brava o di un idiota facilmente spennabile.

"Ma noi non ci conosciamo?" sentì dire in tono provocatorio da uno di quelli, mentre dava altre indicazioni insensate alla sbalorditissima Lizzy. Alzò gli occhi. Un tizio, con i capelli zeppi di gel, tirati indietro e legati in una coda, si era girato verso di lui.

"Non è quello che deve cento bigliettoni a Sahit?"

Charly bevve un sorso dal suo bicchiere. Va bene dare nell'occhio, ma non in quel modo...

"A quanto pare guadagna bene. E allora dov'è il grano?"

Buttava male. Charly si guardò attorno alla ricerca del padrone, ma quello era occupato a rifornire il tavolo degli albanesi di quantità inaudite di champagne e antipasti, e non badava ad altro.

"Ehi, tu!" fece il più massiccio di tutti, che fino a quel momento era rimasto seduto dandogli le spalle. La sedia lo reggeva a malapena, e Charly non riusciva a capire se era solo ciccia o anche un ammasso di muscoli. L'altro girò il collo taurino e la sua testolina quasi completamente calva: i suoi occhietti porcini, fissi su di lui come se volessero sbranarlo, ricordavano un feroce bull-terrier. Charly decise di non reagire.

"Ehi, sto parlando con te!" esclamò il gigante in tono minaccioso. "Cinque bigliettoni per una scopata, e il nostro amico sta ancora aspettando i suoi soldi, perché tu sostieni di non averli! Fai un po' vedere le tasche!"

Charly si schiarì la gola. Forse non era stata un'idea così

brillante venire a cercare ispirazione al Culineo. Infilzò un pezzo di pesce, ma il pesce gli cadde dalla forchetta. L'atmosfera si stava incupendo. Tra poco gli avrebbero fatto la festa: quei tizi si annoiavano e lui era la preda ideale.

"Non ho soldi," disse alla fine nel silenzio di piombo. "Neanche un centesimo. Domani, magari, se quella carogna non mi ha cacciato palle. Cinque bigliettoni... e chi ci crede?"

"Noi!" rispose il ciccione, mettendo un piede fuori dal tavolo, nella sua direzione.

Quanto valeva il suo onore, la sua vita? Un ricovero in ospedale a tempo indeterminato? O urgeva piuttosto un gesto di sottomissione?

Poggiò la forchetta sul bordo del piatto. "Non c'è motivo di agitarsi tanto..." attaccò, con lo stomaco annodato.

"A noi pare il contrario," lo interruppe il quinto della tavolata, uno smilzo con una strana voce in falsetto. Faceva pochissimi gesti, ma, anche se Charly non l'avesse già saputo, avrebbe comunque intuito per istinto che era il più pericoloso di tutti. Essere fisicamente svantaggiati raddoppia la ferocia.

Accidenti, quando mai quel dannato locale era vuoto! E il padrone faceva il suo lavoro tutto zelante!

"Non fatela tanto lunga!" riprese Charly, rendendosi immediatamente conto di aver commesso un passo falso. Quelli si scambiarono un'occhiata, la bocca che si piegava verso il basso. Lo smilzo fece un cenno, il ciccione mise avanti anche l'altro piede. Un attimo ancora, e avrebbe dato inizio al suo a solo. Charly deglutì. Non era armato. Un coltello da pesce e una forchetta non bastano a salvarsi la pelle. Eppure non si sarebbe arreso senza combattere. Stava facendo scivolare la sedia all'indietro, quando la porta si aprì e un tizio con i capelli neri e un bomber si precipitò nel locale, si avvicinò a grandi passi al tavolo dei cinque, abbaiò chissà che, gesticolando agitato. Gli fece eco un violento vociare, alla fine lo smilzo si alzò e gli altri seguirono il suo esempio. "Resta lì, dobbiamo ancora discutere, noi due," ordinò a Charly con quella sua cantilena nasale, indicandogli con il dito il suo posto. Un attimo dopo erano tutti fuori.

Charly fece un cenno al cameriere. Non si sognava neanche di starsene lì seduto. Se la sarebbe filata, prima possibile. Il padrone era sparito, il cameriere doveva aver capito, perché arrivò già con il conto. Evidentemente non aveva neanche lui in grande simpatia le scazzottate inutili, con conseguente riordino del locale. Charly tirò un sospiro di sollievo. Non sapeva che angelo custode ringraziare, ma era pieno di riconoscenza e lasciò una mancia spropositata. Il che rese il cameriere loquace. "Lo smilzo ha un giro di casalinghe," bisbigliò, mentre fingeva di sparecchiare. "Stai in guardia!"

"Giro di casalinghe?" ripeté sbalordito Charly, mettendo altri venti marchi vicino al piatto.

"Rende almeno quanto le vostre bische, e certo di più di questa vecchia baracca. Ma da un po' di tempo c'è molta concorrenza, è per questo che quei tizi sono così in allarme..." Si voltò, per vedere se qualcuno lo stesse osservando.

"Casalinghe?" tornò a dire Charly. "Casalinghe?"

"Ragazzo, ma dove vivi? Certo: graziose, piccole casalinghe con dei mariti da schiattar di noia e una voglia matta di una bella avventura, che però renda anche qualcosa. Un business ideale. Pulito, anonimo. Nessuno ha interesse che la cosa si risappia."

Charly tirò un profondo respiro. Casalinghe. La serata si era rivelata assai fruttuosa.

Nel frattempo Anna aveva dimostrato a Rainer che non c'era bisogno di nessuna licenza. E che lei di lì a poco sarebbe diventata un'investigatrice privata. Per Rainer una simile conversazione all'ora di cena era particolarmente sgradevole, visto che già quel pomeriggio Patricia lo aveva in pratica sequestrato. Si era allegramente annunciata alla segretaria come visita amichevole, ma poi aveva ficcato il naso dappertutto nei suoi atti. Voleva sapere da lui se era stato chiarito che tipo di rapporto sessuale aveva avuto quell'Harald Eichmann. Come se lui fosse il tipo da disquisire di simili questioni intime con le amiche di sua moglie. Tanto più che si era sentito di nuovo preso in castagna da Patricia, perché in effetti non c'era nessuna precisazione del genere nei suoi atti. L'autopsia riferiva sulle modalità della morte, non sull'atto sessuale avvenuto prima. Patricia aveva insistito. Metteva persino in dubbio l'ora del decesso, voleva a tutti i costi fare indagini in albergo. Qualcuno doveva sicuramente aver sentito o visto qualcosa, sosteneva. Bisognava interrogare sistematicamente la gente. Una donna delle pulizie, un cameriere in servizio al piano, un ospite. Erano stati fatti passi in questa direzione? Rainer aveva tirato un sospiro di sollievo quando finalmente il suo cliente, seppure in ritardo, era comparso. Alla buon'ora! Così aveva avuto un motivo per invitare Patricia a uscire. Si era congedata con una frase che lo aveva fatto avvampare fino alla radice dei capelli: "Ah, giusto... Ti ho già detto che..." era lì ferma, una mano sulla maniglia, gli occhi puntati su di lui, "ho intenzione di appoggiare Anna nei suoi progetti lavorativi? Un'investigatrice privata e una psicologa, mi pare che possa venirne fuori qualcosa di buono!". Aveva aperto la porta di una spanna. "E si spera che tu ti renda conto di averle detto un cumulo di sciocchezze con la storia della licenza, egregio avvocato...". Quindi gli aveva mandato un bacio con le punte delle dita, per sfotterlo, ed era sparita.

"Oltre ad avere un fratello che è un avanzo di galera si permette una simile faccia tosta," osservò rivolto ad Anna, mentre lei gli riempiva il piatto di insalata.

"Credi?" rispose lei con un'occhiata di esagerato candore e riempiendosi a sua volta il piatto. Aveva apparecchiato in fretta in cucina, perché era rientrata poco prima di Rainer. Mentre Patricia, dopo che si erano viste a pranzo, era andata dapprima nel suo studio e poi da Rainer, Anna aveva preso informazioni sul modo di incontrare Steffen Schneider. Voleva andare a trovarlo in carcere insieme a Patricia, ma senza Rainer. Rainer sarebbe stato solo d'impiccio. Non era colpa sua se era all'oscuro di quanto accaduto quel pomeriggio, ma nemmeno poteva essere messo al corrente, quindi era meglio che stesse alla larga. Anna temeva che fosse necessario presentare una richiesta scritta dell'avvocato difensore che consigliasse al tribunale un incontro del detenuto in custodia preventiva con una psicologa. In quel caso, lei o Patricia avrebbero dovuto sgraffignare nello studio di Rainer delle buste vuote, e scrivere l'istanza a nome suo. Un'impresa assai impegnativa e con poche speranze di riuscita, già solo per via della risposta. Invece le cose si erano rivelate molto più semplici. Bastava presentare una normalissima richiesta di permesso di visita. Non sussistendo pericolo di collusione, non esistevano ostacoli. Tutti i detenuti in attesa di giudizio potevano ricevere visite.

Per questo Anna era raggiante. Chiacchierava di mille argomenti con Rainer, finché tornò di nuovo ai suoi progetti lavorativi.

"A me l'agenzia investigativa non sembra un'idea malvagia. Come ti sentiresti con un'investigatrice privata e una psicologa di supporto?"

La forchetta di Rainer restò a mezz'aria. "Ma cosa ti affascina tanto in uno come Steffen Schneider?"

"Il mio senso della giustizia!" Anna rifletté un attimo. "Sento che c'è qualcosa che non va!"

"Ah!"

"Senza contare il fatto che praticamente il caso mi casca tra le braccia. Grazie a te posso avere facilmente tutte le informazioni che mi interessano!"

"Non hai nessun mandato, e a ben vedere nessun motivo. È tempo sprecato!"

"Be', allora è tutto esercizio per i casi a venire!" Gli fece un sorriso. "Un omicidio non ti capita tutti i giorni tra le mani!"

"Se devo essere onesto, tra le mani adesso preferirei avere una bella bistecca, invece di questo mangime da conigli!"

Charly era in preda a una certa euforia. Per buona parte della notte era stato a pensare dove avrebbe potuto trovare delle casalinghe del tipo descritto dal cameriere. Era evidente che ci voleva una buona dose di prudenza. Si trattava di scovare proprio quelle che avessero un debole per simili giochetti: la maggior parte delle donne l'avrebbe probabilmente fatto a pezzi se si fosse presentato con proposte così audaci. Mettere un annuncio sarebbe stato rischioso, visto che con ogni probabilità l'avrebbe letto anche l'albanese, ed era meglio non approfondire quella conoscenza. Però, a pensarci bene, magari tipi del genere i giornali neanche li leggono. E con l'anonimato in realtà non poteva succedergli niente. Per lo meno, di persona.

Charly era nel suo solito bar e trangugiava il suo solito cappuccino. Tanto per provare, avrebbe potuto dare un'occhiata a un paio di quotidiani, magari qualche volonterosa signora aveva già messo un annuncio di sua iniziativa, così lui poteva risparmiarsi di farlo. Si alzò e prese la "Morgenpost", che, tenuta da un supporto di legno, stava appesa insieme ad altri giornali. Prima di arrivare alla pagina delle inserzioni, lo sguardo gli cadde su un titolo a caratteri cubitali: "RIESPLODE LA GUERRA TRA PROTETTORI". Accanto una foto, che mostrava un uomo trasportato in barella. Sullo sfondo, un'ambulanza. Charly distolse un attimo lo sguardo dall'immagine. Se non prendeva un grosso granchio, era uno dei tipi della sera prima. Ne era praticamente sicuro. I capelli pettinati all'indietro, l'abito, la corporatura. Tutto quadrava. Charly lesse la didascalia: "A seguito di una violenta sparatoria, ieri polizia e autoambulanze sono accorse in gran numero sul luogo dove si sono affrontate le due bande rivali".

Charly diede una rapida scorsa al testo: a quanto pareva, le pallottole erano volate appena un attimo dopo che lui si era imbattuto in quei tipacci. Ecco il motivo per cui tutti avevano abbandonato precipitosamente il tavolo e il tizio con il bomber aveva quella fretta indiavolata. La faccenda poteva avere risvolti positivi. Se quelli si ammazzavano tra di loro, al vertice restavano dei posti vuoti. Ma poteva anche significare che era sceso in campo un rivale ancora più potente e che lui, se i nuovi avessero avuto la meglio, non avrebbe mai più riguadagnato terreno.

Non gli restava evidentemente altra chance se non quella di agire sotto copertura. Sfogliò il giornale fino alla pagina degli annunci e li esaminò. Niente che facesse al caso suo. Chiese alla cameriera carta e penna e buttò giù un paio di tentativi. Di sabato, pensò, un simile annuncio avrebbe fatto faville.

Nel frattempo Max era a Napoli, al porto, e guardava le navi. Cercava qualche vecchia carretta male in arnese, battente bandiera esotica e diretta in Nord Africa, la stiva piena di auto di lusso. Fino a quel momento la ricerca era stata vana. La sua idea originaria – mettersi in mostra in una piazza con la turbo, aspettando che qualcuno si facesse avanti – si era dimostrata fallimentare. Tirava un vento freddo e burrascoso, nessuno aveva voglia di stare all'aperto in una piazza. Allora si era messo a girare, cercando officine in strade un po' fuori mano, che non trattassero una specifica marca di auto. Ma l'unico risultato era stato che aveva consumato un sacco di benzina, e alla fine aveva rinunciato. Soltanto per arrivare fino a lì aveva dovuto fare quattro volte il pieno, stava per finire i soldi. Era roba da uscire di testa: duecentocinquantamila marchi sotto le chiappe, niente da mettere sotto i denti, e gelidi sedili in pelle per dormire... Non aveva neanche qualche spicciolo per prendersi un caffè caldo. Quella macchina cominciava a dargli sui nervi. Se non gli capitava qualcosa entro poco, doveva mettersi a rubare. A dir la verità, però, lui non era tipo da scippare la borsa alle vecchiette. Ma come si fa, altrimenti a procurarsi denaro in poco tempo? Stendendo la mano all'angolo della strada? Rapinando un benzinaio? Ripulendo la cassa a un negozio, forzando la porta di un appartamento? In realtà si era immaginato che la sua impresa sarebbe stata molto più facile.

Così ripercorse per l'ennesima volta – un occhio all'indicatore del serbatoio, la cui lancetta in caduta libera gli faceva capire cos'è la paura – la banchina del porto, a passo d'uomo. Una vecchia chiatta arrugginita lo fece fermare. Alcuni container molto alti impedivano la visuale, ma una gru, il cui braccio si muoveva avanti e indietro, lasciava intendere che erano in corso operazioni di carico. Max prese il giaccone dal sedile posteriore e scese. Magari la soluzione ai suoi problemi era lì. Chiuse la macchina e corse verso i container. C'era una vera e propria bufera, e l'aria umida e gelata gli si infilò su per i pantaloni. Max si chiuse la zip del giaccone e tenne stretto con una mano il colletto rialzato. Italia... dolce vita... al diavolo... pensò. Ne aveva le scatole piene del torrido Sud.

I container erano così ravvicinati che non c'era modo di infilarsi in mezzo. Max proseguì verso la banchina. Da qualche parte avrebbe pur trovato il modo di passare, tanto più che adesso era convinto di essere sulla pista giusta. Quasi gli era passato il malumore. Con un pizzico di fortuna entro poco si sarebbe sbarazzato della macchina. Già pensava a quale cifra chiedere. Doveva essere una somma trattabile. Dalla data sul libretto di circolazione, l'auto non aveva neanche un anno, e, calcolando il tragitto appena fatto, aveva sul contatore appena diecimila chilometri. Max non aveva alcuna esperienza di auto rubate, ma di sicuro quella valeva ancora almeno ventimila marchi. Sentì il cuore battergli forte: tra il margine della banchina e i container c'era uno spazio: aveva trovato il passaggio che cercava. Max avanzò a fatica, schiacciandosi contro le pareti dei container, finché arrivò a vedere la nave. Era veramente una carcassa mal messa, e Max non dubitò un istante che fosse nelle stesse precarie condizioni dei container.

Stavano effettivamente facendo il carico. Si vedeva una gran folla di uomini in tuta da lavoro che preparavano dei container più piccoli, adatti a essere trasportati dalla gru. Ma di auto non c'era l'ombra, a meno che non fossero dentro quei cassoni arrugginiti. Inoltre un capannone, da cui venivano estratti i container, gli impediva la visuale. Max osservò meglio gli uomini. Per quanto potesse giudicare da lontano, erano tutti stranieri. Presumibilmente sudamericani. Max aguzzò gli occhi per vedere la bandiera. Giusto: Panama. Azzeccato. Se adesso trovava qualcuno con cui trattare, poteva andarsene in Brasile con il primo volo. O da un'altra parte, così, last minute.

Uscì allo scoperto e si incamminò nello spazio tra i giganteschi container alle sue spalle e la nave. In quel momento sentì il rombo di un motore. Tese l'orecchio. Era un rombo possente, pieno. Come di una turbo. Il che suonò per lui come una conferma del fatto che in quel capannone avrebbe trovato quello che cercava. Avanzò con il sorriso sulle labbra.

Steffen Schneider non era contento, glielo si leggeva in faccia. "Cosa me ne faccio io di una psicologa?" chiese sprezzante. "Ho forse l'aria di aver bisogno di una strizzacervelli? Di un alibi, ho bisogno, e basta!"

Si era seduto di fronte a Patricia e ad Anna, nel parlatorio del carcere, e le guardava annoiato. Tra i capelli biondi ossigenati cominciava a vedersi la crescita nera, e quell'ibrido rendeva i suoi tratti asiatici ancora più interessanti.

"Stiamo cercando il modo di venirle in aiuto," gli spiegò Patricia.

"È già venuta," replicò lui, "ma non è servito a niente!"

Per il permesso di visita non avevano avuto nessun problema. Anna ne aveva fatto richiesta il mattino e l'aveva ottenuto per il pomeriggio stesso. Aveva addotto "motivi personali", e nessuno aveva voluto saperne di più.

"Stiamo facendo il possibile!" Patricia accavallò le gambe. Indossava degli stivali neri, una minigonna nera e un grosso pullover. Notò lo sguardo di Steffen, e si tirò un po' giù la gonna.

"Non c'è problema!" continuò l'altro e abbozzò un sorrisetto. "Per me può anche mettersi a ballare nuda sul tavolo!"

"Non ci penso proprio!"

I loro sguardi si incrociarono, Steffen annuì appena e poi fissò Anna. "E allora? Cos'è 'sto schieramento di truppe?"

"Ci dica una buona volta cosa voleva veramente Harald Eichmann da lei."

Steffen alzò le spalle. "E perché dovrei? Forse lei è la sua vedova? La sua ex compagna? Sua figlia?"

Anna inspirò profondamente. "Io mi trovavo, all'ora della sua presunta morte, nella camera sotto di lui, in albergo, e l'ho sentito dar segni di vita – altro che vita! – due ore dopo!"

"Ah!" Steffen si chinò in avanti. "Questa sì che è tosta! L'ha detto alla polizia?"

Anna alzò le sopracciglia. "Non posso. Proprio come lei non può dire apertamente quello che voleva davvero fare lì. Ma dal momento che noi sappiamo quello che sappiamo, stiamo cercando il modo di aiutarla. Però lei deve collaborare."

"Già." Sembrò riflettere. "Magari per due dame dei quartieri alti è una faccenda un po' spinosa."

Anna si mise più comoda sulla sua sedia. In jeans, maglione blu scuro a collo alto e capelli raccolti in uno chignon sembrava una studentessa.

"Non siamo affatto dame dei quartieri alti." E c'era da crederle senza ulteriori spiegazioni.

Steffen la osservò per un po', poi si sporse verso di lei e abbassò la voce. "Mi ha dato la dritta un amico che a tempo perso fa il pusher. Era un giro di coca, mica di sesso. Ma una cosa vale l'altra, che differenza fa?" Prese fiato e si mise dritto. "Io quell'Eichmann non lo conoscevo affatto, manco l'ho toccato. La mia sfiga è che l'ora che ho scritto sul foglietto coincide più o meno con quella presunta della morte. Ed è questo che loro pensano: che quel tizio mi abbia chiamato subito e che io l'abbia fatto secco. Assurdo!"

Anna fece un cenno di assenso. "Ma quel tale che le ha dato la dritta non può aiutarla? Procurarle un alibi, per esempio?" chiese.

"Quello si para solo il culo. Suo padre è un primario conosciutissimo, o una roba del genere, e farebbe il diavolo a quattro, se la cosa venisse risaputa. E poi è mio amico."

Patricia e Anna si scambiarono un'occhiata.

"Ci sono tanti primari ad Amburgo," la voce di Patricia aveva una vaga nota vibrante. "Non è che ci può dire il nome di battesimo?"

Steffen scosse il capo. "No! E perché?"

"Si chiama Max?"

L'altro restò muto, paralizzato, poi si guardò attorno, come se si trovasse al KGB. Il silenzio pesava opprimente in quel locale scarsamente ammobiliato, disadorno.

"Allora, è proprio Max!" Patricia lo disse con determinazione.

Steffen continuava a tacere. Il suo sguardo si era incupito.

Anna arrivò a temere che stesse per andarsene. “Max è il fratello di Patricia,” aggiunse in tutta fretta.

Steffen alzò gli occhi, ma non reagì.

“Max ha appena rubato una Porsche e se l’è filata. Probabilmente in Italia.” Patricia parlava intenzionalmente in modo neutro, per tenere sotto controllo le emozioni. “Presumo che tra poco sarà qui a tenerle compagnia...”

“Macché. Max è uno in gamba. E ha un gran culo. L’ha sempre avuto!”

“Max ha un padre che vuole stare alla larga da qualsiasi scandalo. È tutto qui il mistero!” Patricia sbuffò sprezzante. “Ma non sarà sempre possibile!”

Steffen si grattò la testa dai capelli a spazzola bicolori. “Comunque sia... Almeno lui ha qualcuno!”

“Anche lei,” Anna si alzò. “Lei ha noi. E qualche buona idea ci verrà pure in mente!”

“E che prestazione volete in cambio?” Anche Steffen si alzò.

Anna non poté fare a meno di ridere. “Ah, senti un po’!”

Il pesante portone si era già chiuso da dieci minuti alle loro spalle, ma Patricia e Anna stavano ancora fianco a fianco sul marciapiede. Patricia tremava, nonostante il piumino e la temperatura piuttosto primaverile. Teneva le mani sprofondate nelle tasche, e le gambe strette.

“Max è veramente nei guai, molto più di quanto pensassi,” corrugò la fronte. “Se almeno si decidesse a crescere, una buona volta!”

“Gli uomini non crescono mai.”

“Sì, sì, sì!” Patricia le rubò la parola di bocca. “Lo so! Non diventano mai adulti, e hanno bisogno di un giocattolo per tutta la vita!” Fece una smorfia. “Come fa Lars con te!”

“Questa, poi!”

Patricia scosse il capo. “Lasciamo perdere. Non è il momento di parlarne.”

“A ogni modo, giusto per chiarire: è lui che è il mio giocattolo! Il mio spasso! E a pensarci bene, potrei anche prendermene un altro! Uno come Steffen. Giovane, fresco, animale!”

Il viso di Patricia si illuminò. “Senti, senti! Non ti sembra di esagerare?”

“Ma va’! Di amanti non ce n’è mai abbastanza!”

"Mmm..." Patricia spostò il peso sull'altra gamba. "Ci penserò su, quando avrò di nuovo la testa per pensarci. Eppure... di Bettina non ti preoccupi?"
"Bettina?" Anna scosse il capo. "Lei si consola con la cultura. E poi deve essermi riconoscente: io le porto un po' d'aria fresca nel matrimonio. Mi piacerebbe proprio vedere con che foga adesso Lars se la fa il venerdì sera!" Scoppiò a ridere.
"Ti piacerebbe davvero?" Patricia tirò fuori le chiavi della macchina dalla borsa.

Rainer non credeva alle sue orecchie, quando Patricia lo chiamò e gli propose di fare il suo nome come alibi per Steffen Schneider.
"Cosa diavolo stai dicendo?" le chiese.
"Steffen Schneider è l'amico di Max. All'ora del delitto i due erano insieme, e c'ero anch'io!"
Era venerdì mattina, e Rainer aveva davanti un cliente. Si schiarì la gola, tentando di capire che panzana stesse cercando di dargli a bere Patricia. "Ma è una menzogna!"
"E chi l'ha detto?" esclamò Patricia in tono di sfida.
"Aspetta un secondo." Rainer prese alcune carte, che stavano accatastate sulla sua scrivania, e le porse al cliente. "Potrebbe per favore visionarle in anticamera? È un caso urgente, riservato. Torno subito da lei!"
Aspettò finché non fu da solo, poi si alzò e andò con il telefono alla finestra. "Sono tutte storie, Patricia. Perché vuoi fare una cosa del genere? E chi ti dice che non sia stato davvero Steffen?"
"All'ora presunta della sua morte, Harald Eichmann era ancora in vita. O, comunque, alle quattro scopava con qualcuno nella camera 516. E così rumorosamente da farsi sentire nella camera di sotto. Per qualche strano motivo si è voluto trovare subito un colpevole. Ma Steffen gli forniva solo la coca, non c'entra niente con storie di sesso. E in quella camera d'albergo non ci è mai arrivato!"
Rainer aprì le tende, guardò in strada, tentando di capire quello che Patricia gli aveva appena detto.
"Calma, calma! Chi c'era nella camera di sotto che possa testimoniare quello che hai detto? E da chi ti arrivano queste informazioni?"
Silenzio.
"Patricia? Ci sei ancora?"

"È una faccenda delicata. È stato un puro caso. Si tratta di una donna sposata che ha una relazione, ma vuole restare anonima".

Rainer scoppiò in una risata incredibilmente squillante. "Non ci siamo! Una testimone che vuole restare anonima? Assurdo. Non ha credibilità, scordatelo!"

"Sono io!"

"Tu?"

Patricia con l'amante? Esulava dalle sue capacità di comprensione.

"Non ci credo!" replicò deciso. "E Frank?"

"Lui non c'entra niente!"

"Hai l'amante e tuo marito non c'entra niente? Che razza di idiozie stai dicendo?"

"Non ho nessuna intenzione di discutere di questo con te, Rainer. Limitati a prendere atto della cosa e traine delle conseguenze. Steffen non è il colpevole. Alle quattro quel tizio era ancora vivo. L'abbiamo sentito attraverso il soffitto. Questo, perché tu sappia!"

Rainer si girò e si appoggiò con la schiena alla finestra. Perché tu sappia! E lo diceva così, come se niente fosse, che metteva le corna al marito. "Le donne non sanno prescindere dai sentimenti. Non dirmi che si tratta *solo* di sesso!" Era una cosa semplicemente mostruosa.

"È solo una storia di sesso, Rainer! Non fare il santarellino!"

Il modo in cui l'aveva detto lo mise sul chi vive. Non avrà mica saputo qualcosa della sua, di storia? Patricia lo aveva sempre inquietato, e quella rivelazione non contribuiva certo a migliorare le cose.

"Rifletterò su quanto mi hai detto."

"Mi raccomando!"

"Anna lo sa?"

"E certo!"

"Certo!" Se n'era scordato: le amiche non hanno segreti. Il che, per un uomo, è un vero incubo.

"Ti saprò dire," disse a mo' di congedo.

"Benissimo!" C'era, nel tono di lei, un'inflessione di comando che lo indusse a riattaccare in tutta fretta.

Anna, mentre rincasava dal carcere, aveva mandato subito un SMS a Lars. Voleva vederlo in settimana. Nel frattempo tentò un'autoanalisi. Aveva detto a Patricia che Steffen le piaceva, e immediatamente dopo aveva sentito una gran voglia, ma di Lars. E suo marito, allora, cosa ci stava a fare? "Voglio vederti questa settimana," aveva digitato sul cellulare al primo semaforo rosso, e a quello dopo "very urgent" con tre punti esclamativi, spedendo il tutto a Lars mentre guidava. Lui rispose subito: "Ce l'hai in fiamme?". Anna, un occhio alla macchina davanti, scrisse: "Sììì!!!!". Lars le propose quel pomeriggio stesso, alle quattro. In un alberghetto di periferia. Un piccolo hotel da commessi viaggiatori, niente di speciale. Non caro, ma pulito. Per Anna andava benissimo.

Mentre Rainer chiudeva la sua ventiquattrore riflettendo su quanto gli aveva detto Patricia, Anna cercava parcheggio davanti al piccolo albergo. Era davvero lontanissimo dai suoi gusti, sembrava una locanda di paese, ma la macchina di Lars era già lì, e non era il caso di fare storie. Nella reception buia e arredata con mobili di poco prezzo non c'era anima viva. Ma trovò un foglietto: "Sono nella camera 12, Lars!". Una porta a vetri smerigliati dava sulla sala, da cui fuoriusciva un vocio confuso, e una scaletta ricoperta da una passatoia lisa portava al piano superiore. C'era puzza di fritto, ma Anna non si perse d'animo. Indossava dei jeans e un piumino, un abbigliamento buono per qualsiasi posto, anche una bettola di provincia.

Le scappava quasi da ridere. L'ambiente non poteva essere più diverso dal Ramses, dove i loro incontri pomeridiani non costavano mai meno di duecentocinquanta marchi. Si fermò davanti alla numero 12. Sulla porta di finto noce la cifra dorata era appesa storta. Bussò. Si sentiva come la strega di Hänsel e Gretel. Tra poco l'avrebbe divorato.

"È aperto!"

Anna entrò. Lars era già a letto, le coperte fino alla cintola, le braccia incrociate dietro la testa, gli occhi puntati su di lei. Anna si avvicinò lentamente al letto e si aprì la giacca. "Cosa vuoi da me?" gli chiese, sfilandosela senza fretta. "La mia anima?"

"L'anima? Proprio!" fece lui, ridacchiando.

Lei tirò giù la zip dei pantaloni. "O solo il mio corpo?"

"Assolutamente no!"

"Davvero? Allora me ne vado subito!" E tirò su di nuovo la cerniera.

Con un balzo felino lui la acchiappò e la trascinò sul letto, montandole sopra. "Ah sì? Vattene, allora!"

"Soffoco!" gemette lei. "E poi il tuo golf di lana pizzica!"

"Ma se sono nudo!" Lars la guardò: Anna aveva il naso schiacciato contro i peli del suo petto. "Ah, capisco!" disse ridendo e cominciando a sfilarle i jeans. "E pensare che lavo sempre i miei golf di lana con uno shampoo delicatissimo!"

"Ah, davvero!" ribatté lei con voce nasale. "Ti lavi i golfini da solo?"

"Sempre, sotto la doccia!"

"Sotto la doccia, come no!" Lo mordicchiò tra la peluria.

"Ahia! La finisci?" Lars le afferrò la testa e la portò all'altezza della sua. "Carognetta! E la prossima volta, prima di venire nel mio letto, ti togli le scarpe, chiaro?" Gli stivali stringati di Anna erano, in effetti, un ostacolo insormontabile per quei jeans attillati.

"Se tu mi riveli come fai a lavarti i golf di lana, mi tolgo gli stivali da sola. Affare fatto?"

"Te l'ho detto: sotto la doccia!"

"Un golf di lana sotto la doccia?"

"Non essere tanto dura di comprendonio! Hai mai lavato un golf di lana nel lavandino? Una volta bagnato, diventa pesante, e il detersivo non se ne va. Invece io entro nella doccia, mi lavo i capelli, e con lo shampoo lavo anche il golf, poi mi sciacquo, e basta. Nel giro di dieci minuti il golf è bell'e pulito. Ma si può fare solo d'estate. Allora... ti sei tolta finalmente gli stivali?"

Anna, stesa al suo fianco, si sbellicava dalle risate. "Questa non l'avevo mai sentita!"

Lars si girò verso di lei e le slacciò gli stivali. "Tocca fare tutto a me!"

In quel momento Max era seduto nella cabina di un camion. Aveva passato la nottata più brutta della sua vita, un concentrato dei suoi incubi peggiori. In un primo momento si era avvicinato alla banchina cercando di non dare nell'occhio. Non era ancora arrivato all'ingresso del capannone da cui venivano estratti i container, quando un uomo con un lungo soprabito di pelle nera gli aveva rivolto la parola.

Parlava italiano, cosa a cui Max non aveva pensato. Aveva risposto in inglese. Quell'altro, con folti capelli neri e un robusto naso aquilino, lo aveva squadrato ben bene. "*What are you looking for*?" aveva ripetuto in inglese.

"*Cars*," aveva risposto Max. Non gli andava troppo a genio il fatto che quell'italiano si fosse messo di mezzo. Aveva un che di minaccioso. Come quegli uomini che avevano fatto capannello intorno, osservandoli. "*I'm looking for cars*!" aveva precisato.

"Non abbiamo nessuna auto," aveva risposto l'uomo in tedesco.

Max si era sentito sollevato: almeno potevano intendersi più facilmente. "Ho una Porsche, e voglio venderla," aveva detto, speranzoso.

"Non trattiamo affari del genere." L'uomo aveva fatto una smorfia di disprezzo. "Noi commerciamo in macchine agricole!" Max aveva tentato di sbirciare dentro a uno dei capannoni, senza successo. E poiché era evidente che quel tizio voleva impedirglielo a tutti i costi, non ci aveva creduto.

"Dove posso vendere una Porsche?" Magari gli davano almeno una dritta.

L'italiano si era stretto nelle spalle. "Da un concessionario?" aveva risposto con un sorrisetto maligno sulle labbra sottili. "O dai carabinieri?"

Max non aveva più aperto bocca. Era un ospite indesiderato, lì, era lampante. E non avrebbe avuto nessuna dritta. Aveva girato i tacchi. "Grazie per l'informazione," aveva detto andandosene. "Troppo gentile!"

C'era puzza di cose losche, in quei paraggi: Max lo sentiva. Magari era proprio un traffico di auto. O magari no. Macchine agricole... Semmai carri armati. Accanto ai container si era girato di nuovo. Dell'italiano con cui aveva parlato non c'era più traccia. Al suo posto adesso c'era un tipo scuro, con due spalle larghe e un giubbotto di pelle imbottito, che lo guardava. Max aveva alzato una mano, in un fiacco segno di saluto e aveva continuato a camminare accanto ai container, per tornare nello spiazzo lì dietro. Appena girato l'angolo, si era bloccato, lo stomaco stretto in una morsa: lo spiazzo era vuoto. Niente che potesse lasciar credere che lì, dieci minuti prima, c'era una Porsche turbo. Max, d'istinto, si era portato una mano al cuore e aveva girato gli occhi intorno a trecentosessanta gradi. Era capitato in un altro spiazzo? Aveva lasciato la macchina in un altro posto? No! Non c'erano altre possibilità: era sceso dalla macchina proprio lì! Aveva sentito la rabbia che montava. Era il colmo! Gli avevano fregato la Porsche! Che sfacciataggine! Italioti di merda!

Era andato di corsa al punto esatto dove aveva parcheggiato, come se potesse averne un aiuto, e solo quando era riuscito a intravedere una traccia di copertone sull'asfalto si era dato per vinto. Era sul punto di mettersi a piangere, distrutto dalla delusione.

Aveva guardato l'orologio. Era pomeriggio inoltrato. Tra poco sarebbe diventato buio, e ancora più freddo, come se non bastasse il gelo che c'era. L'idea di dover passare la notte senza un soldo e senza un tetto sopra la testa era agghiacciante. Avrebbe voluto morire sul colpo. Era tornato a passi lenti verso i container e vi si era appoggiato contro con la schiena. Almeno lo riparavano dal vento. Ma qualcosa doveva farsi venire in mente.

Si era messo a riflettere. Naturalmente era stato un giochetto da ragazzi fregargli la turbo lì, dietro i container, praticamente sotto il suo naso, e stivarla in quella vecchia carretta. Di certo quel bastardo si era fatto delle grasse risate alla faccia sua. Già: i carabinieri, proprio! Avrebbe dovuto metterli lui alle calcagna di quei farabutti. Macchine agricole. Più inverosimile di così si muore. Ma possibile che tipi così loschi non venissero tenuti d'occhio? Lì di forza pubblica, comunque, non c'era l'ombra.

Max aveva infilato le mani in tasca: almeno il portafoglio l'aveva ancora, anche se dentro non c'era niente, a eccezione della carta di identità e della patente. E in tasca c'erano anche le chiavi della macchina: quello era pur sempre un bel colpo.

Aveva due possibilità: o riusciva a rintracciare la macchina da qualche parte e se la riprendeva senza tante storie – magari era ancora lì, nei pressi di quei capannoni –, oppure ripartiva alla volta della Germania e metteva a frutto il possesso delle chiavi di casa che stavano nel mazzo con quelle dell'auto. Nome e indirizzo li aveva bene impressi. Il nome gli riusciva noto, ma non capiva perché. Leuthental... Di sicuro c'entrava con suo padre. Friederike Leuthental. O era una tipa dello showbiz? In definitiva non importava: lei non aveva più la macchina, e lui nemmeno. Volatilizzata. Solo che lei sarà stata di sicuro bene assicurata, e lui invece andava in bianco. La vita è ingiusta.

Max si era ripromesso di aspettare che calasse l'oscurità per avvicinarsi ai capannoni, protetto dal buio. E se la cosa non fosse servita si sarebbe dedicato all'appartamento di Friederike Leuthental. Il destino gli aveva messo in mano quelle chiavi, sicuramente per un preciso disegno.

Ma non gliene era andata dritta una. E alla fine, quando era capitato, in stato pietoso e mezzo congelato, in una bettola del porto, l'aveva raccolto Uwe, un pacioso maciste. Sulla banchina a Max avevano fatto un occhio nero, e quell'occhio nero l'aveva convinto che quelli lo avevano aspettato all'ingresso del capannone proprio perché lì dentro c'era la turbo. E se non intendevano venderla, era perché forse il capoccia in soprabito di pelle nera la voleva guidare personalmente. Max non aveva avuto il fegato di stargli ancora alle calcagna. E nemmeno i soldi. E neanche la forza, perché adesso aveva un unico, impellente bisogno: stare al caldo. Tremava come una foglia, aveva le dita quasi congelate, i piedi come pezzi di ghiaccio, le orecchie doloranti, gli occhi in fiamme.

Max provava un senso di benessere, seduto accanto a Uwe nel suo camion. Guardava la strada davanti, ed era contento come un bambino che Uwe lo riportasse a casa senza sganciare un soldo. "Mi basta stare in compagnia," gli aveva detto con grande semplicità.

"Ma tu ti senti in colpa?"

Lars prese le sigarette, passando il braccio sopra Anna. Erano distesi fianco a fianco, le gambe intrecciate.

"E perché dovrei?" chiese Lars stupito.

"Be', per via di Bettina! Dopo tutto le fai le corna!"

"Già, e tu allora?" Si mise tra le labbra un esemplare piuttosto malconcio delle sue Camel, l'accese e aspirò profondamente.

"Io mica tanto!" Anna gli prese la sigaretta e tirò a sua volta una boccata.

"Cosa? Mica tanto?" Le lanciò un'occhiata incredula e scoppiò a ridere. "Bella battuta. E cosa fai allora?"

"Niente di che." Gli restituì la sigaretta.

"Ah, grazie! E io sarei 'niente di che'!"

"Ma dai!" protestò lei.

"Non c'è da far salti di gioia, a sentirsi chiamare 'niente di che'. Guarda che me lo ammosci!"

Anna si stiracchiò. "È un bel fatto che gli uomini debbano sempre preoccuparsi del loro uccello, come se fosse il loro fratellino... Io mica chiamo le mie tette Lilly e Susi!"

Lars si girò un po' e cominciò a mordicchiarle i capezzoli. "Be', carine le due sorelline... Susi e Lilly, che bei nomi... Proprio azzeccati!"

Anna mandò un gemito e si abbandonò sul letto. "È proprio vero: gli uomini sono dei gran bambini!"

"Grazie, troppo buona!" Lars la morse con più foga.

"Ahi!" Anna saltò su e lo afferrò per i capelli.

"Cosa volevi dire? Perché non gli fai le corna?" La guardò dritta in faccia. "Voglio dire, stando con me. Mi interesserebbe molto saperlo!"

"A Rainer non tolgo niente stando qui. Sono due cose diverse. E visto che il fatto che io sia qui non lo riguarda, vuol dire che non gli faccio le corna!"

"Ah!" Lars si staccò dai suoi capezzoli. "Classica logica femminile!"

"Già!" Anna gli scompigliò i capelli. " E adesso tocca a te spiegare perché non hai nessun rimorso verso Bettina!"

"Semmai ce li ho verso Rainer. Solidarietà maschile... Mai sentita nominare?"

"Sì, mi pare nei libri di storia. Di guerra in guerra, a furia di solidarietà gli uomini si sono sempre massacrati!"

"No," replicò lui. "Non capisci. È come un duello all'alba... non è un fatto personale, ma una questione d'onore!"

"Onore? Che cazzata!"

"Non essere così screanzata, non è da te!"

"E neanche da te!" Anna gli guardò le parti basse. "È da screanzati come se ne sta tutto ammosciato al mio cospetto. Non te l'ho già detto una volta? Fai il piacere di alzarti in piedi, quando parli con me!"

Rainer, dopo la confessione di Patricia, non riusciva a darsi pace. Con che nonchalance aveva parlato, come se si trattasse di bazzecole... Quando arrivò a casa, Anna non c'era ancora. Ne fu contento, così aveva ancora un po' di tempo per riflettere. Andò in cucina e aprì il frigo. Alla prima occhiata non c'era niente che gli stuzzicasse l'appetito: tutti i cibi erano avvolti nella pellicola trasparente e non avevano un aspetto molto invitante. Così prese una birra e richiuse il frigo. Andò a sedersi nell'ampia poltrona di pelle davanti alla tivù, la accese e decise di trascorrere così la serata, come altri mille rappresentanti del genere maschile: piedi all'aria, pantofole, birretta... Se solo le donne fossero un po' meno complicate!

Il film che scorreva sullo schermo era una cosa incredibile, caricaturale al massimo, vero e proprio pattume di coppia. Eppure rimase lì a guardarlo, mentre divagava col pensiero.

Era vero: anche lui aveva i suoi segretucci. Ma era una

cosa ben diversa dall'avere un amante, come aveva ammesso apertamente Patricia. Non riusciva proprio a capire: Patricia era sposata da poco, manifestamente innamorata del suo Frank, eppure trombava con un altro in pieno giorno in una camera d'albergo. Cosa volevano le donne? Cosa andavano cercando?

Pensò ad Anna. Era sicuro che lei non lo tradisse. Perché avrebbe dovuto: avevano rapporti regolari, ed era evidente che in fin dei conti quella che godeva di più era lei. Dal momento che lui non poteva dare spazio alle sue inclinazioni, si concentrava ogni volta totalmente su di lei, e si sforzava di fare tutto quello che aveva letto o sentito da altre donne. Lunghi preliminari, tante coccole, orgasmo trattenuto a lungo, non un gesto che potesse bollarlo come macho e mortificare lei in quanto donna, ivi comprese alcune posizioni che era meglio evitare. Facevano sesso in modo sano e pulito, e Anna veniva ogni volta, ne era certo. Si versò un'altra birra. O almeno, così diceva. Davanti agli occhi gli stavano scorrendo i titoli di coda del film: *Amori proibiti*... Giusto a proposito! Guardò l'ora: le sei e venticinque. Sarà stato il programma più adatto per ragazzi?

Sentì la porta che si apriva. Ah, adesso doveva decidere se era il caso di dirle di Patricia... Anna si stava avvicinando, in jeans e pullover oversize, e sembrava una ragazzina.

"Sei davvero bellissima," le disse, mentre si chinava per dargli un bacio.

"In effetti, mi sento da dio!" Scoppiò a ridere e si sedette su un bracciolo. "Sono amata, cosa voglio di più?"

"Già..." Rainer rifletté un attimo e le lanciò un'occhiata in tralice. Aveva gli occhi scintillanti, un incarnato fresco da ragazza, una traccia appena di trucco, e un'aria di donna veramente soddisfatta. Rainer posò la mano sulla sua. "Vederti felice rende felice anche me," disse, e lei lo guardò trasognata. "Non capisco proprio perché ci siano donne che hanno bisogno di due uomini... Aiutami a capire!"

L'espressione della faccia di Anna mutò all'istante. "Cosa intendi?" chiese.

Lui si spostò leggermente sulla poltrona, per vederla meglio. "Intendo la tua amica, Patricia."

"Patricia?" Non capiva dove volesse andare a parare. "Cosa c'entra Patricia?"

"Be', il fatto che abbia un altro, un cosiddetto 'lover' – espressione atroce! – mi ha veramente traumatizzato."

"Cosa? Che cos'ha???" Dalla sorpresa Anna non aveva saputo trattenersi. Si accorse di aver urtato Rainer, ma ormai era fatta.

"Pensavo lo sapessi!" La guardò, e Anna lesse nel suo sguardo che adesso gli doveva una spiegazione plausibile. Solo che non gliene veniva in mente neanche mezza, e nemmeno riusciva a intuire da che parte tirasse il vento.

"Chi te l'ha detto?" chiese per stare sul vago.

"Lei, me l'ha detto! Mi ha confessato di avere un amante, e che tu lo sapevi già."

Anna preferì tacere. Il terreno era minato. Cosa diavolo era andata a raccontare Patricia, e perché non l'aveva informata per tempo? O forse era di lei che Patricia aveva parlato, solo che Rainer non aveva capito? E adesso, di punto in bianco, le stava per arrivare addosso una scenata?

Sentiva che Rainer la stava osservando.

"Non mi piace parlare delle amiche," disse nel tentativo di cavarsela. "Sono affari loro, direi!"

"Esatto!" Rainer annuì con aria di approvazione. "Solo che se la tua amica con la sua deposizione intende intromettersi in un caso giudiziario aperto, non sono più affari loro, e basta. La cosa diventa di dominio pubblico."

Anna si stava scervellando. Accidenti, a cosa diavolo alludeva?

Per un po' nessuno dei due parlò. Guardavano come in trance la televisione.

"Perché mai una donna ha bisogno di due uomini?" tornò a chiederle Rainer.

"Non lo so! Io non ne ho bisogno!" si affrettò a dire Anna.

"Ma un motivo ci dev'essere. Uno stimolo ormonale? O ci sono altre cause? Fisiologiche?"

"Bisogna che sia quello giusto! Una donna sente se è quello giusto, o no. E se non lo è, un uomo può anche slogarsi in tutte le posizioni, ma non c'è niente da fare!"

Rainer tacque un istante. "E come fa un uomo a sapere se lui è quello giusto o no?" chiese dopo un po'.

"È la donna che dovrebbe farglielo capire!" Santo cielo, che mare di falsità!

"Dipende dai centimetri, come si sente sempre dire? O dal diametro?"

Anna si alzò dal bracciolo, andò a sedersi d'impeto sulle sue ginocchia e lo abbracciò. "È evidente che le donne cercano di consolare gli uomini, dicendogli che la lunghezza non conta un bel niente. Non è vero, naturalmente, è solo una specie di carezzina sulla bua: certo che contano le dimensioni! Ma nemmeno c'è bisogno di un pene elefantiaco, di quello si vantano solo gli uomini tra loro. Ma tu non hai motivo di preoccuparti. Tu sei perfetto!"

"Perfetto per te, vero?"

"E certo, per me! O stiamo parlando dell'altra?" Gli tirò un orecchio per ammonirlo. "In fin dei conti ogni donna è fatta a modo suo, e ogni uomo pure, e se si ha fortuna si è giusti uno per l'altra: semplicissimo!"

"Già, a sentirti parlare, è proprio semplicissimo!"

"E se poi funziona anche la chimica, e c'è feeling, tutto va a gonfie vele!" Oh, Anna, Anna, si disse. Magari fosse così semplice! Rainer la guardava dritto negli occhi.

"E allora perché Patricia ha bisogno di un altro uomo?"

A quella domanda Anna proprio non sapeva rispondere.

Per fortuna squillò il suo cellulare. Anna fu felicissima di quell'interruzione. Rainer sbuffò: "Devi proprio?".

"Scusa!" Anna si staccò da lui e si avvicinò alla borsa, che aveva lasciato vicino alla porta. Ci infilò la mano e ne tirò fuori il cellulare, che lampeggiava eccitato. Sul display era segnalato un messaggio nella segreteria telefonica, era Patricia. Anna lo ascoltò: "Anna, non riesco a trovarti, accidenti, è una cosa importante. Spero che tu ascolti questo messaggio prima di arrivare a casa. Ho raccontato a Rainer la tua storia, per scagionare Steffen, ma l'amante al Ramses me lo sono accollato io. Non prenderti un colpo! Dovevo trovare il modo di convincere Rainer che i verbali della polizia non rispondono al vero. Richiamami, così ci mettiamo d'accordo meglio!".

Lars era tornato a casa di umore raggiante. Bettina, come tutti i venerdì, aveva apparecchiato con gran cura: sulla tavola, calici per lo champagne, bicchieri per il vino, e sottopiatti d'argento. Si era anche data da fare in modo speciale in cucina: dallo schieramento di posate si indovinavano svariate portate. C'era una musica jazz in sottofondo, ma così bassa da non dare fastidio. Lars prese l'accendino e accese le candele che Bettina aveva disposto intorno a un mazzo di rose a stelo lungo, color crema. Restò un attimo a contemplare la tavola. Era bello tornare a casa. Una volta che si era chiuso la porta alle spalle, si dimenticava di tutto: del lavoro, dei medici, delle rogne... persino di Anna. Apparteneva a un altro mondo.

Sentì Bettina trafficare in cucina. "Eccomi, tesoro!", e la strinse tra le braccia.

Lei alzò le mani, infilate dentro due guanti da forno, con cui stava giusto per prendere la teglia dello sformato, e lo baciò ridendo. "Profumi di Opium!" disse di sfuggita.

Lars si sentì morire. Non aveva fatto una doccia abbastanza lunga, il tempo stringeva, anche Anna aveva fretta di tornare a casa.

"Mi pareva che la commessa della profumeria mi avesse spruzzato un profumo da donna e non da uomo!" Si annusò con foga esagerata il polso. "Meno male che te ne sei accorta tu, e non uno dei miei medici. Ci vuole così poco a passare per gay!"

"Tu in una profumeria?" Si era sciolta dal suo abbraccio per aprire il forno. "Non ci posso credere. E di tua spontanea volontà?"

Lo fissava con un sorrisetto ironico. Una ciocca dei capelli castani le era caduta sul viso, e se la ricacciò indietro con un scatto deciso. Lars la guardava muoversi con i suoi jeans stinti, la camicetta sbracciata di seta grezza: veloce e precisa, efficiente. La amava, quella donna, sì: aveva un che di misterioso, qualcosa che lui non sarebbe mai arrivato a capire. Ed era consapevole del fatto che a volte lei se lo rigirava a suo piacimento. Lo intuiva sempre in un secondo tempo, quando ormai aveva già fatto cose contrarie alla sua volontà. Magari aveva dei poteri, delle capacità paranormali.

"Cosa diavolo c'è andato a fare un superman come te, patito dell'acqua e sapone, in una profumeria? Già il nome dovrebbe farti schiattare!" Prese la zuppa di pesce dal fornello e la travasò in una terrina precedentemente riscaldata.

Lars rifletté un istante. "Oggi, alla luce raccapricciante di un malefico specchio, ho preso atto di terrificanti mutamenti nell'epidermide del mio volto. Rughe, le chiamate voi donne. Allora ho pensato: vado un po' a farmi consigliare... a quanto pare oggi anche gli uomini ricorrono a simili cure!"

"Oh!" Bettina lo guardò. "Gli uomini vanno persino dal chirurgo estetico, figurati un po'!"

"Io no!"

"Aspetta a dirlo!"

Lars prese un'aria spaventata.

"Perché, ti pare che ne avrei bisogno?"

Lei lo squadrò con piglio così professionale, che Lars si portò d'istinto le mani al volto.

"Non ancora," sentenziò mettendogli in mano la terrina con la zuppa di pesce. "Sono già aperte le bottiglie?"

"No!" Lars fece due passi in direzione della porta, ma si fermò di nuovo. "Non avrai mica parlato sul serio, con la storia del chirurgo estetico?"

"Molti uomini, quando si accorgono di non mietere più molti successi sul libero mercato, si fanno fare la liposuzione al doppio mento o alle guanciotte da criceto, ridurre le palpebre o stirare le rughe. Così prendono un aspetto più dinamico, e il dinamismo è molto richiesto!"

"È un modo carino per dirmi che io non sono più richiesto sul mercato? Ho appena quarantatré anni!"

"Per l'appunto!" replicò la voce impietosa dietro di lui. "Hai già quarantatré anni!"

Lars portò la terrina in sala da pranzo, accese lo scaldavivande e ce la posò sopra. Mmm, zuppa di pesce... ne andava pazzo! Ma quella volta non riuscì a tranquillizzarsi. Tornò in cucina. Bettina stava tagliando la baguette.

"Vai pure," gli disse. "Io arrivo subito. Ma alle bottiglie pensaci tu!"

"Un'ultima cosa..." Lars prese una bottiglia di champagne dal frigo. "Da dove ti arriva tutta 'sta sapienza?"

"Oggi in ufficio ho chiacchierato con un medico: è un chirurgo estetico e mi ha detto un po' di cose!"

"Si vede!" Le lanciò un'occhiata di traverso e stappò la bottiglia con un lieve "plop".

"Cosa ci fa un chirurgo estetico nel tuo ufficio? Non dovresti occuparti di cultura?"

Lei sistemò i pezzi di baguette in un cestino, fatto di una reticella d'argento, e lo sfiorò passando. "Fa una mostra fotografica, che si intitola: 'Gente'... Sai che orgasmo!"

"Ah, sì!" Lars la seguì fino alla tavola e riempì i calici. "'Gente'... interessante!"

"A proposito," Bettina si sedette e prese il mestolo. "Molto in auge sono le operazioni di allungamento del pene. Ha detto che non passa giorno senza che qualcuno arrivi e voglia farsi allungare il pene. Persino a costo di provare dolore, poi, durante l'atto sessuale. L'importante è far bella figura, soprattutto con gli altri maschi, che ce l'hanno tutti più lungo. In palestra, specialmente, per via delle docce comuni..."

Lars si lasciò cadere, sconcertato, sulla sedia. "Non mi starai mica dicendo che io..."

"Su, tesoro..." Bettina gli prese il piatto.

"Che cavolo ha fotografato, quel dannato chirurgo? Gente come? Ritratti? O cosa?"

"Ritratti?" Bettina lo guardò come se avesse davanti l'uomo di Neanderthal. "Ma va'! Nudi, naturalmente!"

"Ah, nudi, naturalmente! Allora fammi il piacere di non metterci neanche piede a quella mostra!"

Lunedì Charly per prima cosa corse a controllare la sua casella postale. Non aveva molte speranze, ma era troppo curioso. Sabato aveva letto e riletto, pazzo d'orgoglio, il suo annuncio sul giornale. Il testo era ben fatto, discreto ma allettante. *Matrimonio noioso?* aveva titolato, e poi: "Chance di lavoro per casalinghe piacenti. Discrezione assicurata. Clienti di classe. Guadagni eccezionali".

C'erano già tre lettere per lui. Formidabile! Era stata l'idea migliore della sua vita. Le prese, le infilò nella tasca del cappotto e andò nel solito bar. La sua vita era a una svolta, ne era certissimo. Contrariamente alle sue abitudini, al posto del cappuccino con la brioche ordinò la colazione numero 8, che comprendeva una ricca omelette, una spremuta d'arancia e un calice di spumante. Charly si era messo elegante, indossava una giacca di cachemire blu notte risalente ai suoi tempi d'oro, i jeans più nuovi e le scarpe più in ordine che aveva. Festeggiava in privato. Tra poco avrebbe detto addio all'era di Gudrun e delle sue colleghe, e si sarebbe rimesso a far quattrini a palate.

Charly mangiò un panino imbottito e l'omelette, bevve la spremuta e solo alla fine, quasi fosse un preciso rituale segreto, sorseggiò lo spumante. Brindò alla sua salute e al futuro, tirò fuori di tasca una lettera e la aprì con il dito indice. Carina... niente male: la prima cosa che gli capitò tra le mani era la foto di una bionda prosperosa. Aveva capito al volo di cosa si trattava, e si era messa in posa nuda davanti all'obiettivo. Magari a farle la foto era stato addirittura il marito, assatanato di quattrini, ma a lui non gliene fregava un bel niente. Era di poco sopra i venti, aveva le tette grosse e i capelli platinati con la permanente. Meglio di così non si poteva, affare fatto! Charly fece un ghigno e bevve un altro sorso di spumante. La tipa della seconda lettera era meno dotata, ma avrebbe avuto anche lei i suoi estimatori. Era troppo grassa, con le tette pesanti, penzoloni sul ventre rotondo. Anche lei non aveva ancora trent'anni, a voler credere a quanto scriveva. Il marito faceva dei lavori saltuari, e tutta la famiglia era afflitta da problemi economici. Per quello c'era rimedio... Charly tornò a ghignare. Il suo piccolo esercito era in crescita e anche se dalla terza lettera non fosse venuto niente di buono, gli inizi erano stati piuttosto brillanti.

Bevve un altro sorso e strappò la busta, da cui uscì un ritaglio di giornale piegato... Non male, forse una che aveva fatto pubblicità alle sue grazie... Un altro sorso veloce, e Charly spiegò il pezzo di giornale. Lo girò e lo rigirò, senza capire. Sul davanti c'era la foto, che peraltro già conosceva, della rissa tra magnaccia, con l'albanese ferito. Girò il foglio sul retro, ma c'erano solo frammenti scompaginati, e una foto senza alcun riferimento. Charly ci pensò su un attimo, poi esplorò con un dito l'interno della busta, facendone cader fuori un fogliettino, che sulle prime non aveva visto. Lo lesse. "Stai alla larga, se non vuoi fare la stessa fine! L'affare delle casalinghe è troppo grosso per te!" Era scritto a mano, a caratteri grossi e decisi... Non dava l'aria di un paranoico frustrato, quanto piuttosto di qualcuno che sapeva quello che voleva. Far sì che lui non si immischiasse.

Sotto c'era incollato il suo annuncio, listato a lutto, con le parole "casalinghe" e "piacenti" messe in risalto dall'evidenziatore giallo.

Non pareva proprio uno scherzo. Ma quelli che avevano spedito la missiva sapevano davvero chi era, o avevano sparato a caso? Di certo non voleva finire in mezzo a una guerra di papponi... non poteva ritagliarsi il suo spazio anche lui?

Scolò il suo calice e alzò una mano per ordinarne un altro. La decisione che doveva prendere era troppo impegnativa per agire così, a cuor leggero. Bevve il nuovo calice, e poi una birra e alla fine altri due whisky, e così si ritrovò ubriaco e al verde. Tornò nel suo miserabile bilocale alla periferia di St Pauli, quel bugigattolo strapagato, con il cesso buio e puzzolente, i muri ammuffiti e la tappezzeria a brandelli. Si buttò vestito di tutto punto sul letto, meticolosamente rifatto e pulito. Le vecchie molle gemettero, ma lui si addormentò di colpo.

Max aveva salutato Uwe a Francoforte. Uwe aveva creduto alla sua storia d'amore finita male, perché credeva a tutte le storie da cui le donne uscissero malconce. Due anni prima aveva beccato la sua dolce metà in flagrante adulterio con il suo migliore amico, e da allora i suoi rapporti con le donne erano improntati a un misto di ostilità, sfiducia e libidine repressa. Le pareti della sua cuccetta nel camion erano decorate con foto ritagliate da "Praline" e "Playboy", ma gli servivano solo da ispirazione per le seghe, come si affrettò a spiegare a Max. Dell'estetica se ne sbatteva, a lui bastava che fossero troie. Max non aveva certo intenzione di farlo ricredere, tuttavia gli aveva chiesto come si era comportato con il suo miglior amico, dopo quello scherzetto. L'espressione di Uwe gli aveva dimostrato che per lui non c'erano mai stati problemi in questo senso: "Se lei non lo avesse provocato, lui non avrebbe mica fatto niente," aveva sostenuto, e non c'era stato verso di smuoverlo. Con l'amico aveva mantenuto un buon rapporto.

Uwe lasciò Max alla stazione centrale di Francoforte, e si mostrò tanto partecipe della sua miseranda situazione da allungargli di sua spontanea volontà cento marchi e il suo indirizzo. "Tanto lo so che me li ridarai!" aggiunse. Max non se lo sognava proprio, ma intascò soldi e indirizzo. Poi si chiese se fosse il caso di sborsare dei quattrini per il biglietto, ma gli sembrò idiota sovvenzionare un'impresa solida come le ferrovie dello stato e decise di viaggiare a sbafo, anche se non proprio fino ad Amburgo. Il rischio di capitare tra le grinfie di qualche poliziotto sprovveduto, che a beccar lui avrebbe fatto il colpo della sua vita, gli sembrò troppo alto. Del resto non sapeva nemmeno se fosse ricercato, o no. E a dir la verità non moriva dalla voglia di saperlo. Invece moriva dalla voglia di andare a dare un'occhiata in tutta calma nell'appartamento di quella Friederike Leuthental. Dopo la sfiga con la Porsche, era la giusta ricompensa.

Così, tra treno e bus, arrivò il giorno stesso ad Amburgo, dove si rintanò in casa del suo amico Steffen. A nessuno sarebbe venuto in mente di cercarlo lì, e lui sapeva dov'erano le doppie chiavi. In frigo c'era un po' di prosciutto andato a male e del formaggio rinsecchito, ma nella dispensa trovò una lattina di ravioli. È vero che Uwe, durante il viaggio, l'aveva invitato a mangiare con lui, ma non aveva voluto approfittarsene, e comunque da Francoforte non aveva più messo niente sotto i denti. Dalla fame si mise a divorare i ravioli freddi direttamente dalla lattina, poi riprese le sue ricerche. In corridoio, dietro una tenda, tra scarpe impolverate e tubetti di lucido, trovò quello che cercava, una bottiglia di vino rosso. Steffen non beveva, per questo l'aveva messa da parte. Max tornò nel cucinino e aprì tutti i cassetti finché trovò un cavatappi, quindi si mise di nuovo in cerca di qualcosa di commestibile. Trovò un'altra lattina di ravioli, ma questa volta ne versò il contenuto in una casseruola, prese un bicchiere di vino e andò nella stanza che fungeva da tinello e camera da letto. L'appartamento era all'ultimo piano di un vecchio edificio, i proprietari avevano ristrutturato il solaio per affittarlo. Così in quel vano spazioso c'erano soprattutto piani obliqui, e grosse travi che convergevano a finire nel colmo del tetto. Era molto piacevole, l'unico svantaggio era che in inverno era difficile da riscaldare. Il calore, salendo verso l'alto, si disperdeva attraverso le pareti malamente isolate, e i pochi termosifoni servivano a ben poco. Max appoggiò il suo pranzo sul tavolo, accese il televisore e si sedette con addosso il giubbotto di pelle su una poltrona. Non è che Steffen si fosse molto sbizzarrito, con l'arredamento. Aveva comprato giusto il necessario per vivere, rinunciando a qualsiasi orpello, che fossero lampade o quadri. L'unica cosa su cui aveva investito era il letto. Piazzato contro la parete più alta, sotto una finestra, era imponente, largo e – cosa che inorgogliva immensamente Steffen – era un letto ad acqua. Steffen aveva sempre avuto un debole per le coccole e il tepore: a ogni stagione la sua temperatura. Max mangiò i ravioli dalla casseruola, in contemplazione. Non aveva l'aria di essere stato rifatto di fresco, ma era ugualmente molto invitante. Dopo una bella doccia, non c'era niente di meglio che rincantucciarsi sotto le coperte. Il sonno del giusto, pensò con un ghigno. L'indomani avrebbe dato un'occhiata ravvicinata all'appartamento di Friederike Leuthental. Per il momento aveva un tetto sopra la testa, un letto caldo a pochi passi, da mangiare e da bere. Per giunta in garage c'era la vecchia Peugeot di Steffen, le chiavi erano appese vicino alla porta. Se in quella vecchia carcassa c'era un po' di benzina il gioco era fatto.

Friederike Leuthental sulla sua macchina ci aveva messo una croce sopra. E le spiaceva, perché aveva sempre stabilito un vero rapporto con le sue auto. Si affezionava e, se proprio doveva separarsene, cercava, come si fa con un animale domestico, un buon padrone. Che proprio quella macchina, per giunta metallizzata e guidata poche volte, fosse sparita nel nulla le spiaceva molto. Quindi si adattava di malavoglia al pensiero di dover presto prenderne un'altra. Suo marito le faceva una testa così perché scegliesse un'altra marca, ma lei non voleva. Già solo per il fatto che lui insistesse tanto. Ma grazie al cielo non dipendeva economicamente da lui, e poteva quindi puntare i piedi. Suo nonno, un commerciante, aveva posto le basi di un patrimonio che suo padre aveva incrementato e che suo marito non avrebbe potuto sperperare, nemmeno se avesse voluto. Non era neanche tipo da fare una cosa simile, doveva ammetterlo. Aveva sposato l'uomo che suo padre riteneva giusto, un uomo rispettabile, di famiglia rispettabile. Un nobile sarebbe stato perfetto, perché di soldi ne avevano già abbastanza loro. Ma quando aveva raggiunto l'età in cui era obbligo prender marito, età che suo padre aveva fissato a ventiquattro anni, non si era ancora scovato nessun rampollo di sangue blu, e così il prescelto era stato Siegmund. Ormai erano passati più di vent'anni, e Friederike non aveva motivi di lagnarsi. Era un uomo retto, come la sua professione. Aveva un'esistenza specchiata, abbastanza umorismo per farsi ogni tanto una risata, e abbastanza successo sul lavoro per essere stimato ovunque. Tutto sommato la scelta di suo padre era stata oculata. Obiettivamente parlando.

Ma Friederike detestava sopra ogni cosa le vacanze con lui. Era un appassionato giocatore di golf, per cui giravano tutto il mondo alla ricerca di nuovi campi. Giocava anche lei, ma mentre lei lo faceva per divertimento e per sport, lui faceva sul serio. Maledettamente sul serio. Capitava che restasse giorni e giorni di malumore, se non colpiva bene la pallina. O se non la trovava più. O se finiva nel bunker o nell'ostacolo d'acqua. Siegmund attribuiva immediatamente a quella cosuccia tonda e bianca una natura beffarda, ma, giusto per non sembrare folle, trasponeva la presunta malignità di quell'oggettino riottoso su Friederike. All'inizio del matrimonio lei ne era desolata, e cercava in tutti i modi di fargli tornare il buon umore. Faceva veri numeri da circo, per non parlare delle performance notturne, finché aveva deciso di lasciar perdere. Lui non si accorgeva di niente, tanto era chiuso nella sua amarezza.

Altro motivo di contesa era la vela. Per lei navigare a vela era come fare una passeggiata. Per quanto andasse indietro con la memoria, l'aveva sempre fatto: aveva iniziato a quattro anni con un Optimist, come tutti, e con il passar del tempo era arrivata a gareggiare in regata. Per lei era una cosa naturale, non aveva bisogno di star lì a pensare se la barca era sopra o sottovento, o robe simili. Lo sapeva per istinto cosa c'era da fare. Il che le attirava il rancore del marito, convinto che la vela fosse uno sport per soli uomini, e le volte che uscivano in barca insieme andava a finire che lei, invece di "lasca" dicesse "dai corda" e invece di "vira" dicesse "a sinistra", in modo che lui non avesse motivo di credere che si dava delle arie.

Era stato faticoso, in tutti quegli anni, lasciare sempre a lui la parte del protagonista.

E adesso si era alle solite, con la storia della macchina. Una turbo era un attentato al suo strapotere in famiglia, il che era assurdo, visto che la famiglia erano loro, marito e moglie, punto e basta. Di figli non ne erano venuti e il vero motivo dell'animosità tra il dottor Wilkens e suo marito non stava tanto nel fatto che le fosse rimasto un capezzolo sbieco dopo l'operazione voluta da Siegmund perché lei avesse le tette più grosse, bensì nel fatto che il dottor Wilkens sapesse di chi fosse la colpa della loro triste mancanza di progenie: gli spermatozoi di Siegmund erano troppo lenti. Appena sparati, languivano nell'inerzia e infine si addormentavano prima di giungere in vista della meta, l'ovulo di Friederike. Erano troppo scarsi, e quei pochi erano troppo pigri. Tutto ciò che nessun essere umano avrebbe dovuto sapere, stava scritto nero su bianco negli incartamenti del dottor Wilkens.

In realtà, un paio di anni prima Siegmund era andato da lui perché voleva una moglie più attraente dal punto di vista sessuale. Era più che convinto che, intensificando i rapporti, sarebbe arrivata anche la benedizione degli eredi e, in occasione di una visita preoperatoria al seno di Friederike, con nonchalance e spavalderia aveva lasciato, al dottor Wilkens, per niente persuaso della sua teoria, un campione del suo "oro bianco", come a quei tempi chiamava ancora il suo liquido seminale, perché l'altro lo analizzasse. Wilkens aveva trasmesso il campione a un'androloga di sua conoscenza. Siegmund, ancora più annichilito dal fatto che la sentenza arrivasse da un medico femmina, non ne aveva voluto prendere atto, rigettandola con sdegno. Evidentemente era un errore, la colpa era di sua moglie, e non c'era modo di convincerlo del contrario. Lei era sempre tesa, e in realtà il sesso non le piaceva. E così alla fine Friederike si era ritrovata con le tette grosse, ma asimmetriche, e zero partner a letto. Siegmund si negava. Era indegno di lui fare l'amore con una donna che credeva alla frottola del suo sperma paralitico. Il frutto dei suoi testicoli, che bassa insinuazione!

Martedì mattina Max, sazio, riposato e con la mente traboccante di idee, montò sulla Peugeot di Steffen. Sapeva grosso modo dove si trovava la dimora di Friederike Leuthental, non lontano dalla Elbchaussee, con tanto di vista sul fiume. Roba da ricconi, non ci pioveva, e lui avrebbe contribuito a ristabilire un po' la giustizia sociale. Di ottimo umore, si stava facendo tintinnare in tasca le chiavi della Porsche quando gli ricapitò tra le mani il foglietto con l'indirizzo di Uwe. Ottimo: giurò a se stesso che, se il colpo fosse riuscito alla grande, gli avrebbe mandato un piccolo segno di gratitudine. Magari l'abbonamento a "Playboy" per un anno, o un mini televisore da sei pollici per il suo camion. Nel caso invece che il bottino fosse stato più modesto, gli avrebbe restituito almeno i cento marchi. Dal niente non nasce niente.

Aveva già superato il numero del portone, e dovette tornare indietro. Accidenti, le cose erano più complicate di quanto avesse pensato... Un passo carraio, un giardino cinto da un muro e controllato da telecamere. Di certo c'era un sistema di allarme dentro e fuori la casa. E c'era da scommettere che la polizia si sarebbe palesata immediatamente, anche solo se si fosse attardato per più di cinque minuti vicino a quella proprietà con la sua Peugeot scalcinata. C'era poco da scherzare, un furto con scasso lì era un problema. Che razza di gente era mai quella? Un simile fortilizio di solito era roba da politici. In effetti, il nome gli suonava conosciuto. Si sforzò inutilmente di ricordare. Ma gli pareva di rivedere ancora Friederike Leuthental mentre gli consegnava le chiavi della Porsche. Era una donna molto attraente, alta, una bellezza nordica, con un fisico che attirava subito l'attenzione. Nonostante i capelli biondi e la pelle chiara non aveva per niente l'aspetto di una bambolina: al contrario, il suo viso, con gli zigomi alti, gli occhi di un azzurro intenso e il mento energico e piuttosto squadrato, aveva un'aria sportiva. Gli era rimasta impressa la spruzzata di lentiggini che aveva sulla fronte e intorno al naso, le davano un che di sbarazzino.

Max pensava a lei, mentre scendeva per la strada, e arrivò alla conclusione che doveva essere chissà che star. Proprio come aveva creduto fin dall'inizio: una star della televisione, del cinema o del teatro... O magari una cantante, non ne aveva la minima idea, ma era la cosa più probabile. Il che stava a significare che doveva essere molto conosciuta, forse addirittura una beniamina del pubblico. Non certo la migliore premessa per arricchirsi a sue spese, ma comunque molto eccitante. Decise di tornare quando fosse venuto buio e di cercare un posto da dove, il giorno dopo, avrebbe potuto tenere la casa sotto osservazione senza dare nell'occhio.

Rainer era in ufficio, e cercava di mettere a frutto le informazioni di Patricia. Era vero: stranamente l'autopsia aveva stabilito solo la causa della morte, ma non quello che il morto aveva fatto appena prima. Con un esame del DNA si sarebbe potuto accertare senza margini di dubbio se Steffen Schneider si era accoppiato con lui, o meno. D'altronde avrebbe potuto ucciderlo anche per altri motivi, ad esempio dopo che Harald Eichmann aveva avuto un rapporto sessuale con qualcun altro. Non era da escludersi, e in questo caso l'esame del DNA non sarebbe servito a niente. Eppure qualcosa di strano c'era, e cioè che l'ora del decesso, a quanto dichiarato da Patricia, dovesse essere posposto di due ore. E quella ferita ai testicoli, fatta con un coltello affilato. Graffi, stava scritto nel rapporto. Ma come, graffi? Nell'atto non si trovava né una descrizione più particolareggiata, né una foto. In un modo o nell'altro non riusciva a liberarsi dal sospetto che l'autopsia non fosse stata fatta nel migliore dei modi. Le sue domande avevano avuto risposte esitanti e approssimative. A volte era anche assalito dal dubbio di essere stato scelto come difensore d'ufficio perché era ormai specializzato da anni più nel diritto di famiglia che in quello penale, quindi risultava una sorta di "estraneo alla specie". Il magistrato inquirente non pareva comunque molto ansioso di far luce sulla vicenda. Così a lui non restava altro che inoltrare una richiesta di produzione delle prove al giudice istruttore competente. Innanzitutto gli pareva necessaria una nuova autopsia, che tenesse particolare conto delle questioni irrisolte.

Ma l'inquietudine lo rodeva, perché non riusciva a trovare il modo di sfruttare la dichiarazione di Patricia, visto che lei non voleva essere menzionata per nome. Poteva al massimo mettere in dubbio l'ora del decesso. Oppure mandare in avanscoperta sua moglie, la futura investigatrice privata, a interrogare il personale dell'albergo. Il pensiero all'inizio gli strappò un sorriso, ma in complesso l'inchiesta segnava il passo, e la cosa lo innervosiva. Alla fine si alzò e uscì per prendersi un caffè, poi tornò alla scrivania, sperando che gli venisse qualche idea sulla questione di Patricia e della sua deposizione. Dopo cinque minuti prese il telefono e chiamò Gudrun: rispose la segreteria telefonica, ma per lui era rischioso. Provò allora al cellulare. Lo stesso. Con la differenza che i messaggi sul cellulare venivano cancellati automaticamente dopo alcune ore, lo sapeva. Per cui le lasciò detto di richiamarlo presto.

Charly aveva deciso di prendere più informazioni nell'ambiente. Non aveva voglia di lasciarci la pellaccia come un tordo. Il gioco non valeva la candela. Semmai poteva cambiare città. Anche Francoforte non era male. O la provincia. Non era necessario fissarsi su una sola città, su un solo mercato, se altrove era più facile.

Quel cameriere del Culineo gli pareva molto ben informato: doveva trovare il modo di approcciarlo. Ci andò verso mezzogiorno. Non aveva più un soldo, ma gli era rimasto qualche spicciolo per una birra al banco. E per qualche promessa altisonante nel caso il ragazzo si fosse mostrato ciarliero.

Ebbe fortuna: a due tavoli c'era gente, al banco nessuno e il cameriere stava prendendo un'ordinazione. Charly si appollaiò su uno sgabello e guardò dritto davanti a sé. Lo specchio era in buona parte coperto dalle bottiglie, ma riusciva ancora a vedere cosa accadeva alle sue spalle. Charly teneva d'occhio il cameriere e intanto osservava il proprio viso. "Adiposo," l'aveva definito Gudrun, e la cosa lo aveva ferito, anche se non voleva ammetterlo. "Adiposo e con i capelli troppo lunghi." Li aveva pettinati all'indietro, ma era vero. O li legava in una coda di cavallo, o ben presto avrebbe dovuto fare una visita al barbiere. Le basette erano cespugliose, e dall'originario colore, biondo rossiccio, tendevano già a un grigio sporco, come i capelli sulle tempie. E i suoi lineamenti avevano veramente perso in fermezza, le guance erano flaccide e il mento faceva tutt'uno con il pomo d'Adamo: era un vero e proprio doppio mento. Charly ci passò sopra una mano. Ormai non c'era più niente da fare, nemmeno la dieta dimagrante più drastica sarebbe riuscita a risolvere la situazione. Tutto sommato, doveva ammetterlo, non aveva proprio l'aria aggressiva del capo di una gang: Il suo punto forte erano gli occhi, di un celeste penetrante, che davano i brividi, specie se li stringeva a fessura. Si sforzò di fare la faccia feroce. Ma gli anni che aveva sul groppone non poteva scrollarseli di dosso, e anche le palpebre cominciavano a essere un po' cadenti. Non avrebbe dovuto chiudere con la boxe: ai tempi era rispettato e aveva, oltre a un corpo palestrato, anche un destro micidiale. Era crudele ripensare, così com'era adesso, a come era stato una volta. Era un'altra vita. Chissà come, a un certo punto aveva preso la direzione sbagliata ed era precipitato nell'abisso. Allo specchio vide il cameriere che si avvicinava.

Sembrò riconoscerlo, perché gli fece un sorrisetto di sfuggita.

"Allora, come butta?" chiese, e poi: "Una birra?".

Charly annuì.

"Ho letto sul giornale, il giorno dopo, cosa è successo qui," attaccò, mentre il cameriere spillava la birra. "Ma si tratta davvero di una guerra per le casalinghe?"

L'altro tacque un istante, poi lo trapassò con lo sguardo. Quindi disse: "Almeno ti converrebbe pagare il debito che hai con Sahit, te lo posso assicurare!". Chiuse la cannella e aspettò che la schiuma calasse.

"Ma è davvero quello smilzo dell'altra volta il capobanda?"

Il cameriere gli lanciò un'occhiata. "Rifat? Non è molto chiaro," disse poi in un sussurro. "A quanto pare è una vera e propria rete, in diverse città. Quello lì comanda solo qui, ma di certo non è il capo dell'organizzazione. Le decisioni le prendono da un'altra parte." Abbassò ancora la voce. "Io ti conosco, Charly, da quel dì. Anche se tu non ti ricordi di me, ai tempi avevo sedici anni. Mia sorella era della tua scuderia e ha sempre detto che sei un tipo a posto. Ma stai in campana, i tempi sono cambiati. Sei stato via per molto. Qui ci sono due organizzazioni. Una, in cui stanno Rifat e Sahit, e una nuova, di cui nessuno sa bene come funzioni. Sono inafferrabili, colpiscono alle spalle, lavorano con metodi mai visti. Tutto viene controllato dall'alto: c'è qualcuno nella stanza dei bottoni che manovra le leve, ma che di certo non si farebbe mai vedere da queste parti. I tizi che vedi sono tutti prestanome. Le decisioni arrivano via computer, mica con il passaparola, te lo dico io!" Aggiunse alla birra ancora un fiocco di schiuma. "Oppure, mettiamola così: voi una volta giocavate a cow-boy e indiani, questi qui a guerre stellari!"

"Guerre stellari!" Charly annuì lentamente. Forse la sua Gudrun non era poi tanto male.

Gudrun aveva ascoltato la segreteria telefonica poco prima di uscire dall'ufficio. La visita di Rainer giungeva inaspettata. Era una manna: con un po' di fortuna poteva tenerla segreta, così si sarebbe intascata i cinquecento marchi. E poi, non era ora di liberarsi di Charly? Cosa diavolo c'entrava con la sua vita? Ormai aveva trent'anni, non era più una bambina, che si lascia intimidire tanto facilmente, o per lo meno non sulla lunga durata. L'aveva colta di sorpresa e costretta a far di nuovo il mestiere, ma nel frattempo lei aveva avuto modo di riflettere, e adesso si chiedeva perché mai non potesse replicare alle sue minacce passando all'offensiva. Se lui intendeva spedire foto della sua vecchia vita all'amministrazione comunale, la cosa avrebbe funzionato soltanto se quelli erano all'oscuro di tutto. Ma se lei avesse vuotato il sacco con il capo del personale, o l'avrebbe licenziata subito o l'avrebbe accettata. Aveva sempre lavorato bene, era veloce e scrupolosa e, per quanto potesse giudicare, anche benvoluta. E alla peggio, era sempre meglio un capo del personale come cliente che un Charly davanti alla porta di casa come un bulldog.

Mise in ordine la scrivania e guardò l'ora. Le quattro, perfetto. Rainer Leicht si era annunciato per le cinque, così aveva tutto il tempo per prepararsi. Gudrun salutò la sua collega, ancora alle prese con una lettera, ritirò il cappotto in guardaroba e si avviò per il lungo corridoio verso l'uscita.

Si gelava, ma l'aria fredda le fece bene. Respirò a pieni polmoni e sentì che presto la sua vita sarebbe cambiata. Stava per succederle qualcosa, che ancora non riusciva a definire. Ma era sicura che quel tran tran era ormai agli sgoccioli.

Rainer era partito poco prima delle cinque, sempre con la sgradevole sensazione che la sua segretaria, la signora Schenk, sapesse benissimo cosa andava a fare. Si era già chiesto spesso se la sua espressione cambiasse a seconda della meta: era normale quando tornava a casa, impaziente quando andava da Gudrun? O forse si muoveva in modo diverso, più bruscamente, come uno che si senta in colpa? Non riusciva a capirlo; stava di fatto che, in quelle occasioni, non gli andava molto di incrociare la signora Schenk.

La maggior parte dei propri comportamenti origina nell'infanzia: era una frase che sentiva ripetere spesso in tribunale, ogni volta che l'accusato aveva bisogno di un'attenuante per quanto gli veniva imputato. Era comodo attribuire la responsabilità di quello che un adulto aveva facoltà di fare ai genitori o all'ambiente. Rainer non si sognava neanche di dar la colpa della sua perversione a sua madre o al contesto sociale della sua infanzia, eppure adesso, mentre apriva la portiera della macchina e metteva in moto, cominciò a ripensare al suo passato. Sua madre non era affatto una domina, per carità! Era dolce e materna e completamente sottomessa al marito. Forse era per quello? Magari uno psicoanalista sarebbe riuscito a raccapezzarsi.

Rainer scosse il capo. Non aveva bisogno di nessuna terapia, lui, né con Patricia, né con altri. A che scopo, poi? Tutto andava per il meglio. Doveva solo spiegare una volta per tutte a Gudrun che se ci avesse riprovato a fargli un'improvvisata in studio avrebbe mandato tutto a monte.

Venti minuti più tardi era arrivato. Cercò parcheggio, si infilò il cappotto, tastò il portafoglio e suonò il campanello di Gudrun con un sorrisetto beato sulle labbra.

Charly aveva trascorso tutto il pomeriggio rintanato in casa. Il colloquio con il cameriere era stato sì interessante, ma non di grande aiuto. Anzi, lo aveva un po' spaventato. Anche se non riusciva a credere che un'organizzazione così potente potesse seriamente preoccuparsi di un rivale piccolo come lui. D'altra parte, però, il primo avvertimento l'aveva già ricevuto. Ma davvero una banda di professionisti come quella agiva con mezzi così puerili? Ritagli di giornale e foglietti scritti a mano? O magari quella mezza cartuccia del cameriere aveva le mani in pasta? Già: il fratellino di una delle sue ragazze. Stupidamente si era scordato di chiedergli quale fosse delle tante. Gli aveva raccontato un sacco di cose che avrebbero potuto intimorirlo. O dovuto? La faccenda scottava più di quanto non sembrasse alla prima occhiata?

Charly si rigirava nel letto. Ma non c'era la giusta atmosfera per avere una pensata geniale. Alla fine si sedette e recuperò le sue scarpe. Fuori stava imbrunendo, strisce di luce verdi e rosse piovevano sulla moquette logora e sulle pareti. Charly non poteva soffrire le luci stroboscopiche in casa sua, e si avvicinò alla finestra per tirar giù le veneziane.

Guardò i due congegni infernali dall'altra parte della strada. Sul suo viso giocavano gli sprazzi di luce colorata che si alternavano a una velocità pazzesca. Sospirò. Era veramente una situazione di merda. Aveva perso il treno giusto.

Le pietre consunte della strada luccicavano bagnate. C'erano delle auto ferme. Charly le osservò. Una volta era una questione di vita o di morte. La brace di una sigaretta nell'abitacolo di una macchina era un segnale di allarme. Ma adesso poteva stare lì a guardare quanto voleva, nessuno si interessava più a lui.

Restò un po' a guardare fuori, poi di colpo sentì che lo stomaco rumoreggiava furiosamente. Non c'era da stupirsi: oltre a quell'unica birra quel giorno non aveva visto altro. Ma non aveva un soldo. E se era fortunato c'era ancora un po' di benzina nel serbatoio, se no la situazione diventava davvero intollerabile. Diede un'occhiata all'orologio. L'oro aveva un che di finto nella luce verde e rossa che veniva da fuori. Lo aveva comprato da un ambulante per sessanta marchi, dopo aver impegnato il suo Rolex autentico. Chi se ne frega? Uno o l'altro, l'importante era che segnassero il tempo. Con un po' di fatica riuscì a decifrare l'ora: le sei. Si mise a riflettere. Che giorno era? Martedì. Per quanto ne sapeva, quel giorno Gudrun non aveva clienti. Poteva farle un'improvvisata e dare un'occhiata al suo frigo. Andò in bagno, per darsi una sistemata ai capelli. Avrebbe anche potuto andare da un'altra, ma Gudrun era una buongustaia. E sapeva anche cucinare. Sentì che gli veniva l'acquolina in bocca. E magari, con un po' di moine, poteva anche convincerla a fargli un servizietto. Erano secoli, ormai.

Rainer stava giusto sistemandosi la cravatta, quando la porta si spalancò e apparve Charly.

"Ah, guarda un po', chi c'è qui?" disse, guardando minaccioso Gudrun, che stava porgendo la giacca a Rainer.

Rainer sulle prime non disse niente, anche se trovava quella situazione più che imbarazzante. Aveva appena lasciato sul tavolo di Gudrun, dopo averli contati a uno a uno, i cinquecento marchi pattuiti, e nel giro di cinque secondi sarebbe già stato fuori.

Charly sbatté la porta alle sue spalle e si piantò lì a gambe larghe.
Rainer gli lanciò una rapida occhiata, prese la giacca, se la infilò e la abbottonò.
"E lei chi è?" chiese poi.
"Ah!" Charly fece una smorfia. "Piccoli traffici sottobanco, eh?"
Gudrun si mise accanto a Rainer. "Charly, dai fastidio!"
"Charly, dai fastidio!!??" Si fece paonazzo. "Ti è partito qualche fusibile, o sbaglio?"
"Anch'io trovo che lei dia fastidio!" Rainer si spremeva le meningi freneticamente. Come poteva cavarsela in modo indolore? Ma gli venivano solo in mente un paio di mandati relativi a denti rotti e costole spezzate.
"Ah, anche il signore la pensa così!" A Charly si gonfiarono le vene sulle tempie. "Almeno è stato bello? Ti ha fatto godere?" Abbassò la testa come un toro, mentre, gli occhi a fessura, squadrava Gudrun nel suo abbigliamento di cuoio.
"Non mi piacciono le scene volgari, me ne vado, e le sarei molto grato se mi liberasse l'uscita!" Rainer aveva usato un tono così deciso che ne restò lui stesso stupito e fece, quasi senza volerlo, un passo avanti. Sentì Gudrun gridare "Charly!", e già la testa gli rintronava per un pugno improvviso. Rainer volò a terra. Mentre ancora cercava di capacitarsi dell'accaduto, il tavolo accanto a lui si rovesciò. Gudrun, prima di rovinare a terra accanto a lui, ci era finita sopra di schianto e per l'urto l'aveva mandato a gambe all'aria. Rainer tentò di rimettersi in piedi. Un colpo nelle reni lo atterrò di nuovo. "Che diavolo succede?" ansimò, ma un calcio nello stomaco gli mozzò il respiro. Si rattrappì su se stesso e vide Gudrun afferrata per i capelli e poi scaraventata per terra.
Charly si chinò sopra di lei, continuando a colpirla. "Ti insegnerò io a fare affari dietro le mie spalle!" gridava con la voce in falsetto. Rainer doveva fermarlo a tutti i costi, ma prima che potesse elaborare una precisa strategia d'attacco, l'altro si era già girato verso di lui. "Ti piacciono i complotti, eh? Ma ci sono anch'io, brutto pezzo di merda! E io qui sono quello che comanda!"
Gli mollò un tale pugno in faccia che Rainer ebbe la sensazione che il naso gli fosse penetrato direttamente nel cervello. Faceva un male pazzesco, gli occhi gli si riempirono di colpo di lacrime, e quello che, disteso faccia a terra, riuscì a vedere in modo confuso e deformato, era del sangue

sul tappeto bianco. Appena dietro si muoveva qualcosa. Rainer non riusciva a capire cosa, ma era nero... fissava spasmodicamente quella forma che mutava, si muoveva, si scomponeva in mille schegge e tornava a riassumere lo stesso aspetto. Eppure era qualcosa che aveva già visto, ma stava troppo male per poter raccogliere le idee. Gli tornò in mente un caleidoscopio di quando era bambino. Poi sentì una voce acuta:

"Vedi di toglierti di mezzo, Karl Lönitz, se no, lo giuro su Dio, sparo!".

Rainer si sforzò di alzare la testa, ma non ci riuscì. Quei cosi neri lì vicini stavano in piedi, e Rainer ebbe la vaga sensazione che potessero essere gli stivali di Gudrun, ma non ne era certo. C'era anche qualcos'altro, cercava di capire cosa, ma non riuscì ad avere la meglio su quelle pareti, spugnose e grigiastre, che gli si stringevano addosso, per poi arretrare e tornargli addosso di nuovo. Rainer perse i sensi.

Gudrun andò in bagno e vomitò. Era conciata malissimo. Ma quello che la preoccupava di più era Rainer. Non appena aveva buttato fuori della porta Charly con il piccolo revolver che teneva, per far fronte a casi del genere, nel gambale dello stivale destro, aveva chiamato un medico e un'ambulanza. Aveva girato Rainer su un fianco, arraffato da terra i cinquecento marchi, caduti dal tavolo rovesciato – Charly era diventato davvero vecchio, in altri tempi non gli sarebbero sfuggiti –, chiuso la porta della camera delle torture e si era cambiata in tutta fretta. Intanto si era inventata una storiella plausibile. Rainer era un avvocato e lei una cliente, perseguitata dal suo ex compagno, del quale voleva liberarsi a ogni costo, perché non aveva altra scelta. L'avvocato era venuto a domicilio per fare il punto della situazione, visto che lei non osava più uscire di casa, per paura dell'ex in agguato. E l'ex aveva dato di matto per la gelosia, avendo equivocato la situazione. Non era male come storia, doveva solo riuscire a comunicarla a Rainer, appena fosse tornato in sé. Ammesso che ci tornasse. Rimase a osservarlo, l'orecchio teso alla sirena dell'ambulanza. Era proprio un tipo gentile, peccato fosse finito così.

Anna era a casa, e non riusciva a capacitarsi della telefonata ricevuta: il *suo* Rainer in coma in ospedale, con un trauma cranico grave, in seguito a una rissa? Era inconcepibile! Come era potuto succedere che il suo Rainer rimanesse coinvolto in una scazzottata? Era la persona più mansueta del mondo. Si precipitò in macchina. Era talmente agitata che mancò l'ingresso dell'ospedale e fu costretta a tornare indietro. Aveva un sacro terrore degli ospedali. C'era sempre un odore di malattie incurabili, di dolore, paura e morte.

Il modulo per l'accettazione che le misero subito in mano, la mandò definitivamente in crisi. Non le veniva più in mente niente riguardo a Rainer, nemmeno la data di nascita. "Non potrei compilarlo dopo?" chiese, ma le venne detto che al momento comunque non poteva fare niente. Per lei fu come se le dicessero che ormai non c'era più speranza, e, soprattutto, che era arrivata troppo tardi. "Potrebbe dirmi per favore se è grave, e cosa è successo?" L'infermiera si strinse gentilmente nelle spalle. "Il medico di turno è stato avvisato della sua presenza, e le spiegherà tutto!"

Anna si mise a percorrere inquieta il corridoio avanti e indietro: alla diciassettesima volta le venne in mente Patricia. Ammesso che qualcuno potesse aiutarla, era lei. Cercò il cellulare. Grazie al cielo queste macchinette funzionano a meraviglia anche se si è nel panico.

Patricia stava andando in palestra, ma cambiò immediatamente rotta, non appena sentì il grido di aiuto di Anna. "Non ti muovere!" le disse. "Arrivo subito!"

Anna, dalla gioia, sentì gli occhi riempirsi di lacrime, anche se la situazione restava tragica.

Charly si aggirava come una tigre nella sua tana, avanti e indietro dalla cucina alla finestra, dandosi in continuazione manate sulla fronte. Cosa diavolo aveva combinato, era proprio fuori di testa! Aveva rovinato tutto con quella violenza idiota. Doveva essere grato a Gudrun di averlo fermato con quell'arma ridicola. Probabilmente li avrebbe ammazzati tutti e due di botte, eppure se era un frustrato non era certo colpa loro.

Si fermò davanti alla finestra e picchiò la fronte contro il vetro. Lesioni personali, probabilmente anche aggravate, accidenti! Quel tizio giù per terra non si muoveva più. Magari faceva solo finta, pur di evitare altre botte, ma non ne era così certo.

Charly non riusciva a capire se stesso. I soldi erano lì, sul tavolo, avrebbe dovuto soltanto prenderseli. Prenderseli e andar via. Del resto avrebbe discusso più tardi a tu per tu con Gudrun. In modo chiaro e deciso. Ma senza esiti mortali. Merda! Si rimise in moto. E poi avrebbe dovuto sapere che Gudrun aveva un'arma. Tutte le puttane ne hanno una nello stivale. Ormai non solo non si controllava più, ma era anche rincoglionito.

Se a quel tizio buttava davvero male, l'indomani mattina si sarebbe trovato la polizia sulla porta, era matematico. E se buttava malissimo, anche quel giorno stesso. Guardò l'ora. Le nove passate da poco. Si bloccò di nuovo davanti alla finestra e guardò per strada. Era lì che, tre ore prima, gli era venuto in mente di andare a dare un'occhiata al frigo di Gudrun. Premette la fronte bollente contro il vetro freddo. Bell'idea davvero! Il risultato era che si ritrovava ancora con lo stomaco vuoto, neanche il becco di un quattrino e una denuncia tra capo e collo... Un successone.

Il medico tranquillizzò Anna: il paziente era assai provato nel fisico, ma la TAC, effettuata subito dopo il ricovero, non aveva rilevato compressioni cerebrali, né tumefazioni tali da far temere postumi. Era in coma, e in quel momento si stava provvedendo in Terapia intensiva a mantenergli le funzioni vitali. Vale a dire: respirazione, pressione sanguigna, circolazione e temperatura corporea erano costantemente sotto controllo. Ulteriori accertamenti potevano venir effettuati solo con una visita neurologica, il che però comportava che Rainer si risvegliasse dal coma. Poteva essere questione di ore, ma anche di giorni.

A quel punto Anna alzò gli occhi e lo interruppe: "Allora non si sa ancora niente..." disse, ma non suscitò nessuna reazione.

I colpi alle reni e allo stomaco provocavano acuto dolore, continuò il medico; inoltre c'erano due costole rotte, ma non avevano perforato il polmone, quindi si poteva parlare di fortuna nella sfortuna. Il setto nasale poteva venir in seguito corretto, ma se suo marito non era un accanito perfezionista avrebbe potuto benissimo vivere anche con una piccola ammaccatura sul naso.

"E io cosa posso fare?" chiese Anna.

"Tra un po' potrà far visita a suo marito, ma adesso dovrebbe parlare con la polizia," rispose l'altro, facendo cenno a due agenti che si stavano avvicinando lungo il corridoio.

"Polizia?" Anna lo guardò con gli occhi sgranati.

"Be', mica si è picchiato da solo, voglio credere. Anche la signora che era con lui ha dovuto ricorrere alle cure mediche, ho sentito, anche se non in ospedale."

"La signora che era con lui?" Gli occhi di Anna erano diventati enormi.

"Bene, la faccenda si fa sempre più interessante!" Patricia aggrottò la fronte. "Questo particolare solleva parecchie questioni..."

"Eccome!" Anna fece cenno di sì con foga. "Speriamo almeno che la polizia sappia illuminarci!"

Max aveva trovato una postazione ottimale per tener d'occhio senza essere visto tutto ciò che accadeva intorno alla casa di Friederike Leuthental. Un po' in disparte dall'ingresso, dall'altra parte della strada, c'era un giardinetto con una panchina. Tra le aiuole correva una stradina dissestata. Forse serviva ai giardinieri del comune, forse ai rampolli dei borghesucci locali per i loro giochetti. In ogni caso era ideale, perché dal portone di Friederike la sua macchina praticamente non si vedeva.

Si era portato una coperta, una tavoletta di cioccolato e una bottiglia di Coca-Cola. Altro non c'era nella dispensa di Steffen. In macchina faceva freddo, ma era un freddo sopportabile. Niente in confronto alle notti in Italia. Si sistemò la coperta sulle gambe e cercò alla radio una trasmissione potabile. Mentre cambiava di frequenza in frequenza si mise a pensare al da farsi. Case come quella avevano una cassaforte. Non alla sua portata. Ma donne come Friederike erano sventate. Possedevano troppe cose per prestarci attenzione. Se un oggetto mancava, era l'occasione buona per comprarne un altro, tutto lì. La sua teoria trovava conferma nel modo noncurante in cui lei gli aveva messo in mano le chiavi della macchina. Anche se da quel parrucchiere era una cosa abituale, un po' di rischio c'era sempre. Quindi bastava che stesse lì ad aspettare che Friederike uscisse di casa. Durante il giorno probabilmente c'era una donna di servizio o una governante, di sera magari tornava il marito. Presumibilmente ne aveva uno.

Erano tutte cose da chiarire. Prima sarebbe stato più facile, avrebbe chiesto a sua sorella. Lei conosceva tutti, e molti anzi figuravano nelle sue cartelle. O aveva le conoscenze giuste per insinuarsi nella loro vita privata. Adesso invece doveva cavarsela da solo.

Prese un pezzo di cioccolato e si mise a rosicchiarlo. Peccato che non potesse fare niente per Steffen. Non sapeva neanche quale piega avesse preso la sua vicenda, cosa stesse succedendo. Avrebbe potuto chiederlo ad Anna, chiamandola senza tante storie. Avrebbe potuto far finta di essere ancora in Italia o già a rosolarsi sulle spiagge del Brasile o delle Maldive. Anche se... in quei posti avrebbe funzionato il suo cellulare? Troppo rischioso, l'Italia andava benissimo. Prima di cambiare idea, prese il telefonino e cercò in memoria il numero di Anna. Nessun problema: vista l'iniziale del suo nome, era la prima. Ecco fatto! Premette il tasto e rimase a osservare la procedura di chiamata. L'autoradio disturbava il ritmo del numero in composizione, poi si sentì un segnale di libero. Un po' agitato Max lo era, e fu quasi contento quando si inserì la segreteria telefonica. Pensò per un attimo se fosse il caso di buttar giù, ma dato che Anna avrebbe comunque visto sul display, nell'elenco delle chiamate, che lui aveva telefonato, tanto valeva lasciare due parole.

"Ehi, Anna!" esclamò con una voce ostentatamente allegra, "sono ancora nella dolce Italia, me la spasso alla grande, e quando torno sarò un uomo ricco! Ma non succederà prima di due anni, ah ah ah! I tuoi quattrini te li mando non appena avrò recuperato una busta, o forse quando sarò in Germania: è meglio, perché chissà mai se i postini sono onesti." In quel momento gli venne in mente che quella era l'occasione buona per poter dire in un secondo tempo che era colpa delle Poste se la sua lettera era sparita. "Ma no, dai, te li mando!" aggiunse in tutta fretta. "Ti richiamerò presto, stammi bene, dolcezza, e saluta la mia sorellina!" Patricia non sarebbe stata tanto bendisposta verso di lui, considerando le volte che non aveva risposto alle sue chiamate. Ma le sorelle, specie quelle più grandi, hanno sempre quel piglio da maestrine. Roba di cui certo non sentiva la mancanza, lui.

Rimise in tasca il cellulare e aprì la bottiglia di Coca. Calma piatta nei paraggi. Se aveva sfiga, avrebbe passato così anche le prossime sere, finché un amante dello jogging serale o un cane a passeggio con il padrone non l'avessero stanato.

Neanche una delle trasmissioni alla radio gli piaceva. Spense, e cercò una cassetta nel vano del cruscotto. Crepava di noia, avrebbe dovuto portarsi dietro qualcosa. Un libro, una rivista, delle parole crociate, magari un gameboy, anche se ormai si sentiva un po' cresciuto per quegli aggeggi. Giocare al gameboy, un playboy come lui! Puerile. Non trovò nessuna cassetta, riaccese la radio e si mise di nuovo alla ricerca di un programma.

In quel momento vide che il grande portone metallico dall'altra parte della strada si stava muovendo. Scorreva di lato, lasciando apparire una BMW scura. Magari una macchina a noleggio, la targa era di Monaco. Svoltò nella sua direzione: in effetti alla guida c'era una bionda, ed era sola. Era lei, probabilmente. Il portone si richiuse alle sue spalle. Accidenti, funzionava con il telecomando. Non sarebbe stato tanto facile, entrare lì dentro. Aspettò che la BMW sparisse dal campo visivo, si infilò il berrettino di lana nero, rialzò il bavero del giubbotto di pelle e scese dalla macchina. Un unico lampione illuminava la piazzetta, per cui era piuttosto buio. Il cielo gravava basso, l'aria era sgradevolmente fredda e umida, e non si vedeva neanche una stella. Adesso gli restava solo da verificare se in casa ci fosse qualcuno. O se c'era un cane feroce, il che si sarebbe rivelato alquanto penoso.

Camminava radente al muro, fuori dal raggio d'azione della piccola telecamera a circuito chiuso che luccicava minacciosa a difesa del portone, e intanto si guardava intorno attentamente. Nel muro, alto e bianco, che difendeva la proprietà, si apriva, accanto al portone, un'altra porta. La telecamera era posizionata talmente in alto sopra il campanello da poter sorvegliare entrambe le entrate. Max, sempre al coperto, sporse una mano, suonò e la ritirò subito. Dalla sua posizione laterale riusciva a vedere la luce rossa della telecamera, che lampeggiò un attimo, ma da casa nessuno chiese "Chi è?" e nessun cane si mise ad abbaiare. Perfetto. Prese le chiavi di Friederike e le esaminò. Se era sfigato, aveva cambiato tutte le serrature subito dopo il furto. Ma la chiave si infilò come nel burro e si lasciò girare senza opporre resistenza. Max fece un ghigno, aprì e sgattaiolò dentro. Se tutto filava liscio così, sarebbe stato un gioco da ragazzi. La casa gli si parò davanti, squadrata. Tipica villa ottocentesca, stile commerciante amburghese: scalinata, possenti colonne, grandi finestre. Max si guardò intorno: il viale portava alla scalinata, sul retro si scorgevano dei garage, costruiti più di recente nello stile della casa. Alcune finestre erano illuminate, come se la padrona di casa fosse uscita per poco. E adesso, arrivava la questione spinosa: avrà inserito ugualmente l'allarme, oppure no?

Max salì rapido le scale verso la porta d'ingresso, in legno massiccio, dipinta di bianco, con al centro una piccola ghirlanda di giunchi intrecciati, decorata con bacche autunnali.

Che carino... pensò Max, sospingendo piano la porta. Niente. Né rumori, né sirene, né cani. Ugualmente restò un attimo fermo, poi entrò rapido, chiudendosi la porta alle spalle. Si guardò intorno. Non c'era traccia di telecamera, forse solo un sensore, ma anche quello funzionava solo se veniva attivato il sistema di allarme. Un gioco da ragazzi, veramente. Nell'anticamera, enorme, c'era uno sconfinato tappeto persiano, le pareti erano laccate in tinta salmone, quadri dappertutto e sculture moderne. Nient'altro. Alcune porte che davano sulle stanze adiacenti erano aperte, e un'ampia scalinata occupava il fondo del locale. Max guardò verso l'alto. Un gigantesco lampadario pendeva dal soffitto, i cristalli mandavano bagliori e spandevano intorno una luce diffusa. Tutto profumava, anzi puzzava, di soldi.

E i soldi dovevano essere di sopra. Li avrebbe trovati. Di certo la signora dormiva in un'ala tutta sua. Impossibile credere che, nella sontuosa atmosfera di quella casa, si gettasse ogni sera vogliosa sul consorte.

Max salì le scale veloce e silenzioso. Sarebbe stato orribile se adesso, all'improvviso, da una delle stanze di sopra fosse sbucato un bambino. Per prudenza forse avrebbe fatto meglio a telefonare prima, ma aveva paura che il suo numero di cellulare restasse sul display dell'apparecchio di casa. Troppo rischioso. L'era della tecnologia aveva i suoi svantaggi, senza dubbio.

Le porte di sopra erano tutte chiuse. Lo smalto delle pareti, da color salmone era diventato di un tenue giallino. Ovunque ritratti di famiglia. Max si fermò davanti a quello di Friederike. Emanava una forte personalità. Era un peccato che fosse lei la sua vittima. Quasi le faceva pena, ma poi gli venne in mente che una così mai e poi mai sarebbe stata una vittima, se non magari di un delitto. A mo' di saluto si portò la mano al berretto di lana e aprì la porta più vicina. Gli pareva altamente probabile che il suo ritratto si trovasse accanto al suo regno. In effetti, gli si aprì davanti una grande camera sui toni del grigio chiaro. Quel colore aveva un che di maschile, ma non c'erano dubbi che fosse proprio la camera di Friederike. Max entrò, richiuse piano la porta e si guardò intorno. L'arredamento variava dal bianco al celeste, ed era piuttosto spartano: la stanza prendeva vita dai colori, che si richiamavano dal copriletto alle tende, ai quadri alle pareti. La padrona doveva avere un sacco di tempo da sprecare in simili vezzi. Tanto normale non era. Max fece qualche passo: il letto occupava parecchio posto, e proprio di fronte una tenda tirata lasciava indovinare una finestra. Max si fermò, e il suo sguardo cadde su un ritratto maschile sul comodino: le donne che si tengono il marito in effigie accanto al letto sono già sospette. I casi sono due: o amano davvero il loro partner, e allora se lo tengono dentro il letto, o hanno bisogno di un alibi e lo chiudono in cornice sopra il comodino.

Max fissò il viso compiaciuto di un uomo di mezza età. I capelli erano vanitosamente pettinati di lato, per ricoprire la pelata incipiente, la testa un po' troppo eretta, le labbra un po' troppo sottili. Non c'era da stupirsi se stava fuori dal letto, altro posto non gli spettava. Max proseguì. Una porta lì vicino dava sul bagno. Max se l'aspettava: il letto tutto per sé, il bagno tutto per sé... chissà se si ricordava ancora che faccia aveva il marito?

Anche il bagno era in grigio, solo di una tonalità lievemente più chiara, con decorazioni celesti. Nell'angolo un'ampia vasca da bagno, su uno sgabello un cooler da champagne in argento, zeppo di felci, che lo rendevano un elemento puramente decorativo. Ma lì di fronte trovò quello che cercava: uno scaffale gremito di un'infinità di scatoline e astucci di diversa grandezza. Da un coperchio penzolava una collana di perle, tanto pieno doveva essere quel cofanetto, e dentro una coppa di cristallo azzurrino lì accanto c'erano diverse banconote. In valuta straniera: dollari, lire, franchi alla rinfusa. Max si infilò tutto nelle tasche del giubbotto.

Sulla mensola sopra c'erano altri gioielli, abbandonati con noncuranza. A portata di mano. Merda, pensò Max, non mi sono portato neanche un sacchetto. Ma non si era aspettato quella quantità incredibile di collane, anelli e orologi. Gli saltò all'occhio un Cartier: lo riconobbe perché ce l'aveva anche sua madre, ma non tempestato di diamanti come quello. Doveva valere sui trentamila marchi. Le altre cose non stette lì a esaminarle con attenzione, le stipò nel cofanetto, già strabordante, e se lo tenne stretto. Gesù Bambino avrebbe riparato i danni, tanto male non faceva: l'importante adesso era filarsela quanto prima.

A quel punto, più che con le orecchie, Max sentì di

pelle, mentre stava per passare a gran velocità vicino al letto, una specie di onda d'urto. Si bloccò incerto. Si guardò intorno rapidamente e, per sicurezza, si rifugiò dietro le pesanti tende grigioazzurre. Si preoccupò persino delle punte dei suoi piedi, ma erano nascoste. Quando sentì la porta aprirsi, trattenne il fiato. Se la tenda si muoveva, era fritto.

Dei passi leggeri si avvicinarono, e un profumo, che aveva già notato prima, impercettibile, adesso riempì la stanza. Max sentì le orecchie che gli rombavano e fece di tutto per dominare lo strano impulso improvviso di tossire, che di solito non provava mai. Gli sembrava di morire: non avrebbe resistito a lungo. Tendeva l'orecchio a quei passi, che andavano di qua e di là, e sentì un lieve fruscio, come di una porta scorrevole. Doveva essere quella dell'armadio. Madonna, si stava spogliando. Davanti ai suoi occhi, e lui non poteva guardare! Gli venne caldo nel suo giubbotto di pelle, e già ne sentiva parecchio, addossato com'era al calorifero. La pelle delle chiappe sotto ai jeans scottava, ma Max non osava spostarsi neanche di un millimetro.

Rimase lì immobile per diversi minuti, la fronte imperlata di sudore. Così doveva sentirsi uno sotto tortura. Stava pagando in cinque minuti per tutte le colpe della sua vita. Se fosse morto all'istante, sarebbe finito in paradiso. In quel momento squillò il suo cellulare. Max, irrigidito, pensò con terrore che stava per morire davvero: gli si fermò il cuore.

Nella stanza c'era silenzio, poi risuonò una profonda voce femminile: "Risponda pure senza problemi". Si sentì il rumore di un cassetto chiuso di botto, e un altro, metallico. "E poi venga fuori da lì."

Max si chiese se poteva saltare in giardino dalla finestra. Ma la finestra era chiusa, e si trovava al primo piano. Non aveva idea di che cosa ci fosse sotto. O forse doveva saltare fuori dalla tenda come una pantera, aggredendola di brutto?

"Il suo cellulare sta suonando," ripeté la voce. In effetti, suonava di nuovo. Max uscì da dietro la tenda.

Friederike gli stava davanti a gambe larghe, a distanza di sicurezza, in pantaloni di pelle attillati e camiciola di seta, se Max ci vedeva giusto. Emma Peel, pensò come in un lampo. L'espressione concentrata, ma per niente impaurita, teneva un braccio teso e in mano aveva una pistola, inequivocabilmente puntata contro di lui.

"Oh, guarda guarda chi c'è qui!" esclamò, inarcando un sopracciglio.

"Scacciacani?" chiese Max.

"Se molla il mio cofanetto dei gioielli, può finalmente rispondere al telefono," replicò lei, facendo un cenno con la pistola.

Max depose il cofanetto ai suoi piedi. Da quella posizione sarebbe stato facile saltarle addosso, ma lei sembrò leggergli nei pensieri.

"Faccia il bravo. Non è una scacciacani, ho il porto d'armi. E da giovane ho tirato agli orsi bruni. Adesso mi torna utile!"

Max non pensò neanche per un secondo che bluffasse. Si rialzò. In quell'istante il cellulare smise di suonare. Max le rivolse un'occhiata di scuse, ma lei non fece una piega. La sua espressione non era molto conciliante, e Max stava pensando a come uscire brillantemente da quella situazione, quando l'odiosa suoneria ricominciò.

"Avanti!" Friederike fece di nuovo un cenno con la pistola, e Max si affrettò a estrarre il cellulare dalla tasca: così facendo le banconote arraffate in tutta fretta volarono fuori e si sparpagliarono sul parquet chiaro. L'espressione di lei non mutò. Max rispose.

"Max, era ora!" Era Anna. "Dove diavolo sei?"

"Sono in Italia, te l'ho già detto!"

Emma Peel aggrottò impercettibilmente la fronte.

"Non contare palle! Il tuo provider parlava tedesco, mica italiano. Dove sei? Ad Amburgo?"

Max lanciò un'occhiata a Friederike. "Sì, ad Amburgo!"

"Ma dove?"

"A casa di... di..."

"Su! Forza!" Friederike agitò la canna della pistola.

"Di Friederike Leuthental!"

Seguì una breve pausa di silenzio. "Leuthental? Sei fuori di testa?"

Max non rispose.

"Quella a cui hai fregato l'auto?"

"Esatto!"

"E lei dov'è?"

"Proprio di fronte a me."

Friederike annuì.

"Con una pistola in pugno."

"Pfff..." Sembrava il soffio di un pallone che si stava sgonfiando. "E perché?"

"Perché mi ha beccato mentre le ripulivo la camera!"

Friederike annuì con foga.

Anna esitò un attimo, poi disse d'un fiato: "Sono in ospedale perché Rainer è stato aggredito. È in coma. Puoi venire?".

"Rainer aggredito?" ripeté Max incredulo.

"Che bella famigliola!" commentò Friederike.

"È suo marito," precisò Max. "È grave?" chiese poi ad Anna.

"Insomma!"

"È in coma," ripeté Max a Friederike. "Un avvocato. Incensurato!"

"Ma guarda un po' quante ne succedono oggigiorno!" Friederike scosse il capo. Abbassò lentamente l'arma. "L'accompagno io. Dopo tutto è la mia macchina!"

Max deglutì. "Non ce l'ho più! Me l'hanno soffiata in Italia!"

"Questa poi... non sta né in cielo né in terra!" Portò di nuovo la pistola all'altezza dei suoi occhi. "Io amo la mia auto!"

"Mi dispiace!"

"Già, e a me no?" Strinse gli occhi. "Cosa succede se uno fa secco per legittima difesa uno scassinatore e ladro d'auto beccato in flagrante nella sua camera da letto?"

"Si ficca in un bel guaio!" rispose Max, così contrito che Friederike non riuscì a trattenersi dal ridere.

"Dica alla sua amica qui," e accennò con la pistola al cellulare che Max teneva ancora all'orecchio, "che la porterò io. Non so ancora se dalla polizia, in fondo all'Elba o in ospedale, ma intanto mettiamoci in viaggio."

"Dice sul serio?" Max avanzò di un passo.

"Non sono dell'umore per scherzare!"

"Be'," fece Max comprensivo, "posso capirlo. Hai sentito, Anna? Arrivo!" E ripose in tasca il cellulare.

"Forse dovrei mettermi qualcosa addosso," disse Friederike. Mise la sicura alla pistola, la appoggiò sul letto e prese il pullover che aveva buttato lì sopra.

Max la guardava immobile e aspettava. Ma non sembrava che lei tramasse alcunché a suo danno e quando lo spronò a muoversi con un "Su, andiamo!", Max fu quasi tentato di chinarsi e arraffare il cofanetto dei gioielli.

Quando, circa mezz'ora dopo, arrivarono in ospedale, a momenti Max si prese un colpo: due poliziotti si stavano dirigendo verso di lui. Dallo spavento gli vennero le ginocchia molli. Friederike l'aveva effettivamente lasciato davanti all'ospedale: al momento di separarsi aveva teso una mano aperta. Max aveva pensato sulle prime che volesse essere pagata per la corsa, ma lei, inarcando le sopracciglia, aveva detto: "Le mie chiavi, prego!".

"Ah, già!" Max si era frugato nelle tasche e gliele aveva date aggiungendo: "Mi scusi".

"Non si è ancora presentato, anche se naturalmente so benissimo chi è, Max Wilkens. Veda di non farsi beccare da mio marito, se no l'ammazza."

"Grazie per non averlo fatto lei!"

"Ho faticato a tenermi!"

Max l'aveva guardata. Il suo viso splendeva alla luce dei lampioni stradali. "Posso fare qualcosa per farmi perdonare?" aveva chiesto. "Per riscattarmi in qualche modo?"

Un guizzo di scherno le aveva increspato le labbra. "Vuole rasarmi il praticello o coccolare la mia gattina?"

Max le aveva teso la mano. "Meglio..." Pausa. "Meglio la gattina!"

"La gattina in realtà è un gattone," aveva replicato lei, fissandolo dritto negli occhi, senza dargli la mano.

Allora lui aveva ritratto la sua e aveva cercato una biro nella tasca. "Le lascio il mio numero di cellulare," aveva detto. "Prima o poi magari le viene in mente davvero qualcosa per cui le posso tornare utile." Trovata la biro, aveva scritto il numero su un pacchetto di sigarette che c'era in macchina.

"Ne è convinto?" aveva risposto lei, fissandolo.

"Ne sarei felice. E non le fregherò niente, parola!"

"La parola di un ladro..." Friederike aveva scosso un po' la testa e, preso il pacchetto di sigarette, aveva letto il numero scribacchiato. Poi si era accesa una sigaretta. "Cosa preferirebbe guidare, una Porsche grigia metallizzata o una blu scuro?"

"Io?" L'aveva squadrata. "Nera!"

"D'accordo, allora, nera! Stia bene, alla prossima rapina spenga il cellulare, non si faccia fregare le auto fregate – se no fa la figura del perfetto idiota – e porga tanti auguri di pronta guarigione al marito della sua amica!"

Max aveva aperto la portiera.

"È davvero la sua amica?"

"Come?"

"Voglio dire: la moglie dell'uomo che è stato picchiato è la sua amica? La sua amante, come vuole chiamarla?"

"No, è un'amica di mia sorella."

"Ah, be'..." aveva concluso lei. "Non mi sarei affatto stupita del contrario."

Max aveva accuratamente evitato i due poliziotti e si era fermato a chiedere informazioni a un'infermiera del turno di notte. Alla fine si era ritrovato in Terapia intensiva. Rainer era lì da solo, gli altri letti erano liberi. Anna gli teneva la mano e alzò gli occhi, sentendo entrare Max. Lui le diede un bacio sulla fronte per salutarla e guardò Rainer. Si spaventò, ma cercò di non darlo a vedere ad Anna. Rainer dormiva, un occhio ermeticamente chiuso, l'altro invece pareva avere la palpebra leggermente sollevata. Ma forse dipendeva dalla enorme tumefazione che partiva dal naso. La faccia era totalmente sfigurata.

"Non ha un gran bell'aspetto," disse cautamente ad Anna, che a sua volta non pareva molto in forma.

"Il medico ha detto che tornerà come prima," rispose lei, carezzando con la punta delle dita il dorso della mano di Rainer.

"Ma come è successo?" chiese Max, cercando con gli occhi una sedia. Trovò uno sgabello e lo tirò vicino.

"Comincia tu a raccontare!" Anna era passata dalle carezze ai lievi massaggi. "Ero rimasta all'Italia, quattrini a palate e soldi per me in una busta!" Aveva una faccia come se fosse lì lì per saltargli alla gola. "Garantito che poi avresti accusato le Poste di smarrimento di una raccomandata! Vero o no?"

Non era giornata, veramente. Max restò sulle difensive e preferì non rispondere.

"E la signora consorte del procuratore di stato è venuta qui di persona ad accompagnarti, dopo averti beccato in camera sua mentre rubavi! Una storia meno cretina non ti poteva venire in mente?"

"Procuratore di stato?" ripeté lui attentamente.

"Già, cosa credi, che sia il guardiano delle oche? Siegmund Leuthental è il nemico dichiarato di tuo padre, nel caso tu te lo sia scordato!"

"Ah! Per quello ha detto che suo marito mi avrebbe ammazzato!"

"Ha detto così? Ha fatto bene! Anzi, lui! Lui farebbe bene a farlo! Come si può essere così... così..." Stringeva forte la mano di Rainer, e quando se ne rese conto, la lasciò ricadere sul copriletto ben lisciato, "così micidialmente fuori di zucca!"

"Be', finiscila! Io mica ti insulto in continuazione!" Max passò al contrattacco. "Dopo tutto anch'io ho una sensibilità!"

"Ah! Ma davvero?"

"È andata come ti ho detto! Quella donna è... fuori dell'ordinario!"

"Non ne dubito!"

Anna afferrò di nuovo la mano di Rainer.

"Va' a raccontare le tue panzane a tua sorella, che sta tornando dalla macchinetta del caffè: magari con lei hai più fortuna!"

Patricia era in corridoio, un bicchierino di plastica pieno di caffè bollente in mano, e stava parlando con il medico di turno, che in realtà era lì solo di passaggio.

Prima discussero parlando dello stato di salute di Rainer, poi Patricia disse: "Quello che mi sembra incredibile è il posto in cui è successo... Fosse stato in strada, ma in casa di una donna che nessuno di noi conosce! Non è strano?".

L'altro aggrottò lievemente la fronte, assumendo un'aria vagamente sprezzante. "Be', occuparmi di questi aspetti non rientra nei miei compiti," rispose.

"Sì, in effetti..." si affrettò a dire Patricia.

"Ma," proseguì l'altro, "anche la donna presso cui si trovava è stata ferita. E qual è il motivo per cui un uomo e una donna vengono picchiati, se non la gelosia? Mai ascoltato un telegiornale? Quanti mariti fanno fuori non solo la moglie, ma anche i figli? Per motivi assolutamente futili! La violenza è innata nel maschio!"

"Ah!" Patricia lo fissò. Chissà che abissi si nascondevano dentro di lui!

"Non è certo l'unico uomo malmenato ricoverato qui dentro, mi creda!" disse, e incrociò le braccia. "E di donne ne abbiamo quante ne vuole. Da quando poi è cominciata la guerra dei magnaccia, la percentuale è in ascesa!"

"Ho letto..." Patricia annuì e cambiò di mano al bicchierino, perché il caffè bollente scottava terribilmente le dita attraverso la plastica sottile. "Non ne hanno appena preso a revolverate uno?"

L'altro annuì. "È qui anche lui. E non rimarrà il solo, se le cose vanno avanti così..." In quel momento gli suonò il cercapersone. "Mi scusi, devo andare!" Le rivolse un'occhiata di scuse, e Patricia fece un cenno con il capo.

"Le auguro una nottata tranquilla," disse, e rimase un attimo a guardarlo allontanarsi di corsa per il corridoio.

Ecco un lavoro che non avrebbe mai fatto per me, pensò Patricia avviandosi verso la Terapia intensiva.

Quando entrò, quattro occhi si puntarono su di lei. "Ah, fratellino!" esclamò mentre chiudeva piano la porta, "che bella sorpresa! La consorte di Sua Eccellenza il procuratore di stato non ti ha accompagnato direttamente in commissariato?"

Max si alzò per darle un bacio. "Non fare tanto la sarcastica!" le disse, prendendole di mano il bicchierino di caffè. "Le cose seguono sempre una dinamica propria!" Bevve un sorso e le strizzò l'occhio.

"Già! Negli ultimi tempi in modo particolare..." Si riprese il caffè. "Tu ti sei lanciato nella carriera di ladro, Rainer è stato preso a botte e il tuo amico Steffen sta in galera con l'accusa di tentato omicidio. Se non è dinamica propria que..."

"Come fai a saperlo?" la interruppe lui.

"Anna e io stiamo cercando di aiutarlo, mentre tu ti dai alla bella vita. Tutto qui!"

Max si lasciò cadere sullo sgabello e fissò Anna. "Non ci credo. Cosa c'entrate *voi* con Steffen?"

Anna era nei guai. Doveva restare fedele alla versione di Patricia – cioè che l'amante era il suo – o confidare a Max di avere una relazione con Lars? A quel bamboccio volubile, con tutti quei grilli per la testa?

"La difesa d'ufficio di Steffen è stata affidata a Rainer," tagliò corto, "e nel corso dell'inchiesta abbiamo notato che le cose procedevano troppo a rilento, o stagnavano del tutto. Capisci cosa intendo? A quanto pare nessuno ha interesse a che venga fatta giustizia. Neppure la moglie della vittima – mi viene in mente adesso – si è fatta sentire!" concluse, guardando Patricia.

Patricia si era seduta su una poltrona e beveva con calma il suo caffè. "Non ho proprio idea se si usa che le mogli cornute si presentino all'avvocato del presunto omicida del marito!"

"Già, forse no!" Anna si strinse dubbiosa nelle spalle.

"Direi proprio di no!"

"E dall'esecutore testamentario?" chiese Max con aria ingenua e si beccò due pugni, uno da destra e uno da sinistra. "Ahia!" gridò e si massaggiò con aria torva gli avambracci. "Be', facevo per dire!"

"Cos'è, vuoi l'indirizzo della signora?" Anna lo guardò con la faccia scura, mentre riprendeva a carezzare la mano di Rainer.

"Ti pare una buona idea?" replicò lui, spostando per prudenza lo sgabello a distanza di sicurezza.

Gudrun, di ritorno dal pronto soccorso, si era fatta un tè ed era andata subito a letto. E lì ora tentava di chiarirsi le idee su quanto era successo. Doveva andare dalla polizia il mattino dopo a denunciare Charly? In quel caso avrebbe dovuto comparire come teste in tribunale, e il suo cliente pure. Si sarebbe liberata di Charly, e questo sarebbe stato il lato positivo della faccenda. Ma era la scelta giusta? Sarebbe rimasto un po' in galera, ma dopo pochissimo sarebbe stato di nuovo fuori e avrebbe bussato alla sua porta. E allora sì che avrebbe saldato il conto. Ma se lei non faceva nome e cognome di Charly, tutta la storia dell'ex amante geloso non sarebbe più stata in piedi. O magari poteva semplicemente dare un altro nome? Ma Rainer lo avrebbe descritto in modo così particolareggiato che presumibilmente lo avrebbero identificato, tanto più che aveva la fedina penale sporca. E così ci sarebbe andata di mezzo di nuovo lei.

Per quanto girasse e rigirasse tutta la storia, non ne cavava niente di buono. Si voltò su un fianco e lanciò un gemito. Charly aveva picchiato duro. In effetti si meritava una bella punizione. L'avrebbe mandato al fresco per un po' e nel frattempo avrebbe spiegato la sua situazione al capo del personale. Prima che Charly fosse uscito di galera, lei avrebbe avuto un lavoro in un'altra città, oppure una solida posizione al comune, alla faccia del suo passato.

Cercò di dormire, senza successo. Le doleva dappertutto, e nella zona intorno all'occhio le tirava la pelle. Si palpò: era terribilmente gonfia. Alla fine si alzò, prese un sonnifero e si portò il telefono vicino al letto.

Chiamò in ospedale per chiedere notizie di Rainer. Le passarono due volte la comunicazione, e, prima di rendersene conto, si ritrovò la moglie all'apparecchio. Non era quello che voleva, ma ormai era troppo tardi.

Anna era sorpresa quanto lei. L'infermiera era venuta a chiamarla, l'aveva portata nella stanza lì di fronte e le aveva messo in mano il telefono. Sulle prime Anna aveva pensato che fosse di nuovo la polizia, ma quando aveva sentito: "Engesser", quel nome non le aveva detto niente.

"Sono la donna che stasera è stata picchiata insieme a suo marito. Volevo solo chiedere sue notizie e scusarmi per quanto è accaduto!"

Mille domande si affollarono alla mente di Anna, che pure si controllò. Stava davanti a uno scrittoio il cui ripiano era gremito di foglietti di tutte le dimensioni, con le più svariate indicazioni terapeutiche, e lo fissava, cercando di darsi un contegno. "Non è colpa sua!" disse alla fine. "A quanto mi ha detto la polizia anche lei ne ha avuta la sua dose... Quello che non capisco è cosa ci faceva mio marito a casa sua!"

"Mi dica solo in due parole come sta. Mi sento responsabile!"

E certo. Le donne si sentono sempre responsabili, qualsiasi cosa succeda: Anna lo sapeva bene.

"Ancora non ha un gran bell'aspetto, e la cosa preoccupante è che non si è ripreso dal coma. Trauma cranico, ha detto il medico, e noi tutti speriamo che torni presto in sé. Di più al momento non possiamo fare per lui. E adesso tocca a lei!"

Gudrun le propinò la storia che avrebbe raccontato alla polizia. Anna stava a sentire e intanto si chiedeva se, oltre al "medico a domicilio" esisteva anche "l'avvocato a domicilio".

"Sa," disse alla fine, "mio marito non farebbe male a una mosca, odia la violenza in ogni sua forma. Magari, quando si sarà rimesso, le potrà ancora essere d'aiuto. Quel mascalzone sarà di sicuro consegnato alla giustizia, e mio marito potrà assisterla contro di lui. Credo che la chiamerà presto!"

Anna riattaccò subito, per correre da Rainer, e Gudrun restò lì a fissare la cornetta. Dunque la signora Leicht avrebbe raccomandato a suo marito di richiamarla presto... La vita è veramente pazzesca!

Friederike Leuthental era appena arrivata a casa e stava per andare in camera sua, per rivedersi tutta la scena con Max, quando sentì il rumore del portone che si apriva. Era sulle scale: si bloccò e tornò giù nel vestibolo. Un attimo dopo suo marito apriva la porta. La fissò stupito esclamando: "E allora?".

"E allora cosa?" ribatté Friederike andandogli incontro per prendergli il soprabito.

"Strano trovarti qui." Si sfilò il lungo cappotto blu scuro e glielo diede. "Stasera non è..." rifletté un attimo, "...la tua serata vattelapesca?"

"Il corso di italiano è il giovedì sera, oggi è martedì!"

"Martedì!" L'altro annuì e le porse anche la sciarpa. "Hai ragione!"

Diede un'occhiata all'orologio. "Allora potremmo berci insieme il bicchierino della staffa, così mi racconti quello che combini il martedì!"

"Buona idea!" Friederike gli sorrise e pensò, mentre andava in guardaroba con il cappotto e la sciarpa: col cavolo che ti racconto, il piccolo Max resta un segreto tutto mio!

Charly aveva dormito male, e quando, mercoledì mattina, si svegliò insolitamente presto, aveva una certezza: non sarebbe stato lì ad aspettare la polizia. Di sicuro Gudrun aveva fatto il suo nome, ed era quindi solo una questione di tempo perché lo beccassero. Si alzò per prepararsi la valigia. Ancora non sapeva dove andare, ma, una volta in macchina con il bagaglio, un'idea almeno gli sarebbe venuta.

Prese dall'armadio la valigia più capiente che aveva. Era sdrucita e impolverata, ma dentro ci stava quasi tutto quello che valesse la pena portar via con sé. Charly aveva già chiuso la porta di casa, quando gli venne in mente il quadrifoglio che gli aveva regalato Lizzy un po' di tempo prima. Sarebbe morto, per cui aprì di nuovo e prese il vasetto con la minuscola piantina.

In strada, mentre caricava la macchina, riordinò le idee. Esclusa Gudrun, naturalmente, avrebbe fatto una visitina alle sue ragazze, sperando che avessero qualche soldo da parte. Ma non sarebbe mica andato lì con la coda tra le gambe, anzi! Se no quelle avrebbero pensato che potevano battere la fiacca. Poi avrebbe fatto il pieno alla macchina e al suo stomaco, con una bella colazione.

Anna aveva passato la notte in ospedale e ora – erano da poco passate le nove – rimise piede a casa, sfinita. Sulla strada del ritorno aveva preso dal panettiere dei panini freschi, ma adesso, alla vista del sacchetto sul tavolo, non le venne per niente fame. Invece afferrò il cellulare e raccontò a Lars cosa era successo. Lars, piuttosto irritato, attendeva in una sala d'aspetto che il medico, finita la visita a una paziente, avesse qualche minuto di tempo per lui. Non riusciva a credere alle sue orecchie.

"Proprio a Rainer!" esclamò, scuotendo la testa. "A me

cose del genere non succedono mai! Eppure una bella scazzottata ogni tanto non mi spiacerebbe! Così, da uomo a uomo!" L'infermiera gli lanciò un'occhiata sprezzante, ma lui non si scompose. "Esiste un'indennità di rischio per avvocati in visita domiciliare?" chiese, e poco ci mancava che scoppiasse a ridere per la sua battuta.

Ma l'umore di Anna lo gelò: "Hai ancora qualche sentimento in circolo, razza di disgraziato?".

"Eccome! Ne ho da vendere! Amo mia moglie, concupisco te, mi preoccupo per Rainer!" In quel momento si aprì la porta, la paziente uscì e il medico gli fece un cenno. "Mi farò vivo a breve, il lavoro chiama!"

Patricia aveva invitato Max a passare la notte da lei. Frank era a un corso di aggiornamento, e così Patricia sistemò il fratello sul divano e lo pregò di non uscire di casa il giorno dopo. "Dopo tutto hai una denuncia per furto sul groppone, bello mio. Al momento mi pare più opportuno che tu ti dia alla macchia. Magari alla mamma... glielo diciamo che sei riapparso, sano e salvo? È così preoccupata!"

Max si spogliò – restando in slip e t-shirt – e si infilò sotto la coperta. "Solo se è capace di tenersi la notizia per sé," rispose, e girò la schiena a Patricia. "Ah! Dimenticavo..." si voltò di nuovo verso di lei, "domani mattina chi mi prepara la colazione?"

"A occhio e croce, tu!"

"In questo casino diabolico?" Fece un cenno agli scatoloni del trasloco. "Come faccio a trovare le cose?"

"In molti campi sei un ragazzo piuttosto ingegnoso, datti da fare!"

Max si svegliò verso le dieci e si mise subito all'opera. Patricia era già uscita e gli aveva lasciato un foglietto: "C'è un po' di caffè nella caffettiera e quanto al resto: fai come se fossi a casa tua". Il che era una pretesa assai azzardata: a sua madre sarebbe venuto un colpo se avesse visto il modo in cui era conciata quella casa – da quanto erano sposati e vivevano insieme? –, e anche a lui non piaceva un granché. L'appartamento di Steffen era molto più romantico. Aprì uno scatolone dopo l'altro, ma trovò solo piatti pentole libri e cianfrusaglie varie, che non servivano a niente. Non che avesse in mente di derubare sua sorella, però, giusto per farsi un'idea, non gli sarebbe spiaciuto imbattersi in qualche oggetto di valore.

Alla fine andò in cucina, o almeno nella stanza che prima o poi era destinata a diventarlo. Lì c'era un tavolo provvisorio, con sopra una caffettiera, un tostapane e un altro foglietto. "Hai frugato abbastanza, beviti un caffè e poi fatti una doccia. NB Puoi frugare quanto vuoi, non c'è niente di valore!"

Max mollò subito il foglietto. Che faccia tosta! Ed era sua sorella!

Poi prese il caffè, infilò una fetta di pane nel tostapane, cercò del latte e un po' di burro e trovò persino un cucchiaino. Alla fine tornò a sedersi sul divano e si mise a riflettere. Naturalmente Patricia aveva ragione: a suo carico c'era una denuncia. Non poteva mica andarsene in giro indisturbato per Amburgo. E neanche a trovare Steffen. Che barba, 'sto stato di diritto! Comunque aveva bisogno di soldi. Quindi doveva almeno spacciare qualcosa. Il che comportava però dover telefonare ai suoi contatti e farsi vedere in giro. Un bel rebus.

D'altra parte lui era una tale nullità nel mondo del crimine tedesco che sarebbe stato un caso assurdo se un poliziotto avesse notato proprio lui! Aveva già deciso di vestirsi e uscire, infrangendo il divieto di Patricia, quando il suo cellulare squillò. Che suonasse ancora somigliava già a un miracolo: era da un'eternità che non pagava una bolletta. Forse c'era lo zampino di sua madre. Max guardò il display: non indicava né un numero né un nome, solo "Chiamata". Poteva essere chiunque. Sarebbe stato consigliabile non rispondere e poi ascoltare la segreteria telefonica, ma Max era troppo curioso. Pigiò il tasto verde.

"Sì?" disse, tenendosi per prudenza nell'anonimato.

"Max? Sono Friederike Leuthental. Si ricorda?"

Max deglutì. Adesso tornava indietro il boomerang.

"Mi ricordo benissimo. Buongiorno, signora Leuthental."

"Buon giorno, signor Wilkens. Ha già programmi per la giornata?"

Max ci pensò su. Era meglio dire subito di no? O dava un'impressione da sfaccendato? "Posso dare un'occhiata alla mia filofax?" chiese.

"Prego!" La voce di lei aveva un tono divertito. "Faccia pure. Ma se ha bisogno di molto tempo per verificare tutti i suoi impegni devo pregarla di richiamarmi."

"No, no!" Fece finta di consultare l'agenda, e poi disse, dopo svariati "mmm" e "ah": "Ecco, ci siamo! Sto giusto uscendo, ho due appuntamenti, ma alle quattro potrebbe andare...". Fece una breve pausa. "Di che si tratta?"

"Scapricciamento con torello!"
"Cosa?" Adesso sì che era senza parole.
"Il torello è lei!" precisò Friederike.
"Non sono mica un ragazzo squillo, io!"
"Ah, davvero?"
"No! Cosa crede?!"
"Peccato. Ma le funziona tutto bene?"
"Cosa?! Certo che mi funziona tutto bene!" Roba da pazzi. Max si tirò su.
"E allora, che problema c'è? Se non è un gap fisico, è un blocco psichico?"
Il tono era di sufficienza, ma Max non lo notò.
"Non ho nessunissimo problema, né fisico, né psichico né quel diavolo che le pare. Solo che non mi faccio comprare!" In quel momento l'occhio gli cadde sui vestiti, che indossava ormai da giorni. Doveva fare un salto a casa a tutti i costi. Roba da pazzi! Ieri avrebbe dato chissà che per zompare addosso a Friederike da dietro la tenda, e adesso, che lei gli si offriva di sua spontanea volontà, lui faceva il prezioso, come una vecchia zitella!
"Cinquecento," disse Friederike. "Bastano e avanzano per dei nuovi jeans, una camicia e della biancheria, se proprio non vuole rifarsi un guardaroba griffato."
Max si sentì preso in castagna. Probabilmente, prima del sesso l'avrebbe messo sotto la doccia.
"E cosa dovrei fare?" chiese, e si sentì morire. Accidenti, lo stavano comprando come un tocco di arrosto di montone.
"Prenda un taxi – pago io – e si presenti verso le quattro e mezzo a casa mia."
Max annuì.
"Tutto chiaro?" sentì dire ancora l'altra voce.
"Chiarissimo!" rispose. Friederike riattaccò, e lui lasciò ricadere piano il cellulare sulle ginocchia. Panico! Quella poteva essere sua madre. Era molto attraente, è vero, ma lui ancora non era mai stato con una di vent'anni più vecchia. Chissà com'era a toccarla? E che aspettative aveva? Magari non era poi così fuori esercizio come lui sospettava, e si manteneva un intero harem di ragazzi come lui.

Preoccupazioni economiche, comunque, per quel giorno non ne aveva più. Poteva rificcarsi a letto tranquillo e ronfare fino alle tre, al resto avrebbe provveduto il destino. O magari anche il suo aggeggio. Max si tirò la coperta fino agli occhi e si addormentò di botto.

Anche per Charly il sole sorse, quel mercoledì mattina. Le sue ragazze lo avevano rifornito di soldi a sufficienza per cavarsela per qualche giorno, e sul tavolo del tinello di Lizzy aveva trovato per caso anche un regalino interessante: un annuncio per attirare nuove adepte nella misteriosa rete del sesso casalingo. Ne fu più che soddisfatto, perché per la prima volta aveva per le mani qualcosa di concreto a cui rifarsi: un indirizzo e-mail. Lizzy, se mai avesse avuto "interesse a una clientela seria e a lauti guadagni con percentuali assai favorevoli", avrebbe dovuto scrivere a "casalinghe@online.de". Charly in vita sua non aveva mai avuto a che fare con diavolerie simili, né con "percentuali", né con "e-mail", né, tanto meno, con Internet, ma aveva strappato di mano a Lizzy il ritaglio di giornale dicendole con aria molto saputa che se ne sarebbe occupato lui. Eppure in cuor suo non era neanche così sicuro che lei fosse intenzionata a rispondere. O forse aveva già memorizzato l'indirizzo e sapeva cavarsela al computer molto meglio di lui. Il che non era poi così difficile.

Ma adesso era di nuovo nel suo bar preferito e si stava pappando una bella colazione. Avrebbe preso contatto con quei tipi per offrire i suoi servigi. Era evidente: chi manovrava bambole aveva bisogno di veri uomini nelle retrovie. Era grosso abbastanza da far paura ai clienti, in caso di necessità, e abbastanza piccolo per defilarsi dallo scontro diretto di due gang rivali. Ideale! Tutto allegro, mangiò la colazione numero 8 e, al momento di pagare il conto, chiese alla cameriera se c'era qualcuno nelle vicinanze collegato a Internet.

"Tutti!" rispose la ragazza stupita alzando le spalle.

"D'accordo, ma io ho bisogno di qualcuno che scriva per me una cosa e possa anche ricevere la risposta. Non ho il computer, a casa, e neanche quel... quell'Internet!" Le allungò una banconota da dieci marchi. Solo il giorno prima lui stesso si sarebbe buttato a pesce, adesso invece la mocciosetta guardava quei soldi come fossero carta straccia.

"Vai in un Internet Caffè!" gli disse con un'aria saccente che tradiva quanto lo considerasse un perfetto beota. Charly stava per perdere le staffe, ma si controllò: primo non aveva la minima idea di che cosa fosse un Internet Caffè, secondo gli pareva una cosa troppo complicata.

"Non c'è un modo più semplice?" chiese, sperando ardentemente che lei finalmente abboccasse. Altrimenti avrebbe dovuto inventarsi qualcos'altro.

Lei, un sopracciglio alzato, fissò la banconota da dieci marchi. "Sì. Ma con quelli vai poco lontano."

"E quanto dovrei investire?"

"Per un cinquantino potrei spedirti una e-mail e darti la risposta. Stampata." Gli lanciò un'ultima occhiata dall'alto in basso, che gli fece ribollire il sangue. "Fa' un po' vedere."

"Sei di Berlino, vero?" le chiese Charly, controllandosi a stento.

"Esatto!" Fece un ghigno. Con la sua zazzeretta corta e scalata, a Charly faceva l'effetto di un piumino per la polvere. Ma non disse niente, si limitò a tirar fuori cinquanta marchi dal portafoglio. "Ok, quello che scrivo e quello che mi rispondono, lo voglio stampato. Patti chiari. Non tentare di farmi fesso. Io non sarò di Berlino, ma sono del giro... Vale a dire, so menare le mani!"

Il ghigno di lei si allargò, rivelando l'assenza di un canino. "Un giro un po' stagionato, eh?"

Il collega dietro il bancone la chiamò, e lei si girò prima che Charly potesse risponderle per le rime.

Un attimo dopo, portando un'altra colazione, ripassò sfiorando il suo tavolo. Nel ritornare, si fermò e gli indirizzò di nuovo un sorrisetto sbieco. "Dammi la lettera e i quattrini, sistemo tutto io," gli disse. "Di me ti puoi fidare, parola di berlinese!" Si lisciò il lungo grembiule bianco e gli fece un cenno con il capo. "Ti serve carta e penna?"

Poco dopo Charly si ritrovò sul tavolo un foglio bianco formato A4 e una matita, con tanto di cappuccino aggiuntivo. Si mise a riflettere.

Ma già all'intestazione le idee gli si confusero. "Egregi"... egregi chi? Oppure "Cari"... peggio che mai! Alla fine decise di lasciar perdere tutte le formulette di cortesia e di entrare subito in argomento. In fin dei conti lui era Charly. "Ehi, gente, sono Charly. Una vita passata nel giro, che per me non ha misteri. Adesso cerco un nuovo campo d'azione e ho sentito cose interessanti sul vostro conto. Ho qualche chance di lavorare con voi? Ho muscoli a sufficienza per coprire le spalle alle vostre dame, nel caso che un cliente cerchi rogne. Per favore, rispondete al seguente indirizzo e-mail..." E qui la ragazza doveva aggiungere l'indirizzo. Rilesse il suo scritto e si sentì orgoglioso di se stesso. Specie l'ultima frase era un capolavoro. Se quelli non reagivano, non sapeva che altro fare. Fece cenno alla cameriera di avvicinarsi.

Lei diede una rapida scorsa al testo e gli lanciò uno

sguardo obliquo. "Mandando una e-mail l'indirizzo risulta automaticamente. Puoi risparmiarti l'ultima frase! Ripassa domani: avrai la tua stampa e magari anche una risposta. Te la mando dopo la chiusura del locale, cara grazia!"

"Il tuo tono mi fa girare le scatole, ragazzina, ma la tua fortuna è che ho bisogno di te!"

"Ti auguro di fare i soldoni, vecchio, ma stai calmo. Ah, per la cronaca: mi chiamo Susan."

Anna si era stesa su un divano in soggiorno, ma non c'era niente da fare: non riusciva a dormire. Era preoccupata per Rainer, soprattutto perché le pareva di essere spaventosamente all'oscuro di tutto. Magari Lars avrebbe potuto aiutarla. Di certo, essendo un rappresentante di prodotti farmaceutici, qualcosa sapeva sulle questioni mediche di base, ma o nella loro conversazione precedente non aveva capito che la situazione di Rainer era grave, o non era tipo da tornare utile in simili circostanze. Buono a sapersi.

Alla fine si alzò e si guardò in giro nella biblioteca di Rainer, finché trovò un manuale di medicina. Le vennero i brividi: un trauma cranico grave con compressione cerebrale e tumefazione poteva avere esiti diversissimi, addirittura portare a sensibili mutamenti della personalità. E se fosse rimasto disabile? Erano assicurati contro simili infortuni? Di cosa avrebbe vissuto un domani? Andò a prepararsi un tè e si accorse che stava tremando. Se Rainer restava davvero invalido, che vita avrebbe fatto lei? L'avrebbe assistito in casa? Come? Con quali mezzi finanziari? O l'avrebbe ricoverato in un istituto? E chi avrebbe pagato? Sarebbe dovuta tornare a lavorare, era evidente. Ma facendo cosa? Non certo l'investigatrice privata. Quelle sembravano buffonate, adesso. Ma come avrebbe fatto a trovare in fretta un lavoro ben retribuito?

Qual era la mossa più sensata da fare al momento? Telefonare al suo agente di assicurazione. Dov'era il numero? Nella rubrica telefonica di Rainer, che probabilmente era nel suo studio.

Corse di sopra, nel regno di Rainer. Non le interessava affatto frugare tra le sue cose. Anche dopo dieci anni di matrimonio le sarebbe parsa un'ingiustificata invasione nella sfera privata di lui. Ma adesso non aveva scelta. La stanza era meticolosamente in ordine, così come la scrivania. Chissà perché le ricordava la perfetta scriminatura dei suoi capelli, che a lei non era mai piaciuta un granché, ma alla quale Rainer non avrebbe mai rinunciato. Adesso però gliene avrebbe fatte volentieri anche tre parallele, purché si risvegliasse dal coma, e si riprendesse. Aprì il cassetto della scrivania. Forse avrebbe potuto pregare... Ma era da miserabili pregare solo in stato di necessità... Lo sguardo le cadde subito su una rivista. Nella foto di copertina faceva bella mostra di sé una donna inguainata di nero, con stivali neri e una maschera sul volto. Stava a gambe larghe, la scollatura dell'abitino aderentissimo profonda fino all'ombelico ornato di piercing. Mai e poi mai Anna si sarebbe aspettata una cosa del genere. Si scordò di botto il motivo per cui era lì, prese la rivista e si mise a sfogliarla. C'era poco da fare, si trattava di una rivista sadomaso. Cuoio lucido e latex, fruste e borchie, catene e lettini di contenzione... Era pazzesco che roba così si trovasse nella scrivania di Rainer. Gli avrebbe chiesto spiegazioni. Ammesso che sarebbe mai stato in grado di rispondere. Si sentì di nuovo assalire dai brividi, poi vide nell'angolo più interno del cassetto una piccola rubrica rilegata in pelle. Magnifico: Anna, sollevata, rimise a posto la rivista e prese quel libriccino liso. Scendendo le scale lo sfogliò velocemente e in effetti trovò riportato, alla lettera A, il numero delle varie assicurazioni. Bene, era già un passo avanti. Che stupidaggine non aver mai affrontato simili argomenti con Rainer. Ma chi ha voglia di parlare di certe cose? Assicurazione sulla vita, c'era scritto. Ce n'era già bisogno? Fondo di assistenza dell'Ordine degli avvocati: solo il nome metteva paura. Faceva subito pensare alla sedia a rotelle. Cassa malattie, assicurazione auto, assicurazione sulla casa... Maledizione! C'erano diversi numeri, ma un unico nome: Ulla Resin. Una donna tuttofare... Benissimo! Stava per comporre quel numero, quando squillò il telefono. Era Patricia, che chiedeva notizie di Rainer. Aveva lasciato l'ospedale il giorno prima verso le due del mattino con Max, dopo che Anna le aveva portato, come ultimo favore, un altro caffè.

"Ho un paziente dopo l'altro, e non riesco a concentrarmi, perché continuo a pensare a Rainer," disse. "Ma sai una cosa?"

"Cosa?" rispose Anna.

"Mi sono informata sulle conseguenze di un trauma cranico del genere."

"Oh, no!"

"Possono subentrare dei mutamenti di personalità!"

"Lo so!"

"E sai anche quello che mi ha raccontato un collega? Che lui ha un paziente che dopo una vicenda simile..." Si interruppe. "Non so come dirtelo!"

"Dimmelo, e basta!"

"Ti riferisco cosa mi ha detto." Patricia si schiarì la voce. "Che quel tizio da marito normale si è trasformato in un mandrillo pazzesco. Uno senza più ombra di scrupoli."

Anna ripensò alla rivista con la donna in pelle nera. "Ah, magnifico!"

"Mmm!"

"Vuoi dire che così potrei dare il benservito a Lars? Ma non si tratta di questo!" Anna rifletté un attimo. "Però non mi va nemmeno un marito mandrillo... Anche se in effetti ogni tanto potrebbe osare un po'!"

"Ne hai mai parlato con lui?"

"Con Rainer non si può parlare di queste cose. Non capirebbe mai, e starebbe solo lì a rimuginare sul dove ha sbagliato. In fin dei conti non può fare diversamente, e non ha molto senso insistere."

"Ma forse riuscirebbe ad alzare un po' il livello del desiderio? Ci sono coniugi che si tradiscono perché non hanno il coraggio di confessarsi a vicenda cosa vorrebbero davvero, e così lo cercano in un'altra relazione. Il che è paradossale. Se si esprimessero, troverebbero a casa quello che cercano."

"Sì, sì, signora psicologa!"

"D'accordo, basta. Era solo un'intuizione. Ha chiamato qualcuno dall'ospedale?"

"Impossibile, stai tenendo occupata la linea!" Anna diede un'occhiata all'orologio. "Ma penso che tra un po' ci torno... Sono troppo irrequieta per starmene in casa!"

"Immagino. Tienimi informata se succede qualcosa!"

"Se Rainer si tira su dal letto infoiato e mi zompa addosso?"

"Stupidina!"

"Tu pure!"

A quell'ora del mattino Gudrun aveva appena finito di far mettere a protocollo la sua denuncia, facendo il nome di Charly, ma rinunciando a citarlo in giudizio per lesioni. Subito dopo aveva telefonato all'ufficio del personale dell'amministrazione comunale e si era fatta fissare un appuntamento. Molto urgente. Glielo avevano dato alle dieci, e ora stava aspettando nell'anticamera del capo del personale. Aveva intenzionalmente evitato di nascondere con il trucco l'occhio nero e gonfio, e si era messa sulla testa gli occhiali neri che portava in strada. Che vedesse pure com'era conciata, così si faceva subito un'idea della situazione.

In effetti, quando venne il suo turno, il suo interlocutore restò visibilmente scioccato. Ulrich Wechsler era un uomo alto e magro, sulla cinquantina, in irreprensibile completo grigio, con cravatta e fazzolettino da tasca rossi. I folti capelli, tagliati corti, erano ricci per natura, anche se quel taglio aveva l'evidente scopo di tenerli a bada. La guardò con aria interrogativa.

"Non è necessario che i nostri dipendenti vengano a dimostrare il motivo della loro assenza," osservò, stringendole perplesso la mano.

Gudrun non riuscì a trattenersi dal ridere, anche se le costole le facevano un male atroce.

"E non è neanche necessario che le mostri gli altri lividi. Ma è necessario che le parli."

Gli si leggeva in faccia che la cosa lo turbava, ma, indicando una poltroncina, disse: "Si accomodi, prego!" e batté in ritirata dietro la sua scrivania.

"Non sono caduta da nessuna scala mobile, e nemmeno dalla bicicletta," attaccò Gudrun, con un leggero sorriso sulle labbra. "Sono lividi causati da un pugno. Il pugno di un uomo."

Ulrich Wechsler sedeva rigido nella sua ampia poltrona e la fissava. "Un vero bruto!" esclamò, e Gudrun ebbe la certezza che il suo interlocutore non di una domina aveva bisogno, bensì di una donna dal cuore grande.

"È stata una cosa intenzionale, perché quell'uomo voleva ricattarmi. Dal momento però che io non intendo farmi ricattare, sono venuta qui."

"Sì!" L'uomo di fronte a Gudrun annuì rispettoso e attese il seguito.

"Mi ha minacciato di rivelarle il mio passato, nel caso in cui mi fossi rifiutata di dargli soldi. Ma a me pare che gli uomini che vogliono soldi dalle donne non siano veri uomini!"

"Ha perfettamente ragione!" Annuiva con gran foga.

Gudrun capiva di aver azzeccato il tono giusto. Prima della fine, Charly sarebbe stato per Ulrich Wechsler meno di un verme, perché quell'uomo aveva un alto concetto dell'onore virile e dello spirito cavalleresco.

"Per questo ho pensato di precederlo e di dirle tutto io stessa!"

L'atteggiamento di Ulrich Wechsler era mutato: si sporse un po' in avanti e disse: "Buona idea!". All'improvviso aveva un'espressione simpatica. "Qualsiasi cosa voglia raccontarmi, rimarrà tra noi," aggiunse con un gesto incoraggiante, "glielo posso assicurare!"

Anna, dopo aver contattato l'agente delle assicurazioni e averle descritto la situazione, tornò di corsa in ospedale. La prospettiva che magari Rainer si risvegliasse solo dopo giorni e giorni la riempiva di spavento. Benché non potesse fare niente, sentiva l'impellente bisogno di stargli al fianco. Ancora non era molto lontana da casa, quando il suo cellulare squillò. Sul display comparve un numero di Amburgo: Anna non aveva la minima idea di chi potesse essere, ma rispose. Era Bettina.

"Lars mi ha detto cosa è successo," disse. "È spaventoso, posso fare qualcosa per te?"

Lars è un vero idiota, pensò Anna. Adesso come faceva a giustificarsi con Bettina del fatto che avesse avvisato prima Lars di lei?

"Non ha ancora ripreso coscienza," rispose Anna automaticamente, aspettandosi una domanda da moglie sospettosa. Ma Bettina non sembrava affatto sul chi vive. È proprio un fiorellino di serra, pensò Anna con un sospiro di sollievo e le raccontò tutta la storia, così come la conosceva lei.

"Si può fargli visita?" chiese alla fine Bettina, e Anna promise di informarsi in merito.

"Per quanto ne so, solo i parenti hanno accesso in Terapia intensiva," disse, ma in quel momento le venne in mente che c'erano stati anche Patricia e Max. "Mi informo, e poi ti chiamo," le assicurò. In realtà non aveva nessuna voglia di stare al capezzale di Rainer insieme a Bettina. Per un attimo provò a immaginarsi che al posto di Rainer ci fosse Lars, ma cacciò subito via quel pensiero. Anche se, a essere onesti, l'avrebbe preferito di gran lunga.

Gudrun uscì dall'ufficio di Ulrich Wechsler molto soddisfatta. Le aveva assicurato un appoggio incondizionato, dicendole anche di aver preso informazioni nel suo ufficio, prima di incontrarla, e che tutti i colleghi e il suo capo avevano detto un gran bene di lei.

Raggiunse la macchina e si chiese se fosse il caso di andare a trovare Rainer in ospedale. Grazie a quella piccola vittoria su Charly era talmente di buon umore che avrebbe volentieri comprato una bottiglia di champagne da lasciargli sul comodino. In fin dei conti era grazie a lui se le cose all'improvviso andavano così bene. Non appena l'avessero acciuffato, Charly sarebbe finito in galera, e in questo modo non avrebbe più potuto nuocerle. Le sue minacce erano ormai frecce spuntate, e alla violenza fisica, dopo quell'attacco di furia finito agli atti, non avrebbe più potuto ricorrere. E, soprattutto, non c'era più motivo che lei sopportasse altre botte. D'improvviso si ritrovava con tutti gli assi nella manica. E se le veniva voglia di praticare un po' il suo secondo lavoro, sarebbe stato solo a beneficio delle sue tasche. "Salute, Charly!" esclamò mettendo in moto la macchina. "Per me inizia una nuova vita, per te invece sono guai!"

Per un po' procedette in direzione dell'ospedale, poi però cambiò idea. Di certo accanto a Rainer c'era la moglie, e sarebbe stato imprudente uscire così allo scoperto, se proprio non era necessario. Allora puntò dritta verso un negozio di gastronomia: quella sera avrebbe fatto festa, sola soletta, e intanto avrebbe pensato con calma al suo futuro.

Alle tre in punto Max si svegliò. Si mise seduto, si guardò intorno e impiegò qualche istante a orizzontarsi nel soggiorno di Patricia. Aveva fatto un sogno molto realistico sull'Italia e si era visto seduto al volante della turbo, però dentro a un container soffocante, sollevato dalla gru e caricato dentro quella vecchia nave arrugginita. Si era svegliato con la sensazione che gli mancasse l'aria e con il panico di dover presto morire di fame e di sete. Chissà come, nel sonno si era tirato addosso lo schienale del divano, il che spiegava la sua paura, eppure quel timore oscuro non passava nemmeno una volta chiarita la causa. Si era messo seduto, cercava di calmarsi e intanto si osservava. E proprio lui, nel giro di un'ora, avrebbe dovuto farselo venir duro e giocare la parte dello stallone felice? Era andato di testa? Diede una spinta allo schienale del divano per rimetterlo a posto e si distese di nuovo, incrociò le braccia dietro la nuca e fissò il soffitto. Era in una situazione veramente difficile. Solo pochi giorni prima, mentre filava via da Amburgo diretto in Italia, aveva spiegato ad Anna che quella era la sua grande chance, e che non se la sarebbe lasciata scappare. A nessun costo. E adesso eccolo lì: le cose avevano preso tutt'altra piega e lui era in procinto di fare il gigolo. Per di più al servizio della moglie del procuratore di stato, il suo acerrimo nemico. Professionalmente parlando.

D'altra parte, però, Leuthental – e quel pensiero gli strappò un sorrisetto – era anche l'acerrimo nemico di suo padre. Patricia gli aveva ricordato quella vecchia vicenda. Era una cosa incredibile: tra poco avrebbe visto "dal vivo" ciò che suo padre aveva irreparabilmente manomesso. Bazzecole, aveva sempre sostenuto, ma suo padre era un maestro nel negare l'evidenza, quando si trattava dei suoi errori professionali. Comunque poteva mandargli una sua foto con Friederike, magari per il suo compleanno, in aprile... Chissà se gli avrebbe fatto piacere?

Max si era ripreso. Mise su un altro caffè, poi decise di prepararsi un altro toast: dopo tutto aveva bisogno di energia. Poi fece una doccia.

Mezz'ora più tardi era in taxi, e attraversava tutta Amburgo, diretto all'Elbchaussee. Era pieno di curiosità per quanto stava per succedergli. "Scapricciamento con torello," aveva detto Friederike. Il fatto di essere classificato come "uomo-oggetto" lo disorientava. Generalmente è il contrario. Gli tornarono in mente le statue nel vestibolo. Si sentiva molto simile. Magari, se avesse grattato un po' il gesso, ci avrebbe trovato sotto i suoi precursori? Chi può dire quante ne succedono in quelle sontuose ville alto-borghesi? Lanciò un'occhiata al tassametro. Già sopra i cinquanta marchi. Se il giorno prima non avesse lasciato lì la macchina, quella spesa avrebbe potuto essere evitata. Ma non aveva saputo resistere alla tentazione di farsi scarrozzare da Friederike Leuthental in persona fino all'ospedale. C'era da augurarsi che quella vecchia carriola partisse ancora, e che non fosse stata rimossa. Ci mancava solo quello! Steffen in galera e la sua macchina sparita! Perché certo non avrebbe potuto andare a riprendersela alla polizia.

Max guardava le case che sfilavano fuori dal finestrino, e intanto pensava a Steffen. Quel ragazzo era veramente sfigato. Non solo lui non poteva fare niente per aiutarlo, e magari aveva pure la sua macchina sulla coscienza, ma adesso, per giunta, il suo avvocato era stato messo fuori combattimento! Prima che le cose potessero riprendere il verso giusto, faceva in tempo a farsi un bel po' di galera.

"Tempaccio infame, oggi," attaccò il tassista, che evidentemente si annoiava.

"Già, ma non fa più tanto freddo," rispose Max per cortesia.

"Della pioggia però mica sentivamo il bisogno!" ribatté l'altro.

"Come sempre, ad Amburgo!"

"Eh, già!" Col che, essendosi placato il suo impulso al dialogo, il tassista ripiombò nel silenzio, mentre Max osservava le cifre sul tassametro. Ecco: sessanta marchi, il prezzo di un pieno.

Il tassista interruppe il corso dei suoi pensieri: "Eccoci arrivati!".

"Bene!" Max lanciò un'ultima occhiata al tassametro. "Suono al portone, paga la padrona di casa."

Scendendo dal taxi Max si girò verso il giardinetto di là della strada: grazie al cielo la macchina di Steffen era ancora lì! Suonò, e poco dopo aprì Friederike in persona. Indossava dei jeans con un pullover color salmone, e, nella sua semplicità, aveva un aspetto incredibilmente attraente. Gli fece un rapido sorriso, gli occhi celesti attraversati da un lampo, poi tirò fuori di tasca cento marchi. Mentre si chinava verso il finestrino aperto del taxi, Max si sentì invadere da un imbarazzo imprecisabile. Era soggiogato dal fascino di quella donna, e non riusciva a capacitarsi del fatto che l'avesse davvero comprato per il letto. Qualsiasi uomo si sarebbe offerto volontario, semmai avrebbe dato lui qualcosa. O magari voleva mortificarlo? Punirlo per le sue marachelle? Intanto lei si era girata, e l'aveva preso con tocco lieve per il bavero del giubbotto di pelle.

"Su, Max Wilkens, vogliamo andare?"

Lo precedette, e lui la osservò da dietro. Aveva il sederino sodo di una ragazza, o almeno ce l'aveva con quei jeans. Era veramente incredibile che avesse più o meno il doppio dei suoi anni.

"Si sente pronto?" gli chiese voltandosi verso di lui, mentre salivano la scala di marmo che portava all'ingresso.

"Come no..." rispose Max, ma si sentiva sempre più strano. Per un attimo sperò che lei, arrivati al dunque, si rivelasse all'improvviso una scultrice per hobby, e lo volesse come modello per un busto; ma Friederike marciava spedita attraverso l'ampio vestibolo, e imboccò le scale che conducevano al primo piano. Max decise di passarle davanti, per non trotterellarle dietro come un barboncino, e si mise a salire i gradini a due a due.

Lei lo guardò. "Lo scherzo che mi ha fatto con la macchina non mi è piaciuto per niente, mi creda!"

"Neanche a me!" rispose Max sincero. Gli rodeva ancora enormemente di non essere riuscito a ricavare dei soldi dalla Porsche.

"Com'è che il mio intuito mi suggerisce che stiamo parlando di due cose diverse?" Erano ormai di sopra, nella galleria su cui davano le camere, e lei si era fermata. Era quasi alta come lui, anche senza tacchi. Sarà sul metro e ottanta, pensò Max.

Non riuscì a trattenere un risolino. "Se le cose fossero andate diversamente, stasera potrei almeno invitarla al ristorante!"

"Davvero? Si guadagna così tanto a fare il praticante da un parrucchiere?"

Max sapeva benissimo che aveva capito cosa intendeva lui. Era un'arroganza voluta, evidentemente.

"Dipende..." rispose vago, alzando le spalle.

"Dalle clienti," aggiunse lei, con un'espressione di scherno negli occhi, "e dalle occasioni."

"Esatto!" Max annuì. Stavano uno di fronte all'altra: forse era il momento giusto per tentare un abbraccio, ma lei non pareva interessata: si girò e proseguì decisa verso la sua camera. A Max non restò altro che correrle di nuovo dietro.

Friederike aprì la porta e lo precedette. Max si era aspettato di tutto, ma non quel modo di fare. In camera non c'era niente di speciale: né tendaggi tirati, né candele romantiche, né un cooler con una bottiglia di champagne... neppure il letto aveva le coperte tirate da parte. Forse aveva cambiato idea? Max era davvero disorientato. Cosa voleva veramente da lui?

Friederike gli passò davanti, si fermò sulla porta del bagno e fece un cenno verso l'interno: "Qui c'è il portagioielli che lei già conosce alla perfezione: tenga le mani a posto! Invece l'asciugamano pulito e gli slip nuovi sono per lei. Io ho già fatto la doccia". Restò ad aspettare che fosse entrato, quindi chiuse la porta.

Max era stranito. Cominciò a spogliarsi come un automa, poi osservò gli slip grigio scuro. Taglia quinta, lesse, e si chiese come diavolo facesse a saperlo. Ma almeno sul davanti c'era scritto "Boss". C'era da augurarsi che lei riconoscesse che a comandare era lui.

Entrò nella doccia e si insaponò. Avrebbe sicuramente fatto cilecca, lo sapeva già da ora. L'atmosfera non lo prendeva. Vieni qui, spogliati, scopa... Ma quando mai?

Max si lavò scrupolosamente e si avvolse nel telo. Mentre si asciugava, rifletté sulla sua situazione. Stravagante! E a cosa servivano gli slip? Se voleva farselo, mica poteva restare con le mutande. Si guardò il basso ventre: non era un grande spettacolo. Di certo era colpa dell'acqua troppo fredda. Max prese gli slip.

Su, che Dio mi assista! E aprì la porta.

Friederike, nuda, era alla finestra. A momenti Max ci rimase secco. Così... brutalmente, senza preliminari, senza giochi di sguardi, o che altro. Era snella come un giunco, con una lieve abbronzatura integrale, e aveva, per la sua complessione sportiva, due tette incredibilmente grosse.

Max tossicchiò. "È veramente bellissima," disse, rendendosi immediatamente conto dell'idiozia di quel modo di esprimersi formale.

"Anche tu!" Lo sguardo di Friederike scivolò verso il basso e si fermò sugli slip. "Sarebbero per dopo," osservò con fare pratico. Max si sentì scoperto nella sua goffaggine e si chiese se fosse il caso di sfilarseli subito, o più tardi. Ma così, davanti a lei, si vergognava e rimandò.

Lei si staccò dalla finestra e venne verso di lui. "Sei fatto bene," lo complimentò. Ci manca solo che aggiunga: "e vali i tuoi cinquecento marchi," pensò lui. Era a pochi millimetri da lui, e Max sentiva i suoi capezzoli sfiorargli la pelle, solo i suoi capezzoli, nient'altro. Ma quando Friederike scivolò verso il basso aderendo al suo corpo, li sentì correre sul torace e sul ventre, e fu invaso da una sensazione di solleticante eccitazione. Guardò Friederike abbassargli gli slip e prendergli in bocca il membro. Chiuse gli occhi e restò lì a gambe larghe, per quanto gli slip a mezz'asta glielo permettessero. Friederike lo eccitò a tal punto che ebbe paura di non riuscire a controllarsi, poi lo prese per mano e lo portò vicino alla finestra. Max si era tolto i suoi "Boss". Lei si sedette sull'ampio davanzale e gli allacciò le gambe intorno ai lombi. Mentre la penetrava lentamente, Max sentì contro le cosce il calorifero caldo. Stessa scena, altro film: roba da non crederci! Ma lei, le mani sulle sue natiche, lo guidava, e lui si affidò interamente ai suoi comandi: velocissimo, poi lento, poi fuori, poi a colpetti lievissimi. Alla fine, se lo spinse letteralmente dentro e vennero insieme. Lei stava avvinghiata a lui, e Max si sentì esplodere il cervello. Poi aprirono entrambi gli occhi e si guardarono. Nessuno dei due si sciolse dall'abbraccio.

"Niente male come inizio," disse Friederike.

"Sì?"

Lei gli diede una tiratina d'orecchi, sciolse le gambe e si diresse in bagno. Max si girò ad ammirarla. Non poteva raccontarlo a nessuno, nessuno ci avrebbe creduto! Guardò il letto. Non c'era da stupirsi se era ancora intatto: lei non aveva mai avuto la minima intenzione di usarlo! Non aveva neanche girato la foto del suo legittimo consorte. Gli dava ai nervi che quel bellimbusto nella sua cornice fosse stato lì a guardare. Sentì lo scroscio della doccia e un attimo dopo Friederike, un asciugamano intorno alla vita, stava davanti a lui. "Il bagno è libero," disse. Max annuì e si mosse.

Mentre si rivestiva, sentì qualcosa di diverso nei suoi jeans. Lì tastò: gli aveva infilato una banconota da cinquecento marchi nella tasca davanti. Il suo primo impulso fu quello di lasciarla in bella evidenza sul coperchio del water ma, ripensandoci, arrivò alla conclusione che, dopo tutto, c'era di peggio che vendere il proprio corpo. Specie se poi era pure una goduria. Si mise in tasca gli slip usati e uscì. Lei, a sua volta già vestita, lo stava evidentemente aspettando.

"Bene, andiamo," disse e si avviò alla porta. Max stava per seguirla, quando lei si girò di colpo e sibilò: "Fila dietro la tenda, svelto!". Max obbedì d'istinto: fece appena in tempo a nascondersi, che si udì un secco bussare e il rumore di una porta che si apriva.

"Siegmund, che sorpresa!" la sentì dire. "Come mai tanto presto a casa, è successo qualcosa?"

"No, avevo il presentimento che fosse il caso di darti un'occhiata!"

"Ma dai!"

Max trattenne il fiato. Si ricominciava? Non si sarebbe mai liberato di quella tenda e soprattutto di quel maledettissimo calorifero?

"Cosa hai fatto oggi pomeriggio?"

Aveva dei sensori, quel testa di cazzo?

"Quello che fanno di solito le mogli ricche," rispose lei, con tono di sufficienza. "Niente!"

Max riusciva a immaginare nei particolari l'espressione della sua faccia.

"Be', allora posso stare tranquillo," replicò il marito. "Ci facciamo una bella tazza di tè?"

"Ma certo, tesoro. Andiamo, ma niente dolcetti... Lo sai, con il tuo colesterolo..." Max sentì le voci allontanarsi e la porta chiudersi.

Uscì dalla tenda e rimase indeciso accanto alla finestra. Bel colpo! Siegmund Leuthental era di sotto, e probabilmente non sarebbe più uscito di casa per tutta la notte, e lui, lì sopra, magari sarebbe stato costretto a dividere il letto con sua moglie. Max guardò fuori. Meno male che il giorno prima non era saltato giù. Sarebbe precipitato sulle vetrate di una serra. Adesso non gli restava altro che aspettare. Si distese sul letto, sperando di restare sveglio. Non sarebbe stato molto divertente farsi sorprendere da Siegmund Leuthental a ronfare sul letto di sua moglie.

Anna era al capezzale del marito, gli teneva la mano e lo guardava. Studiava ogni dettaglio. Aveva sempre gli occhi chiusi, e un'espressione pacifica, come se stesse sognando qualcosa di bello. Intorno agli occhi si erano formate delle piccole rughe, e dal naso, ancora molto gonfio e livido, partivano due solchi fino agli angoli della bocca. Sembrava che stesse abbozzando un sorriso: le labbra erano arcuate, morbide e rilevate, ma non troppo piene. La bocca di un artista. Anna ci passò sopra un dito. Un'infermiera lo aveva rasato, ma non pettinato. La sua scriminatura perfetta era andata a farsi benedire, i capelli erano tutti scarmigliati, e quando Anna li accarezzò, si scompigliarono ancora di più. Di colpo Rainer cambiò tipo: non aveva più quell'arietta bigotta e azzimata, bensì un che di spavaldo, come quando usciva dalla doccia e si strofinava i capelli con un asciugamano. Stava molto meglio, e Anna gli sistemò la zazzera così come si era sempre immaginata, e come Rainer si era sempre rifiutato di pettinarsi. Dopo tutto non era male, poter agire una volta tanto senza incontrare la minima resistenza e occuparsi in tutta tranquillità del proprio partner. Intanto pensava al caso che le aveva raccontato il medico al suo arrivo: un paziente si era risvegliato dopo diciassette anni e aveva ripreso la sua vita di sempre, come se quel buio durato anni e anni non fosse mai esistito. Anna non era poi tanto sicura che fosse una storia consolante. Anzi.

Era ancora al capezzale di Rainer, quando, a tarda sera, arrivò a farle compagnia Max. Friederike l'aveva liberato dopo tre ore, perché il marito aveva un incontro con gli amici del golf. Max l'aveva ringraziata dei cinquecento marchi, sostenendo di esserseli proprio guadagnati con quelle tre ore di attesa. Il resto era stato puro piacere. Anche per me, aveva replicato lei, aggiungendo che l'avrebbe richiamato. Al momento di mettere in moto l'auto di Steffen, Max si era chiesto se gli incontri con Friederike potessero rientrare nella categoria "guadagno stabile e sicuro". A ogni buon conto voleva restituire ad Anna almeno una parte del suo prestito coatto. L'aveva chiamata sul cellulare, ma c'era la segreteria: dal che aveva dedotto che fosse ancora da Rainer, dove i cellulari erano vietati per via delle apparecchiature elettroniche. Aveva quindi deciso di andare direttamente in ospedale.

Anna era contenta che le tenesse compagnia, ma quando le allungò duecento marchi, fece un gesto di diniego. "Dove li hai presi, così, tutto d'un botto?" gli chiese.

"Dove li hai presi..." la scimmiottò Max. "Sono soldi puliti, guadagnati onestamente! Puoi prenderli senza remore!"

"Tienili tu!" ribatté Anna, girandosi di nuovo verso Rainer. "Per ora non ne abbiamo bisogno!"

"Cosa dice il medico?" Max avvicinò lo sgabello.

"Di aspettare," rispose lei. "Ci sono casi che fanno ben sperare, di pazienti che si sono risvegliati dopo diciassette anni di letargia e sono tornati completamente normali!"

Max le lanciò un'occhiata incredula. "Non starai parlando sul serio!"

"Sì, invece!"

"E la chiami speranza?"

Anna alzò le spalle. "Che ne so di come la vedono i medici..."

"Te lo dico io. Una volta, nella notte dei tempi, un collega di mio padre era da noi a mangiare l'oca per la festa di San Martino, e ha chiesto a mia madre se dall'oca era già defluita la cadaverina..."

Anna non riuscì a trattenersi dal ridere. "Ma non può essere vero!" disse scuotendo il capo.

"Eccome!"

Risero entrambi allegramente, poi Anna si interruppe di colpo. "Rainer mi ha stretto la mano!" Lo guardarono entrambi fisso in volto, ma non notarono niente.

"Sei sicura?" chiese Max.

Anna sollevò la mano di Rainer, che aveva tenuto ben stretta per tutto quel tempo. "Sì, sicurissima!"

Max si alzò. "Vado a chiamare il medico," disse e uscì.
Anna continuò ad accarezzare la mano a Rainer. "Dai, Rainer, svegliati! Io ho bisogno di te, ti amo... Non voglio restare senza di te, non lasciarmi sola!" Nel dire quelle parole si sentiva come se stesse recitando una filastrocca, ma doveva dirlo una buona volta, perché lo amava davvero.
Un attimo dopo comparve il medico.
"Be', diamo un po' un'occhiata..." E Anna gli cedette il posto.

Lars era da solo al bar dell'albergo e beveva una birra. Una donna lì accanto tentò di attaccare bottone, ma lui non era dell'umore. La storia di Rainer gli pesava non poco. Da quando aveva saputo che le sue condizioni non erano da prendersi alla leggera, bensì potevano avere conseguenze gravi, si era messo a riflettere su di sé e Anna. Avrebbe ancora avuto voglia di vederlo, se Rainer era seriamente nei guai? Si interrogò sui propri sentimenti. Non sapeva decifrarli, sapeva soltanto che non voleva rinunciare ai pomeriggi con lei. Era sesso puro, è vero, eppure non poteva dire che una valeva l'altra. Anna era speciale, e lui non riusciva neanche a immaginarsi di dover rinunciare a lei all'improvviso.
Eppure amava sua moglie. Pensò a Bettina. Sì, ne era più che certo: l'amava. Oppure amava soltanto l'abitudine coniugale, la comodità, la consapevolezza di sapere tutte le cose al loro posto? Gli vennero dei dubbi e ordinò un'altra birra.
In qualche modo sarà ben possibile riuscire a chiarire la natura dei propri sentimenti... scolò il suo boccale e lo sospinse verso il barman. Due dame e un cavaliere che nemmeno conosceva se stesso...
Doveva rimescolare un po' le carte: dunque... e se fosse stato sposato con Anna e Bettina fosse la sua amante? Assurdo! In quel modo la storia non funzionava proprio. Bettina non aveva la stoffa dell'amante, nel modo più assoluto. Avrebbe cacciato a calci nel sedere qualsiasi uomo con simili intenzioni, lo sapeva per certo. E poi non era un tipo carnale. Era un tipo di testa, non di visceri. Non le sarebbe mai venuta voglia di farsi una dose di sesso, così, per fame, come ci si fa un Big Mac.
E che tipo di moglie sarebbe stata Anna? Lars provò a immaginarsi nei panni di Rainer. Di arrivare a casa e trova-

re Anna al posto di Bettina. Non riusciva a calarsi bene in quella situazione... lo avrebbe rovesciato subito sul letto? O gli avrebbe fatto trovare la cena pronta come Bettina? Ma se fosse stata una moglie tanto attiva sessualmente, avrebbe avuto bisogno di un amante... Ma chi sarebbe stato il suo amante se fosse stata sposata con lui? Insomma, una donna come Anna aveva bisogno di due uomini? Non le sarebbe bastato lui come partner stabile?

Poteva rigirare le cose da tutte le parti, non arrivava a nessuna conclusione logica. Alla terza birra decise di andare in camera e di guardare un film, magari sulla Pay-TV, perché aveva bisogno di distrarsi un po'.

Dalla visita non erano emerse novità.

"Tutte le funzioni vitali sono nella norma," diagnosticò alla fine il medico, "non riscontro alcun cambiamento... Se mai dovesse risvegliarsi dal coma, lo farà comunque senza il nostro aiuto!" E si era congedato.

"Non è che adesso ne sappiamo molto di più..." Anna guardò Max con aria interrogativa.

"In effetti..." Max alzò le spalle. "Sai cosa ti dico? Vado a prendere due caffè, ne abbiamo bisogno!"

Anna fece un cenno di assenso e prese la borsa.

"Cosa fai?"

"Ti do i soldi..."

"Guardatene bene! Per due caffè! Finiscila!"

Anna gli strizzò l'occhio. "Ok, fratellino! Ma vengo con te: mi fa bene fare due passi!"

Percorsero il tratto di corridoio fino alla macchinetta del caffè.

"E se si risveglia adesso?" chiese Max.

"Aspetterà finché torniamo!" rispose Anna sforzandosi di usare un tono allegro, benché fosse di tutt'altro umore.

"Non ci aspetterà. Son cose che gli uomini preferiscono fare da soli!"

"Sì, gli uomini!" Anna lo guatò, la fronte aggrottata. "Senti che paroloni!"

"Già, perché? Non siamo uomini?"

Erano davanti alla macchinetta, e Anna digitò la combinazione necessaria.

"Non saprei proprio," disse, "e non so nemmeno cosa intendiate esattamente voi. Detto da un uomo, pare un concetto legato a idee come libertà, fratellanza, combatti-

vità... E invece siete dei bambini che sognano il Far West!"
"Cosa???"
"Winnetou e consorti... e un pizzico di Old Shurehand!"
"Questa è una vera vigliaccata!" replicò impettito Max. "Pagatelo tu il tuo caffè!"
"Certo che sì!" Anna introdusse una moneta nella fessura e scelse un cappuccino. "E tu naturalmente vorrai un caffè doppio e senza zucchero..." disse, mentre osservava il bicchierino di plastica posizionarsi sotto l'ugello per essere subito riempito da un getto mirato color caffellatte.
"Come si beve, nelle tazzine di latta, intorno al fuoco di un bivacco?" chiese Max sbirciando la sua reazione.
"Bravo, come hai fatto a indovinare?" Anna prese il suo cappuccino e gli fece un sorrisetto.
"Le ragazze sono tonte!" replicò lui, inserendo a sua volta una moneta.
"Ah, senti un po'..." Anna rimase lì a guardarlo mentre premeva il tasto "caffè nero".
"Non lo dicevi sempre, una volta?"
"Già! Solo che, nel frattempo, mi ero dimenticato quanto avessi ragione!"
Anna scoppiò a ridere. "E tutto questo solo perché secondo te Rainer aspetterebbe di essere virilmente solo per risvegliarsi!"
"Vedrai!"
"Rainer non è mica così scemo da rispettare chissà che strambo codice maschile!"
Aprì la porta, e Rainer era seduto bello dritto sul letto, e la guardava.
"Oddio!" esclamò Anna, e quasi il cappuccino le sfuggì di mano.
"Te l'avevo detto io!" le ribatté Max trionfante.
"Cosa ci fate qui?" chiese Rainer.

Rainer fu trattenuto ancora qualche giorno in ospedale, ma solo in attesa che le contusioni guarissero completamente. Era proprio come aveva previsto il medico: si era risvegliato e adesso era di nuovo nel pieno possesso delle sue facoltà. Se a seguito del trauma cranico si fosse trasformato in un mandrillo, Anna ancora non era in grado di dirlo, e certo non poteva chiederglielo. Si ripromise di metterlo alla prova non appena fosse tornato a casa, ma, per sicurezza, incontrò di nuovo Lars il lunedì. Nel frattempo Max attese invano una chiamata di Friederike Leuthental. Sentiva la sua mancanza, ma non voleva ammetterlo. Dava tutta la colpa al fatto che il suo equilibrio ormonale era stato messo a soqquadro, ma in realtà la scena alla finestra gli era rimasta impressa nel cervello, e spesso si sorprese a fantasticarci sopra. Era di nuovo quasi al verde, anche se, contrariamente a quanto pensava Friederike, non si era comprato nessun vestito nuovo. Aveva semplicemente osato un'incursione a casa sua, dove, in definitiva, c'era pur sempre un armadio zeppo di abiti. Invece, stranamente, la cassetta delle lettere era vuota, il che lo indusse a credere che sua madre fosse passata a "dare una controllatina" e a ritirare la posta. Quindi, a rigor di logica, avrebbe anche pagato le bollette.

Mercoledì, una settimana esatta dopo che si era risvegliato dal coma, Rainer rientrò in studio. Fu accolto con grande calore: nella sua stanza c'era uno striscione con una frase di bentornato e dei fiori sulla scrivania. Rainer era felice di riprendere il suo tran tran abituale. È vero che aveva il naso ancora un po' gonfio e sfigurato, ma almeno riusciva a guardarsi allo specchio senza sentirsi male. Il ripiano della sua scrivania era ingombro di biglietti di auguri di pronta guarigione, e Rainer si chiese come aveva fatto la gente a sapere del suo – come lo chiamava lui – incidente. Trovò anche un messaggio da parte di Gudrun: "Non appena tornato in forze, mi chiami, per favore!". In realtà non si sentiva ancora così in forze da poter incontrare Gudrun, ma ci teneva almeno a sapere se non avesse qualche particolare problema. Così, assistito dalla signora Schenk, passò velocemente in rassegna la posta, discusse con lei di varie questioni, poi però la pregò di lasciarlo solo per qualche minuto.

Appena la segretaria fu uscita, Rainer compose il numero di casa di Gudrun e si stupì quando lei rispose al primo squillo.

"Non credevo proprio di trovarla!" esordì. "In realtà ero convinto che fosse al lavoro, a quest'ora! Meglio così: sono Rainer Leicht, volevo solo sapere come sta."

Gudrun stava benissimo. Dal giorno in cui era uscita allo scoperto aveva un nuovo compagno: Ulrich Wechsler. La sera stessa lui le aveva telefonato per informarsi del suo stato di salute e lei, d'impulso, l'aveva invitato alla sua festicciola privata. Da quella notte non se n'era più andato. Anche per Gudrun era un mistero, ma evidentemente era quello l'uomo che stava aspettando. L'aveva sentito subito, mentre facevano l'amore, e il mattino dopo pure, e quel sentimento non solo non era scemato ma, anzi, si era rafforzato. Così era. E adesso lei stava smontando la stanza delle torture per allestire una camera che facesse da studio e guardaroba insieme.

Raccontò a Rainer della sua nuova vita, e che di Charly non aveva saputo più niente. Comunque ancora non era finito nelle grinfie della polizia. Poi gli diede l'indirizzo di Lizzy, una collega, anche lei molto brava, che aveva appena arricchito il suo armamentario, proprio grazie a Gudrun.

Quando Rainer riattaccò, fu invaso da sentimenti contrastanti. Un pizzico di sollievo, ma anche di rimpianto. Gudrun gli aveva fatto del bene, e non sapeva se Lizzy sarebbe stata all'altezza. Ma forse era un segno del destino, perché abbandonasse del tutto la sua vena masochista. Decise di lasciare che le cose sedimentassero, e di prendere una decisione solo in un secondo tempo. Nel dubbio, comunque, un'occhiata a quella Lizzy avrebbe potuto anche dargliela.

Charly, nel corso di quella settimana, aveva ritrovato la calma. A quanto pareva la grande caccia che gli stava dando la polizia si limitava a una segnalazione, finita sepolta chissà dove insieme a mille altre. Finora neanche un poliziotto si era girato al suo passaggio, neanche quelli di guardia davanti al carcere. A ogni modo evitava di tornare a casa, era troppo pericoloso, chiunque avrebbe potuto riconoscerlo. Si era acquartierato in una pensioncina, ancora più malconcia del suo regno, ma almeno abbordabile come prezzo. Non si era più fatto vivo con Gudrun, ma sapeva da Lizzy che aveva smontato la stanza delle torture e si era rassegnato all'idea di averla ormai persa: in fin dei conti non gliene importava un granché, perché si sentiva con il vento in poppa.

La collaborazione con quel topo informatico del suo bar aveva dato buoni frutti: era stata l'idea più brillante della sua vita. Già il giorno seguente la ragazza, insieme al cappuccino del mattino, gli aveva servito una e-mail stampata:

"Per principio a me i vecchi arnesi spuntati non piacciono," attaccava. Charly ci restò di sale, e fu costretto a rileggere da capo, prima di proseguire. "Ma uno che ogni tanto faccia l'angelo custode alle ragazze può venir buono. A patto però che metta da parte le sue arie da macho. Vale a dire:

le ragazze sono autonome, tu ti becchi il venti per cento da loro, e non pretendi altro. Di norma sono cento marchi a botta, inclusi i costi del trasporto. Verrai chiamato da una ragazza, ti tieni discretamente da parte e se tutto fila liscio te ne vai senza bisogno che nessuno te lo dica. Per parlar chiaro: tu sei un nostro dipendente. È così, anche se ti salta in mente di dimostrare alla nostra commissione d'esame che sai fare chissà che numeri! Basta un ok per risposta, ti rintracciamo noi."

Charly aveva riletto la lettera tre volte. Era strafottente, una roba al di là della decenza. Come potevano quei bellimbusti svillaneggiare così il proprio sesso? Ma evidentemente quella storia delle casalinghe era una miniera d'oro. Gli sarebbe tanto piaciuto sapere qual era la trattenuta dell'organizzazione. Fece due calcoli: tre chiamate al giorno, in più le ragazze della sua scuderia... così sarebbe riuscito finalmente a tornare a un livello di vita dignitoso. Disse immediatamente a Susan di rispondere con un "ok" e ordinò la colazione numero 8. Le cose si mettevano bene. Ma di certo lui non intendeva restare sempre in un angolino. Sarebbe stato molto all'occhio, avrebbe osservato ogni cosa fin nei minimi particolari e al momento buono avrebbe fatto il salto di qualità. Sarebbero tornati i tempi d'oro, il suo cuore di vecchio boxeur lo sentiva.

Dopo non molto gli venne detto di trovarsi, il mercoledì seguente, nel cortile interno di un vecchia fabbrica. Per precauzione Charly si mise in tasca una pistola e un coltello a serramanico. Di certo la stava mettendo giù troppo dura, perché, in fin dei conti, erano quelli a volere qualcosa da lui. Non era certo un pericolo per loro, semmai un aiuto. Eppure era piuttosto agitato. Conosceva il posto: era il cortile di una fabbrica dismessa, che stava cadendo a pezzi. Le puttane ci andavano spesso con i clienti, era un posto tranquillo, anche se non fuori mano.

Quando, alle quattro in punto di mercoledì, ci mise piede, nel cortile non c'era anima viva. Il pavimento era coperto di preservativi usati e di erbacce che spuntavano tra i lastroni di cemento. Charly restò in macchina e si guardò attorno. L'edificio di mattoni rossi alla sua sinistra era in parte crollato; al posto delle finestre c'erano delle voragini. L'ingresso, privo della porta, era sbarrato da nastri di plastica a strisce bianche e rosse e ovunque si vedevano grandi cartelli con la scritta: "Ingresso vietato. Pericolo di crollo". Come se non lo vedesse chiunque, pensò Charly, e sbirciò nello specchietto retrovisore. Ma anche alle sue spalle tutto era tranquillo: l'intero edificio pareva morto. Charly si rilassò. Magari non sarebbe venuto nessuno. O forse lo stavano osservando da lontano, per mettere alla prova i suoi nervi. Allora, stai qui da bravo seduto e buttala sul cool, pensò mettendosi bello comodo sul sedile posteriore.

Quando all'improvviso sibilarono i primi colpi, saltò su e si gettò a pancia sotto sui sedili davanti. Avevano aperto il fuoco dall'ingresso senza porta, le pallottole fischiavano sul tetto della sua auto. Charly afferrò la pistola. Che fare? Uscire dalla macchina o mettere in moto e sgommare via?

Prima che potesse prendere una decisione, sentì una voce deformata da un megafono: "Allora, dove ti nascondi, paladino di deboli fanciulle?".

La cosa che più gli diede sui nervi era che si trattava, inconfondibilmente, di una voce femminile. Lentamente si tirò su e guardò in direzione della porta, scoprendosi il meno possibile. I nastri bianchi e rossi tremolavano, ma non si vedeva niente.

"Scendi pure," disse la voce. Col cazzo che scendeva, vivere non gli faceva mica schifo.

"Karl Lönitz, vieni fuori!"

Merda! Era caduto in un'imboscata della polizia? Altrimenti come facevano a sapere come si chiamava? Era stato un fottutissimo idiota. Al primo tranello scemo della pula lui, Charly pugno d'acciaio, ci cascava! Roba da non crederci!

"Ti sbrighi? Stiamo aspettando!"

Chi ci fosse dietro a quel "noi", era impossibile vederlo. Del resto a Charly non gliene fregava più un granché: l'unica cosa che gli interessava era filarsela. Avviò il motore e sgommò via. A dire il vero si aspettava un blocco stradale della polizia davanti all'ingresso della fabbrica, ma evidentemente non lo ritenevano degno di tanta fatica. Nel momento in cui sbucò in strada dando gas al massimo, dopo essere passato sul lastrico sconnesso dell'ingresso, vide comparire alle sue spalle una BMW nera. Nello specchietto retrovisore riuscì a leggere, seppure a rovescio, la targa: HH-R 1111. Merda, erano della banda rivale, gli sgherri di Rifat. Volevano farlo cadere in una trappola mortale? Non ci capiva più niente. Si diresse a tutta velocità verso il carcere. Molto meglio finire in gattabuia che come un colabrodo sotto i colpi dei gorilla di Rifat.

Quando, con uno stridio di pneumatici, si trovò davanti al posto di polizia, si accorse che la BMW nera, senza badargli minimamente, tirava dritta. Invece alcuni poliziotti, in procinto di montare su un'auto di ordinanza, alzarono gli occhi. Vuoi vedere che a momenti sarebbe stato così scemo da costituirsi, quando non ce n'era il minimo bisogno? Decelerò, e fece finta di cercare parcheggio. Credessero pure che aveva intenzione di fare una denuncia urgente, tanto c'era di sicuro qualche incombenza a impedirgli di volerne sapere di più. E in effetti, dopo aver scambiato qualche commento, si tolsero i berretti e salirono sulle auto. Charly tirò un sospiro di sollievo. Aspettò finché si furono allontanati, poi filò via, per quanto glielo permetteva la sua vecchia carriola.

Stava giusto chiedendosi quale fosse ora la mossa più sensata, quando squillò il suo cellulare. Sul display nessun numero conosciuto, solo "chiamata". Charly rispose.

"Come mai una fuga tanto precipitosa, Karl Lönitz? Per qualche pallottola non è davvero il caso di perdere così il controllo... E nemmeno di farsela sotto in questa maniera. Non depone un granché bene per uno che vuol fare il protettore."

Charly deglutì. Si sentiva spiato, controllato.

"Come fa a sapere il mio nome?" chiese.

"Le pare una cosa importante?"

Stava per dire "Sì!" ma si trattenne. A quella faccenda sarebbe andato a fondo un'altra volta. "In effetti, no."

"Allora torni indietro. Le diamo un'altra chance. Aspettiamo ancora venti minuti, poi sgombriamo il campo e mettiamo una croce sopra la sua proposta."

Charly rifletté. Aveva reagito nel modo sbagliato. Non si trattava né della polizia, né della banda di Rifat, ma di emeriti sconosciuti. Si era lasciato impressionare per colpa della sua fantasia: qualche anno prima non gli sarebbe mai successo.

"Arrivo!" disse in tono deciso.

"Ti aspettiamo!" replicò la voce, con una sfumatura di sufficienza. Una voce femminile che dava ordini a *lui*! Roba da pazzi! Come era caduto in basso!

Charly tornò dritto filato alla vecchia fabbrica, e cinque minuti più tardi si ritrovò esattamente nel punto di poco prima. Solo che, questa volta, aveva girato la macchina verso l'uscita. Va bene tutto, ma qualcosa aveva imparato.

Aspettò un secondo, poi scese dalla macchina. Non volevano fargli seriamente la pelle, altrimenti l'avrebbero già fatto: volevano solo metterlo alla prova, e lui non si tirava indietro. Si diresse deciso verso il portone, dietro cui sospettava ci fossero i suoi aggressori. Si fermò davanti ai nastri di plastica che sbarravano l'ingresso, tese l'orecchio e si sforzò di distinguere qualcosa nel buio dell'interno. Ma non si vedeva, né si sentiva, niente, così alla fine scavalcò i nastri bianchi e rossi, e si fermò di nuovo, teso e pronto a tutto. Ma non accadde niente. Cercò di abituarsi a quelle condizioni di luce, anche se non era facile, perché dalla parte in cui era crollato il tetto era chiaro, dall'altra buio pesto. Davanti a lui, una marea di macerie, vecchie macchine arrugginite e mucchi di spazzatura.

Stava chiedendosi se si era sbagliato di nuovo, rendendosi doppiamente ridicolo, quando una voce risuonò alle sue spalle: "Ah, ecco qui il nostro eroe!".

Charly trasalì e strinse i pugni, pronto all'attacco, ma dietro di lui non c'era nessuno. Solo i nastri di plastica si agitavano nella corrente. E nell'aria si sentiva un vago profumo. Charly era paralizzato. Era impossibile! Che i sensi lo ingannassero?

Sentì avvicinarsi qualcuno, si girò di scatto e restò di stucco. A neanche due metri di distanza era comparso un colosso, nero, vestito di nero e con una mascherina nera sugli occhi. Alzò i pugni, e dal modo in cui si muoveva Charly capì che aveva davanti un boxeur coi fiocchi. Uno perfettamente allenato, mica come lui, che aveva messo su chili per via degli anni e della pigrizia.

"Facci un po' vedere di che stoffa sei fatto, Charly..." Di nuovo la stessa voce femminile alle sue spalle, ma questa volta non si girò.

Il bellimbusto lì di fronte cominciò a saltellare facendosi sotto e Charly giurò che dal giorno dopo avrebbe ripreso gli allenamenti. Ma a cosa gli serviva fare buoni propositi in quella situazione?

Charly alzò a sua volta i pugni, più che altro per mettersi sulla difensiva. Gli piovvero addosso diversi tiri di destro e di mancino, finché un gancio non lo indusse alla riscossa. A quel punto colpì a sua volta e registrò due colpi andati a segno: uno sulla testa del rivale e l'altro al fegato. Al terzo, il colosso alzò i pugni, si inchinò leggermente e indietreggiò. Charly sentiva la testa rintronata e tutto il corpo ammaccato, ma la voce dietro di lui sentenziò: "Basta così. Ok, Karl Lönitz, puoi lavorare per noi. Come e quando, lo saprai nel solito modo". Charly era lì fermo, gli occhi fissi al punto in cui il suo rivale si era praticamente dissolto nel nulla. "Ma non dimenticartelo: sei tu che lavori per le ragazze e per noi. Non le ragazze per te!"

Vai a farti fottere, pensò Charly, e si girò per andarsene. Mentre usciva si accorse da dove veniva la voce: da un piccolo altoparlante fissato allo stipite. È tutta una montatura, pensò rabbioso e percepì di nuovo quel vago profumo.

Max era scontento, di sé e del suo destino. Al momento non gliene andava dritta una. Gli mancava Steffen, che gli faceva sempre da pungolo. Avrebbe potuto procurarsi già da un bel po' della roba, ma qualcosa lo bloccava. Lui e Steffen erano un team eccezionale: Max organizzava e Steffen spacciava. A volte su ordinazione, come nel caso di Harald Eichmann, a volte anche a casaccio e a proprio rischio e pericolo. Il più delle volte, comunque fosse, funzionava bene, e loro si spartivano i quattrini. Era una vita facile e piacevole, fintanto che nessuno dei due diventava a sua volta un tossico, era chiaro. Soltanto che adesso Max non aveva più il drive. Dalla sua fuga in Italia non si era più fatto vedere dai grossi commercianti e adesso non aveva neanche i soldi per un acquisto da poco. E anche se li avesse avuti, non era certo il tipo da portare la roba ai clienti. Lui era la mente, Steffen il braccio. E in effetti, spesso Steffen viveva a braccio, cosa che un po' impensieriva Max. Per i suoi gusti, Steffen si faceva troppo di ecstasy. Eppure, senza di lui, Max si sentiva dimezzato.

Era lì, in casa sua, incapace di fare alcunché. La casa andava a rotoli, i suoi abiti avevano urgente bisogno di un bucato e lui di chiarirsi le idee. Ma non ci riusciva. Si sentiva addosso un'apatia che lo rendeva sempre più indolente. Doveva addirittura fare uno sforzo disumano per decidersi a comprare il necessario per campare. Per la maggior parte del tempo se ne stava stravaccato sul divano, fissando o il soffitto o la tv e piangendosi addosso.

Friederike si era goduta la sua piccola avventura. Intuiva che anche il marito facesse altrettanto, ma per lui, naturalmente, era molto più facile, grazie agli impegni di lavoro, dissimulare scappatelle, brevi storie o vere e proprie relazioni. Quanto a lei, dopo l'operazione di chirurgia estetica al seno e il conseguente distacco di Siegmund, le era passata qualsiasi voglia di sesso. Era proprio così: il suo corpo le diceva che la relazione platonica con il marito le bastava e avanzava. Non solo: le andava a meraviglia. Perché spesso Siegmund aveva abusato della sessualità come strumento di potere. Dopo ogni litigio era convinto che l'atto sessuale appianasse tutto. Ma in cuor suo Friederike, dopo quelle notti, covava un tale rancore che riusciva a malapena a nascondelo. A tratti il marito le appariva un vero mostro e i suoi approcci sudati e ansimanti le facevano ribrezzo.

Adesso invece scopriva all'improvviso che il suo corpo si era risvegliato. Di colpo tornavano a funzionare ingranaggi, che lei da tempo aveva dato per bloccati o fuori uso. Non solo: aveva riscoperto anche il piacere della sua fisicità ritrovata. Si chiese se anche il modo mortificante con cui aveva trattato Max fosse un abuso di potere, ma nello stesso istante si domandò pure se lui avesse vissuto così la cosa o se invece, come molti uomini, tendesse a deformare a suo favore la realtà, per via di un eccesso di autostima.

Friederike si era prescritta un'intera settimana di astinenza. Voleva chiarirsi le idee riguardo ai propri sentimenti e intenzioni. La settimana era già passata, ma lei non era affatto riuscita a fare chiarezza. Seguendo un impulso improvviso chiamò il concessionario Porsche e si fece mettere a disposizione una 911. Un'auto delle vostre in esposizione, per favore – disse –, nera con gli interni neri.

Un'ora dopo fece il numero di Max.

Era da una vita che Max non cambiava posizione sul divano. Sentendo squillare il cellulare emise un brontolio, ma quando vide il numero di Friederike si tirò su di scatto: "Sì?" disse senza fiato.

"Nell'eventualità che tu ti stia annoiando, ti propongo una gitarella in auto."

"Io..." Max si passò una mano sulla barba lunga, "ho ancora qualche faccenda da sbrigare, va bene tra un'ora? Dove siamo diretti..." abbassò la voce con fare da cospiratore, "in Italia?"

Lei rise. "La tua fortuna è che l'assicurazione ha consentito a liquidare il danno!"

"E cosa vogliamo fare con tutti quei quattrini?" chiese Max, mentre si alzava, si avvicinava al guardaroba e con una mano cercava una camicia pulita.

"Un viaggetto a Venezia. E una macchina nuova!"

"Mi pare una trovata eccellente!"

Lei rise di nuovo. Quel ragazzo le faceva bene. E una

piccola fuga d'amore in laguna non sarebbe stata poi una cattiva idea.

"Dove passo a prenderti?"

"A casa mia!"

"Ti fidi? Hai ancora una denuncia pendente per furto d'auto, non scordartelo!"

"Lo so bene, difatti non ho molta libertà di movimento. Non potresti ritirarla, quella stupida denuncia?" Intanto aveva preso una camicia, ma di biancheria non c'era traccia.

"E come farei a spiegare la cosa all'assicurazione e, soprattutto, a mio marito? Scordatelo!"

"E se per un caso demenziale un poliziotto, durante un controllo, mi becca nella tua auto?"

"Dirò che mi hai costretto a mettermi al volante!"

"Bella roba!" Max lasciò cadere gli slip, che teneva tra due dita, nel mucchio di biancheria ai suoi piedi.

"Più di questo non posso offrirti!" La voce di Friederike aveva un tono divertito. "Be', almeno così finisci dritto sui giornali!"

"Grande! E più dritto ancora in galera!"

Anna, il primo giorno, avrebbe voluto accompagnare, e poi andare a prendere, Rainer in studio, ma lui si mostrò contrario. Le aveva detto che non ci teneva a essere trattato come un bambino. E che, se voleva davvero fargli una cosa gradita, doveva semmai preparargli una bella cenetta.

Anna quindi si era scervellata non poco, consultando vari libri di ricette. Avrebbe dato chissà che per mettere in tavola come per magia un menu da cinque portate di haute cuisine, ma, visto che solo nel leggere le ricette non si era sentita all'altezza, aveva ripiegato su un piatto che le riusciva bene, e che di sicuro a Rainer piaceva: bollito con patate arrosto. Per primo un'insalata con i semi di zucca e come dessert gelato di vaniglia con salsa calda di lamponi. Non rischiava di sbagliare, il che era già una consolazione.

Quando Rainer rincasò, era tutto pronto: la tavola apparecchiata a festa, lei vestita di tutto punto. "Come è andata oggi in ufficio?" gli chiese in anticamera, come se fosse un giorno normalissimo.

"Ho dato solo un'occhiata agli atti," Rainer guardò l'orologio, "in effetti sono tornato molto prima del solito!" Si tolse il trench e lo appese a una gruccia. "Mi hanno fatto un sacco di festa: fiori, biglietti..." Le sorrise. "Hai un aspetto magnifico. È nuovo, quel vestito?"

"L'ho indossato alla nostra festa di addio al celibato. Solo una decina di anni fa!" Non era proprio nelle sue intenzioni, ma quelle domande la facevano montare su tutte le furie.

"Eppure sembra nuovo," replicò Rainer, e lei l'avrebbe volentieri preso a schiaffi.

"L'ho comprato per questa nostra prima serata! È nuovo di zecca!"

"Ah, mi pareva!" E le passò accanto per andare in soggiorno. Lars gliel'avrebbe strappato di dosso lì in anticamera, perché in effetti con quell'abito si sentiva incredibilmente sexy. Era nero, aderentissimo, lungo fino alle caviglie. Al collo aveva dei gancetti che si potevano slacciare, cosa che lei aveva fatto con generosità, in modo da far risaltare uno stupendo décolleté. A quanto pare Rainer non era diventato un marito assatanato, semmai il contrario. Una reazione di tale indifferenza non se la sarebbe mai aspettata. Ma almeno di fronte al prezzo le cose sarebbero andate diversamente, una volta che l'avesse visto sull'estratto conto della sua carta di credito.

Sii contenta che è qui di nuovo con te, si disse, e lo seguì in soggiorno.

"Come hai apparecchiato bene!" Rainer era fermo davanti alla tavola illuminata dalla luce delle candele, e Anna si accorse di dover nuovamente fare appello a tutto il suo autocontrollo. Alle sue orecchie, quel complimento suonava come se di solito lei non facesse mai le cose con cura, bensì gli scodellasse la cena direttamente sul pavimento.

"Grazie," rispose in fretta. Sei troppo suscettibile, si disse, finiscila! È la prima sera insieme!

"Siediti, dai!" lo esortò. "Vuoi un bicchiere di prosecco per cominciare?"

"Alcol?" Rifletté un attimo. "Dici che posso?"

Che razza di pappamolle si era presa per marito!

"Se ti va, puoi, eccome!" rispose. "O forse il medico ha detto qualcosa in proposito?"

Rainer si sedette. "Non ricordo."

"E allora!" Anna andò in cucina a prendere la bottiglia, e di colpo sentì suonare di nuovo tutti i campanelli d'allarme. "Non ricordo," aveva detto. Forse non era più in grado di ricordarsi, né del suo abito, né del suo solito modo di apparecchiare la tavola?

Tornò in soggiorno con la bottiglia e lo osservò senza dare nell'occhio. Fecero un brindisi e Anna servì l'insalata. Come poteva accertarsi della cosa senza destare i suoi sospetti?

"Cosa ha escogitato per te oggi in ufficio la tua segretaria, la tua segretaria preferita... come si chiama già... aiutami!"

"Non ne ho, di segretarie preferite. Una o l'altra, fa lo stesso!" Masticò il boccone, si tamponò le labbra e levò il bicchiere. "Com'è bello essere di nuovo a casa, mia cara Anna!"

Mia cara Anna, pensò lei. Mamma mia, che impressione... Alzò a sua volta il bicchiere. "Ma sì che hai la tua preferita, lo dici sempre. Una particolarmente brava, gentile e discreta!"

Di' "signora Schenk" pensava intanto, così mi metto il cuore in pace. Nel frattempo bevvero un bel sorso di prosecco. Anna due di seguito.

Rainer posò il bicchiere e la guardò negli occhi. "Be', oggi sono state tutte molto gentili," assicurò candidamente. "Davvero, senza eccezioni!"

Anna mangiava l'insalata, e aveva la sensazione che mai e poi mai sarebbe stata in grado di mandar giù un boccone di bollito. Già le veniva male. Se lui aveva effettivamente perso, almeno in parte, la memoria, come avrebbe potuto cavarsela sul lavoro? Un avvocato deve ricordarsi, almeno dei casi che segue. Le veniva quasi da piangere. Doveva fare un'altra prova.

"Hanno chiamato Patricia e Frank per augurarci una bella serata!"

"Ah!" Rainer annuì contento. "Grazie, che gentili!"

Anna osservava la sua mimica. Era cortese, ma distaccata. E dalla sua frase non si capiva assolutamente se sapeva davvero chi fossero Patricia e Frank. Anna si fece forza e andò in cucina a prendere il bollito. Lì le cadde l'occhio sul cellulare, rimasto sopra il tavolo. Era arrivato un messaggio. Anna lanciò un'occhiata a Rainer e schiacciò rapida il pulsante per selezionare i messaggi ricevuti.

"Lunedì, d'accordo?" Lars, naturalmente, quell'idiota! Non aveva nient'altro a cui pensare, proprio adesso che Rainer aveva perso la memoria! Cancellò lo SMS, avrebbe risposto per le rime più tardi.

Sistemò il bollito sul piatto e tornò in sala da pranzo.

"Wow! Ha un'aria da leccarsi i baffi!"

Un'espressione del genere, paragonata alle reazioni di poco prima, ad Anna sembrò un traboccare di sentimenti. "È o non è una cena luculliana?"

Gli passò una bottiglia di vino rosso da stappare e mise in tavola i piatti che servivano. Rainer, girando il cavatappi, la fissò e disse: "Domani cucino io".

Oddio, era impazzito davvero. Erano anni e anni che lei, Anna, non chiedeva di meglio. Quante volte aveva cercato di convincerlo ad aiutarla in casa, invogliandolo con racconti di orge culinarie, pulizie pasquali in coppia, scopate e libidini da ferro da stiro? Non c'era mai stato niente da fare. E adesso? Adesso voleva cucinare lui?

"Cosa ti salta in mente?" gli chiese, mettendosi a tavola.

"Mi piacerebbe ogni tanto coccolarti un po'!" rispose Rainer strizzandole l'occhio.

A dir la verità, per lei "coccolare" era ben altro, e poi si chiedeva anche se il fatto che Rainer impugnasse per la prima volta il mestolo rientrasse davvero in quel concetto, visto che poi probabilmente avrebbe dovuto ripulire la cucina per ore e ore.

"Dopo metto a posto tutto io!"

"Cosa? Hai preso una botta in testa?" le scappò detto, ma Rainer rise.

"Pensavo che potrei darmi un po' da fare anch'io, se tu tornassi a lavorare!" Anna lo guardò storto. Dove pensava che avrebbe lavorato? In una profumeria? In un ospizio? In un'osteria?

"A che punto è la tua carriera di investigatrice privata?" le domandò lui, portandosi alla bocca un pezzo di carne. "Di sicuro riguardo al caso Steffen Schneider brancolano ancora tutti nel buio!"

Max era seduto al fianco di Friederike e la stava osservando mentre guidava la Porsche nel traffico di Amburgo. Indossava dei pantaloni di pelle color avorio, molto aderenti, e un pullover in tinta, che le segnava il seno. Max si sentiva bene vicino a lei: si chiedeva se avesse davvero patito la sua assenza e se quell'indefinibile desiderio fosse all'origine del suo stato letargico durato tanti giorni. Era forse diventato un maniaco depressivo per colpa di una donna che se l'era scopato una sola volta? "Scopato" per modo di dire. In realtà comprato. Guardò l'anello che portava alla mano destra. Una pietra notevole, non osava neanche immaginare quanto potesse valere. Di certo, a lui sarebbe bastata per campare parecchi mesi.

"Dove siamo diretti?" chiese a un certo punto.

"L'Italia è un po' troppo lontana, e per giunta pericolosa... Lì rubano le auto!" rispose lei lanciandogli un'occhiata maliziosa con i suoi occhi celesti. "Penserei piuttosto alla spiaggia di Timmendorf!"

"Per fare il bagno?" Max guardò fuori dal finestrino. C'era il sole, ma la gente per strada era vestita da inverno.

"La piccozza rompighiaccio ce l'ho nel baule di dietro!"

"È quella che fa tutto 'sto casino?" chiese calcando il tono. Non che credesse che lui ignorava dov'era il baule di una Porsche Carrera!

"Esatto. Perché davanti non c'è posto. Lì c'è un cadavere!" replicò lei.

"Uh, interessante! E di chi?"

"Di mio marito!" La risposta aveva un tono così perentorio, che Max inghiottì a stento. Era per questo che lo usava? Voleva liquidare il marito, quel vecchio trombone di un procuratore di stato?

"Un po' risicato lo spazio per un uomo del suo calibro!" fece lui, in tono faceto. Doveva tenersi sullo scherzoso.

"Una volta fatto a pezzi ci sta benissimo!" Friederike alzò le spalle. "Con la testa ho fatto un po' fatica, del resto è sempre stato un gran testone!" Scoppiò a ridere.

"Non farei meglio a scendere?" chiese Max, che a questo punto la sospettava capace di qualsiasi cosa.

"Tra un po' ti lascio la Porsche. Scendo, e nel giro di tre minuti arriva la polizia. Ti becca di nuovo con una Porsche rubata, con tanto di cadavere nel baule. E un cadavere eccellente per di più!"

Max si scostò un po'. "Sei sicura di star bene?"

"Io benissimo! Tu, piuttosto!" Max la guardò, e scoprì nei suoi occhi un gelo che fino a quel momento non aveva notato.

"Saresti tanto cortese da farmi scendere?" disse, perché cominciava a sentirsi veramente a disagio.

"Sì, subito! Un attimo!"

"Friederike, non mi pare granché come scherzo!"

Svoltò nella prima strada, imboccò altre due laterali, finché arrivarono a ridosso di un arco, il passo carraio di un piccolo albergo. *Zur Moorleiche** c'era scritto su un car-

* *Moorleiche*: resti umani dell'epoca glaciale rinvenuti in siti archeologici. [*N.d.T.*]

tello sbieco, e Friederike infilò lo stretto portone. "Cosa ti avevo detto? Un rendez-vous tra cadaveri!"

"Hai la fissa del macabro!" L'auto sussultava procedendo di malavoglia sul vialetto lastricato di ciottoli verso un cortile ovale, in cui stavano, come cupi ornamenti, una vecchia carrozza e alcune balle di torba. Max le indicò con un dito: "Sono lì dentro i cadaveri?".

"Non ancora!" Friederike gli strizzò l'occhio.

"Poco fa è toccato a tuo marito, adesso a me?" Max provò l'impulso di tirarle le orecchie, ma non osò. Gli pareva un gesto troppo confidenziale.

"Calma!" replicò lei, e spense il motore. "Allora: posso invitarti a un festino funebre? A base di birra e grappa? Ti arrapa?"

A dir la verità, era lei ad arraparlo, ma chissà mai cos'altro aveva escogitato? In fin dei conti quello era un albergo, anche se sembrava una vecchia casa colonica malandata.

Entrarono per una porta rovinata dalle intemperie in un vestibolo buio, e da lì nella "mescita". Il locale era molto ampio e aveva l'aspetto delle antiche sale dei cavalieri. Una parete era occupata quasi per intero da un camino alto quanto un uomo, l'altra da un bancone. Nel mezzo c'erano due lunghi tavoli di legno massiccio, attorniati da numerose seggiole, di diversa epoca e provenienza. Le finestre a traverse erano piuttosto grandi, eppure facevano passare poca luce. Alla parete erano appesi una quantità di attrezzi bizzarri. In mezzo alla stanza erano disseminati dei tavoli più piccoli, che avevano un'aria persa. Nel camino ardeva un gran fuoco, ma in giro non c'era anima viva.

"Che strano!" Max stava accanto a Friederike e si guardava intorno.

Lei rise. "Non c'ero mai stata neanch'io! Me l'ha consigliato un'amica!" Era euforica. "Si era fatta qui una specie di nido d'amore, ma in realtà non è proprio di mio gusto!"

Max ne fu sollevato. Chissà com'erano i letti di sopra, magari sotto c'era uno scheletro.

"Be', se non altro è un tipo originale!" disse, e si girò verso Friederike. "Che facciamo? Restiamo o ce la filiamo?"

Lei indicò un tavolo vicino al camino. Era apparecchiato, con tanto di targhetta di ottone con la scritta "Riservato".

"Ho prenotato, per prudenza," replicò Friederike stringendosi nelle spalle. "Non si può mai sapere..."

Max non poté fare a meno di ridere, si avvicinò al tavolo e le scostò la sedia. "Prego, signora!" Si misero seduti. I ciocchi nel camino scoppiettavano e mandavano scintille. Per il resto, silenzio perfetto.

"Non ho propriamente l'impressione che qui qualcuno ci fili minimamente!" osservò a un certo punto Max.

Friederike si alzò e gli andò vicino. Gli massaggiò le spalle, e lui appoggiò la testa tra i suoi seni. Le mani di Friederike scivolarono verso i suoi lombi e gli accarezzarono la patta. Max sentì che gli veniva duro e alla fine non resistette più e si alzò in piedi. Lei lo fissò dritto negli occhi con uno sguardo di sfida e si sfilò il pullover. Non portava il reggiseno e Max si sentì avvampare.

"Qui?!" sussurrò.

Per tutta risposta lei gli slacciò la cintura. Presero entrambi a spogliarsi freneticamente. Friederike buttava i suoi indumenti chiari per terra, senza curarsene, Max pure, e un attimo dopo finirono tutti e due sul mucchio di vestiti. Friederike lo dirigeva da sotto e lo prendeva secondo la sua voglia e il suo bisogno. Max capiva benissimo che, per la prima volta in vita sua, era un puro e semplice strumento di piacere, e quella certezza lo eccitava ancor più dei suoi movimenti imperiosi, che peraltro lo portavano già al parossismo del godimento. Aprì gli occhi e vide i suoi seni dondolargli davanti: li palpò e intanto osservò un attimo il viso di Friederike. Era lo specchio delle sue sensazioni e di una passione che con lui non aveva niente a che fare. Tutto quello che faceva, lo faceva per se stessa. L'egoismo così sbandierato di quella donna lo portava quasi alla pazzia, e quando lei fu a un passo dall'orgasmo, Max fu felice di potersi finalmente lasciare andare. Lei gli si sdraiò sopra, e rimasero per un po' così, abbracciati stretti.

Alla fine Friederike alzò la testa e lo guardò in faccia. "Con te è veramente una libidine!"

"A sentirti, sembra che tu sia nuova!"

Sul viso di Friederike si disegnò un lieve sorriso, mentre annuiva. "Ridi pure," disse, "ma è vero! È così diverso..." rifletté un istante, "diverso da prima."

"Perché, finora non ti eri mai fatta un altro uomo oltre a..." Max esitò, "a tuo marito?"

A quel punto Friederike sorrise apertamente e scosse il capo.

"Lo dicevo io," fece Max con un sospiro. "Sono errori fatali. Come fa una donna a fare confronti, se per tutta la vita si tiene un solo amante? Tu, ad esempio, non ti saresti mai accorta di quanto sono bravo io se avessi avuto solo e sempre me e ti fossi abituata alle mie prestazioni da fuoriclasse!"

Lei lo tempestò di pugni e gli canterellò: "*You're so vain...*" nell'orecchio.

"Be', scusa!" protestò lui. "Non sono affatto un montato!"

"Sarà, ma adesso ti stai smontando..."

"Già!"

Lei rise e si tirò su piano.

"Che razza di strana locanda!"

Friederike si avvicinò tutta nuda al bancone e tornò con una bottiglia di vino rosso e due bicchieri. "Ci si serve da soli!" Gli strizzò l'occhio, e solo allora Max ebbe un lampo: aveva affittato tutto il locale per quel loro piccolo rendez-vous pomeridiano!

Nei giorni seguenti Anna osservò suo marito con grande attenzione. Le sembrava che passasse da un estremo all'altro: a volte pareva incredibilmente lucido, addirittura più attento di prima, altre volte dava l'impressione di sapere a malapena chi fosse. Anna chiamò il medico, che la tranquillizzò. Cali di concentrazione erano conseguenze normali di un simile trauma. Accadeva spesso, per cui era necessario che lei si armasse di pazienza e lo appoggiasse il più possibile. Anna non si tirò indietro, ma a letto, pur con tutto l'appoggio, non succedeva proprio niente. Sabato sera aveva cercato di sedurlo, ma tutte le sue arti erano state vane. "Non te la prendere," l'aveva consolato, mentre lo abbracciava prima di dormire, ma lui sembrava non prendersela un granché, anche senza le sue parole di conforto.

La domenica Anna scrisse uno SMS a Lars, dicendogli che aveva prenotato la solita camera al Ramses. In fin dei conti era suo diritto, anzi forse suo dovere, tenersi in forma anche per il marito malato. Per lo stesso motivo aveva organizzato quel pomeriggio un piccolo party per festeggiare la guarigione. Visto che non cucinava volentieri, tanto meno per un mucchio di persone, aveva pensato di celebrare la rinascita di Rainer con torte e caffè.

Patricia e Frank arrivarono per primi. Diedero un regalo a Rainer. Il quale Rainer, una volta scartatolo, non si mostrò molto felice: se lo palleggiava tra le mani, finché Anna arrivò in suo soccorso. Era un libro, e lei lesse il titolo ad alta voce: *Amore, vizio, passione*, scoppiando subito a ridere all'unisono con Patricia, con ulteriore sconforto di Rainer.

"Siete qui per festeggiarmi o cosa?" chiese e le due amiche si ritirarono ridendo in cucina.

"E allora?" chiese Patricia, mentre aiutava Anna a sistemare su un piatto di portata torte e pasticcini.

Anna alzò le spalle. "Adesso che crede che tu abbia un amante sarà tutto imbarazzato con Frank!"

Patricia sistemò con un colpetto una torta alla panna e poi si leccò con gusto le dita. "L'imbarazzo sarebbe mio se gli saltasse in mente di raccontare a Frank del mio presunto amante!" Si guardarono negli occhi e ricominciarono a ridere.

"Cosa credi, scoppierebbe un putiferio se sospettasse che stiamo coprendo Lars!"

"Allora sì che l'imbarazzo sarebbe alle stelle!" Anna rimase con la spatola per dolci a mezz'aria e tese l'orecchio. "Hanno suonato? Dev'essere Lars con Bettina!"

"Lo vedi ancora, Lars?" chiese Patricia.

"Certo! Domani!" Sospinse con grande attenzione una torta di fragole sul piatto, poi fissò Patricia negli occhi. "O vuoi andarci tu?"

Patricia sorrise. "Grazie per la generosa offerta, ma al momento sono più che soddisfatta!" Le strizzò l'occhio. "Me ne ricorderò, in caso di bisogno!"

Lars e Bettina erano a fianco di Rainer e Frank, quando Anna e Patricia entrarono con il vassoio di torte e due bricchi pieni di caffè.

"Il caffè con la torta!" esclamò Bettina baciando Anna sulle guance, "come i nostri genitori. Non potevi invitarci tutti in un locale?"

Anna restò di stucco. "Ho sempre pensato che odiassi quei posti!"

"No, al contrario! Sarebbe stata l'occasione buona per iniziarmi al genere!" Bettina si staccò da Anna per salutare Patricia.

Anna la osservò da dietro. Indossava un abito arancione aderente e aveva i capelli raccolti. "Sei fresca come una rosa!" esclamò dandole dei colpetti sulla schiena. "Ti va alla grande, o sbaglio?"

"Lascia perdere," Lars afferrò Anna per le spalle e la baciò sulle guance. "A me la torta va benissimo. Ne ho abbastanza di locali!"

"Vecchio topo d'albergo!" Rainer gli fece un cenno di assenso e prese dal tavolo il regalo che aveva portato Bettina. Dalla confezione colorata sbucarono vitamine, gin-seng e un bibitone energizzante. "Manca solo il Viagra," commentò ridendo Rainer porgendo il tutto ad Anna.

"Non serve," replicò lei, senza specificare cosa intendesse.

"Credo anch'io," confermò Lars, e si mise a tavola. Osservò i sette coperti e chiese ad Anna chi fosse il misterioso settimo ospite.

"Ho invitato anche Max, ma non sono sicura che venga!"

"A proposito..." si intromise Patricia, sedendosi a sua volta a tavola. "Che ne è di Steffen Schneider?"

Rainer le lanciò un'occhiata. "Ho presentato in tribunale un'istanza di supplemento di indagine relativa al momento del decesso e ai rapporti sessuali della vittima, ma ancora non ho ottenuto risposta!"

"A quanto pare qualcuno ha interesse a gettare tutta la colpa addosso a lui," interloquì Frank.

Bettina alzò lo sguardo. "Steffen Schneider? Ci sono novità?"

Anna le spiegò brevemente quanto Rainer aveva fatto ultimamente riguardo a quel caso, e lei ascoltò con attenzione. "Ti occupi davvero di un thriller del genere? Credevo che la tua specialità fossero le corna!"

Rainer si schiarì la voce, Bettina alzò le mani in un gesto di scusa. "Sai bene cosa intendo: matrimoni finiti, divorzi e altre piccole devianze!"

Rainer non abbandonò il tono professionale. "È una difesa d'ufficio. Non me la sono certo andata a cercare!"

"E che tipo è questo Steffen Schneider?" chiese Frank a Rainer.

"Di sicuro non è un angioletto, altrimenti non verrebbe neanche sospettato di un reato del genere!" si intromise Bettina.

"Cosa diavolo ti succede?" Anna era veramente stupita. "Che ne è del tuo animo sensibile alle problematiche sociali?"

"Qui si tratta di un omicidio, dico bene?"

"Sì, certo," replicò Anna. "Ma ci sono molti dubbi!" Si interruppe. Il calcetto allo stinco, sotto il tavolo, probabilmente veniva da Lars.

"Su, coraggio, vecchio mio..." Lars si affrettò a cambiare argomento, rivolgendosi a Rainer. "Raccontaci cosa è successo davvero con quel bellimbusto che ti ha menato! Cosa ci fai in giro di sera con donne sconosciute? Hai potuto dire tutta la verità ad Anna?"

Rainer aveva una fetta di torta alla ricotta in equilibrio

sulla paletta per dolci. "Nessun problema," rispose, e la depositò con cura sul suo piatto. "Gli avvocati non dicono bugie!"

Max non aveva nessuna voglia di raccontare ai Leicht tutta la sua avventura, figurarsi poi davanti a una tazza di caffè con la torta. E poi non sapeva cosa poteva o non poteva dire, per cui preferì lasciar perdere. Stava lungo disteso sul divano, in attesa di una telefonata. Friederike, dopo la puntata all'albergo Zur Moorleiche, gli aveva infilato di nuovo cinquecento marchi nella tasca dei jeans, mettendolo un'altra volta in conflitto con se stesso. Non gli piaceva fare il gigolo, il suo orgoglio di maschio si ribellava: d'altra parte erano soldi guadagnati con una facilità portentosa e, visto che per il momento non aveva altre entrate, lo considerava un favore tra amici. Eppure non poteva mica campare in quel modo, era chiaro. Ma non vedeva alternative, e così restava sdraiato sul divano a fissare il cellulare. Prima o poi avrebbe suonato e sarebbe stata Friederike.

Charly aveva cominciato a lavorare. Era un'esperienza nuova per lui, perché questa volta le donne erano molto diverse da come se le era immaginate. Gli indicavano quello che doveva fare e gli dicevano in faccia, senza tanti giri di parole, quando era il caso che se ne andasse. Non avevano niente da spartire con le foto delle due che avevano risposto alla sua inserzione. Per loro evidentemente gli uomini erano solo un secondo lavoro: alcune per arrotondare la borsa di studio, altre – le mogli – per avere una loro autonomia finanziaria. Di voglie trasgressive, come pensava lui all'inizio, non se ne parlava proprio: era solo una questione di affari, chiara e ben definita. Nei confronti di quel genere di donne Charly si sentiva effettivamente un po' antiquato e decise di andare appena possibile dal barbiere e di cambiare modo di vestire. Evidentemente non era al passo coi tempi.

Gli appartamenti in cui veniva chiamato erano moderni, per lo più sobri, diversissimi dalle stanze invase dai peluche che era abituato a vedere in quell'ambiente. L'ultima delle ragazze che l'aveva chiamato domenica sera, insieme ai suoi cento sudati marchi, gli aveva dato anche il consiglio di passare il più possibile inosservato.

"Qui siamo in un condominio," gli spiegò, "con normalissimi inquilini, e un tipo come lei dà troppo nell'occhio." Charly era appoggiato allo stipite della porta e si sentiva come uno scolaretto rimbrottato perché in pieno inverno si presenta a scuola in pantaloncini corti. "Aspetti un attimo!" aggiunse lei piantandolo lì e avvicinandosi al computer, sistemato su un tavolino dal ripiano di vetro davanti alla finestra. Lui rimase a guardarla mentre lo accendeva e utilizzava la tastiera. Dopo un po' la stampante cominciò a ronzare, e la ragazza tornò verso di lui con un foglio in mano. "Questi sono i miei appuntamenti," disse, "può provvedere?" Charly diede un'occhiata. Era una e-mail contenente una lista ordinata di date, con i corrispondenti nomi maschili e diverse annotazioni. "Devo vedere la mia agenda," rispose, tanto per non fare la figura dell'allocco.

"La sua agenda..." ripeté lei, ravviandosi i capelli castani alla paggetto. "D'accordo!" Poi gli girò le spalle, e lo congedò. Lui la guardò un'ultima volta, prima che la porta si chiudesse. Una puttana in jeans stinti e t-shirt bianca, con appena un filo di trucco: era gente veramente strana.

Lunedì pomeriggio, alle quattro in punto, Lars entrò nella hall del Ramses. Chissà cosa pensavano di lui, ormai, quelli della reception, rifletté mentre aspettava l'ascensore. Forse era meglio che ogni tanto cambiassero hotel, era veramente troppo chiaro che lo utilizzavano come albergo a ore. Stava osservando i segnali luminosi dei tre ascensori, tentando di indovinare quale dei tre sarebbe arrivato per primo, quando una donna si fermò accanto a lui. Lars la vide con la coda dell'occhio. Era alta, magra e bionda. Entrarono tutti e due nello stesso ascensore e quando Lars pigiò il numero quattro, lei gli sorrise.

"Grazie, anch'io!"

Indossava dei jeans e una giacca di pelle scamosciata, aperta, lunga fino alle ginocchia. Aveva un certo non so che, e a Lars piaceva, per cui si ingegnò di trovare il modo di attaccare bottone. "Non ha scelto davvero il tempo migliore per venire ad Amburgo!" disse più o meno al secondo piano.

"Io ci abito, ad Amburgo," rispose lei, e nei suoi occhi celesti brillava una luce di scherno. "Ogni tanto però dormo in albergo!"

"Ah!" Di più Lars non seppe dire. La porta si aprì e lei infilò con passo deciso uno dei quattro corridoi che si trovavano al piano. Si ritrovarono fianco a fianco.

"E lei?" chiese la donna sorridendogli.

"Anch'io vivo ad Amburgo," gli scappò detto, anche se non voleva tradirsi.

"Oh, guarda un po' che coincidenza!" Lei scoppiò a ridere e tirò fuori dalla borsa la chiave della camera. "Due amburghesi ad Amburgo!" Si fermò davanti alla 414. "Allora, buona permanenza!"

Lars le fece un cenno con il capo. "Altrettanto", e proseguì per il corridoio. Appena sentì che l'altra era sparita dentro la camera, tornò indietro a passi felpati fino alla 416 e bussò piano.

"Entra!" Anna era nella vasca da bagno, con due calici di champagne sul bordo. Quando Lars si affacciò alla porta gli spruzzò addosso un po' d'acqua. "Non vedevo l'ora che arrivassi!" esclamò alzando un calice. "Una settimana può essere orribilmente lunga!"

"Sono d'accordo!" rispose Lars cominciando a spogliarsi.

Non resistettero a lungo nella vasca da bagno, era troppo stretta. Passarono in camera e si buttarono sul letto.

"Sei tutto bagnato!" si lagnò Anna, ma all'improvviso si tirò su. "Ascolta!" sussurrò mettendosi un dito sulle labbra.

"Cosa c'è?" Lars alzò la testa di malavoglia.

"Non è possibile..." Anna aggrottò la fronte. "Non senti? Lo stesso identico rumore dell'ultima volta!"

In effetti, un letto cigolava ritmicamente. Una coppia ci stava dando dentro, senza ombra di dubbio.

"Oh mamma, di nuovo!" gemette Lars.

"Adesso però nella camera a fianco!" Anna indicò la parete e saltò giù dal letto. "Speriamo che almeno questa volta non ci scappi il morto!"

"Va bene, ma falla finita!" Lars, vedendo Anna accostarsi con l'orecchio alla tappezzeria, non poté fare a meno di ridere.

"Roba da matti!"

"Ssst!" gli ingiunse Anna, continuando ad ascoltare.

"Torni immediatamente a letto, signora detective. Io in persona ho appena incontrato l'occupante della camera 414, e non aveva certo l'aria di una assassina sanguinaria!"

Anna non si mosse. "E come fai a sapere che aspetto ha un'assassina? E poi..." si girò verso di lui, "non ha forse detto Steffen Schneider che solo una donna può lasciare la firma a unghiate sui coglioni della sua vittima?"

Lars si alzò, andò vicino ad Anna, la sollevò di peso e la

riportò a letto. "C'è da sentirsi male ad ascoltare te!" Si sdraiò sopra di lei e le immobilizzò i polsi ai lati della testa. "Apri un po' i pugnetti, amore, giusto per prudenza... non vorrei mai che ti portassi appresso una lametta da barba!"

Anna gemette sotto il suo peso e cercò di morderlo sul petto.

"Occhio!" Lars le si oppose. "Puoi farmi male!"

Anna cominciò a divincolarsi. "Lasciami immediatamente, ti vengo sopra io!"

Lars rise e mollò la presa. "Molto volentieri!" disse, e rotolò di fianco.

Anna gli fu immediatamente sopra e gli immobilizzò a sua volta i polsi. "Raccontami che tipo di donna era!"

"E che ne so!" rispose lui, e finse di tendere esageratamente l'orecchio. "Direi piuttosto attiva, a quanto pare!" Liberò una mano e le diede un lieve pizzicotto sul sedere. "Comunque sono passati all'azione molto prima di noi!"

"Adesso ti faccio vedere io!" sibilò Anna. "Probabilmente quella ha semplicemente un amante più giovane, che ci dà alla grande!"

Charly si era portato nella sua pensione la e-mail con i nomi e le date e si chiedeva che informazioni avrebbe potuto trarne. Doveva assolutamente frequentare un corso di informatica, era di un'ignoranza crassa nel settore. Di certo ci sarebbe stato il modo per scoprire chi si nascondeva dietro quell'indirizzo e-mail. Gli venne in mente Lizzy. Aveva un computer ed era piuttosto in gamba in materia. Diede un'occhiata all'orologio: erano le quattro e mezzo. Di lunedì, a quanto ne sapeva lui, a quell'ora non aveva clienti. E comunque sia, era un bene che ogni tanto si facesse vedere, da lei e dalle altre. Si mise immediatamente in strada, con l'esaltante sensazione di non essere, questa volta, completamente al verde, visto che aveva qualche biglietto da cento in tasca. Chiamò Lizzy dalla macchina.

Non era molto entusiasta. "Alle cinque ho un cliente," si schermì. "Avremmo pochissimo tempo."

"Un cliente? Non mi risulta." Charly guardò l'ora. "Perché non sono informato?" Il suo tono si era fatto sospettoso.

"Perché non ho potuto avvisarti. A casa non ci sei mai!"

"Questa è la scusa più imbecille che abbia mai sentito!" Charly schiumava di rabbia. "Non ce l'hai il mio numero di cellulare?"

"E cosa me ne faccio se dice in continuazione che il cliente non è momentaneamente raggiungibile?"

Charly non seppe cosa rispondere. E poi non voleva guastarsi i rapporti con Lizzy, di solito era quella più easy da trattare, non come Gudrun che faceva sempre di testa sua. "D'accordo, allora passo alle sette! Non avrai mica qualcos'altro in programma, che io non so?"

"Neanche per sogno!"

Charly riattaccò e si diresse per una strada secondaria verso casa di Lizzy. Abitava in un attico, in un complesso residenziale formato da diversi grattacieli. Parcheggiò l'auto dietro l'angolo e si incamminò lentamente verso l'ingresso. Voleva dare un'occhiata al tizio per cui Lizzy faceva gli straordinari. Guardò l'ora. Mancava poco alle cinque. Salì con l'ascensore e si piazzò vicino alla porta che dava sulla tromba delle scale. Appena quel tale fosse arrivato, lui sarebbe sparito dietro la porta, lasciandola socchiusa. Era un punto di osservazione magnifico, l'aveva già utilizzato più volte all'inizio, quando Lizzy aveva ricominciato a fare la vita per lui, che era appena uscito dalla galera.

Ma, passati venti minuti, cominciò a dubitarne lui stesso. Se ne stava lì indeciso, alla fine si avvicinò alla porta di Lizzy e origliò. Forse quel tizio era venuto prima. Dalla porta di legno massiccio non si sentiva niente. Dopo altri dieci minuti rinunciò alla sua idea. Evidentemente qualcosa era andato storto. Charly chiamò l'ascensore e aspettò. Sarebbe tornato alle sette e si sarebbe fatto spiegare tutto da Lizzy. Moriva dalla curiosità.

Quando l'ascensore arrivò, Charly spalancò la porta e si ritrovò faccia a faccia con Rainer Leicht.

Rainer riconobbe Charly al volo. Si spaventò a morte, ma anche Charly si rese subito conto di chi aveva davanti.

"Oh no! Di nuovo lei!" disse, tenendo la porta aperta.

Rainer non aprì bocca. Domenica mattina, dopo i tentativi falliti di Anna di risvegliarlo a nuova vita durante la notte, aveva deciso di seguire il consiglio di Gudrun e chiamato Lizzy per implorare un appuntamento urgente. Doveva capire se quella débâcle dipendeva da lui o da Anna. Terrorizzato dallo spettro fin troppo vivo dell'impotenza, che la sua fantasia rendeva ancora più temibile, aveva insistito per essere ricevuto quanto prima.

"Non ne ha avuto ancora abbastanza?" chiese Charly in tono minaccioso.

Rainer tentò di darsi un contegno, ma la paura lo paralizzava. Non aveva dimenticato i giorni in ospedale, e sapeva bene che avrebbe anche potuto andargli molto peggio.

"Cosa vuole da me?" Rainer cercò di sviare il discorso, mentre si chiedeva che diavolo ci facesse lì quell'uomo, quando la polizia continuava a sostenere di non avere il minimo indizio circa il luogo in cui si trovava.

"Non fare il furbo!" Charly lo afferrò per il bavero, lo trascinò fuori dall'ascensore e lo spiaccicò contro la parete ruvida del pianerottolo. "Dammi il cellulare!"

Rainer lo fissava a occhi sbarrati. "Non ce l'ho!"

Charly lo teneva bloccato con una mano mentre, con l'altra, lo palpava. Gli appioppò un leggero pugno nello stomaco a mo' di avvertimento e arretrò di pochi passi verso l'ascensore. "E non mi hai visto, intesi? Non farti venire l'idea idiota di dare un colpo di telefono alla polizia... Anche se mi beccano, prima o poi torno fuori..."

Lasciò la frase in sospeso, entrò nell'ascensore e schiacciò il pulsante del pianterreno. Una volta in moto, si appoggiò alla parete e tirò un profondo sospiro. Proprio tra le braccia di quel cretino doveva finire... L'indomani doveva veramente cambiarsi radicalmente i connotati: capelli corti, tinti di nero, e un abbigliamento diverso. Di sicuro quello sgorbio si sarebbe buttato sul telefono per raccontare alla polizia chi aveva incontrato...

Rainer era fermo davanti alla porta dell'appartamento di Lizzy. Gli faceva male lo stomaco, le ginocchia gli tremavano. Rifletté un attimo se fosse il caso di suonare. Ma un appuntamento è un appuntamento, in quello era scrupoloso, quindi suonò. Lizzy aprì fasciata di cuoio, il trucco pesante, i lunghi capelli neri a cascata sui seni nudi. Rainer la guardò fisso, poi vomitò.

Erano le cinque e mezzo quando Lars e Anna uscirono dalla loro camera. Lars era un po' di fretta, perché quella sera Bettina sarebbe rientrata puntuale. Invece Anna aveva tempo, perché Rainer le aveva detto di avere un appuntamento tardi. Ma Lars andava sempre in paranoia, al pensiero di rientrare dopo Bettina e di doverle dare delle spiegazioni. "Non so e non voglio mentire," ripeté ancora una volta ad Anna. "La cosa migliore è tacere!"

"Ma non è che tacendo le cose migliorino!" ribatté Anna.

"Già, ma almeno non mento!"

Anna rinunciò a tentare di capire la sua logica e uscì per prima in corridoio.

"Cosa ci fai tu qui?" esclamò. Lars la sentì, ma era troppo tardi, era già uscito dalla porta e si trovò faccia a faccia con Max, che a sua volta era appena uscito dalla camera vicina. Al suo fianco, la sconosciuta dell'ascensore.

Lars, dalla sorpresa, era rimasto senza parole. Peggio non sarebbe potuta andare. Colti in flagrante da Max Wilkens, il fratello fancazzista di Patricia, figlio di quel presuntuoso del dottor Wilkens, gran luminare della medicina. Peggio di così...

Max si era ripreso prima di lui. "Guarda un po' chi si rivede..." disse, scuotendo il capo.

Friederike era lì ferma, e sorrideva schiva. "Noi due ci conosciamo già..." disse alla fine, rivolta a Lars.

"Davvero?" Max era stupefatto.

Lars persisteva nel suo mutismo.

Friederike incrociò le braccia. "A quanto pare, la situazione qui è alquanto delicata!"

"Ma va'!" si affrettò a dire Max. "Solo che lei è la migliore amica di mia sorella, e lui uno del loro giro. Sposati tutti e due, ma non insieme!"

Friederike non fece una piega. "Buon per loro!"

"Quindi lei è Friederike Leuthental," azzardò Anna tendendole la mano. "Non ci avevo creduto quando Max, di recente, mi aveva detto che lei l'aveva accompagnato in ospedale... ma adesso, non ho più dubbi!"

Friederike le strinse la mano. "Ah! È suo marito che è stato picchiato? Interessante!"

Anna fece di sì con a testa.

"Non sarà mica stato lei a picchiarlo, vero?" Friederike rivolse a Lars uno sguardo interrogativo.

Lars stava lentamente tornando in sé. "Non ne avevo motivo," rispose. "Finora le cose sono filate sempre lisce. Le botte è andato a cercarsele da un'altra parte."

Max diede un bacio ad Anna e appioppò a Lars un pugno scherzoso sull'avambraccio. "La prossima volta fate meno rumore," disse, "eravate al limite del disturbo alla quiete pubblica!"

"Al ragazzo piace esagerare," disse Lars, rivolto a Friederike. Quindi le tese anche lui la mano e si presentò.

"Bene," Friederike fece un cenno verso l'ascensore. "Visto che siamo qui tutti insieme, possiamo anche avviarci insieme!"

Lars annuì convinto. “Per lo meno così nessuno avrà un particolare interesse a fare la spia!”

Come a comando, tutti fissarono Max, che alzò le mani per schermirsi. “Presumo che Patricia lo sappia già, e a chi altri dovrei raccontarlo?”

Lars aggrottò la fronte.

“Ok, ok! Neanche sotto tortura dirò una parola...” Max lanciò un’occhiata ad Anna. “Certo che è una cosa da fuori di testa, dovete ammetterlo!”

Rainer era seduto al tavolo di Lizzy e non riusciva a farsi una ragione dell’accaduto. Stava da cani, voleva morire. Negli ultimi tempi non gliene andava dritta una, si sentiva in un baratro, da cui non riusciva a risalire.

“Non è poi una tragedia,” lo consolava Lizzy. Si era infilata un golfino rosa, fatto da lei, sul bustier di cuoio nero.

“Una roba del genere non mi era mai capitata!” Rainer si era dato da fare con secchio e ramazza, ma il fatto di aver rimosso il danno non lo aiutava a ricostruire la vicenda.

“Quel Karl Lönitz...” Rainer si massaggiava le tempie con l’indice e il medio, “è un vero incubo! Lei lo conosce?”

Lizzy scosse la testa decisa. “Mai sentito? Che faccia ha?”

Rainer ne fece una descrizione perfetta. Lizzy lo ascoltava con l’aria interessata, ma alla fine si strinse nelle spalle.

“Un tipaccio del genere spero di non incrociarlo mai. È una brutta storia che ronzi qui intorno!”

Rainer annuì e si alzò. “Dovrebbe avvertire la polizia!”

“Ci conti!” assicurò Lizzy, stringendosi nel golfino.

“Quanto invece al nostro...” Rainer rifletté un attimo, “accordo prettamente commerciale... tornerò quanto prima. Non è stato un inizio incoraggiante!”

Anche Lizzy si alzò. “Io non penso che sia di malaugurio!”

Le tese la mano e si avviò verso la porta, ma si fermò di nuovo: “Cosa le devo per il disturbo?” chiese.

“Veda di arrivare sano e salvo a casa, e torni presto!” Lo accompagnò all’ascensore, e Rainer, una volta salitoci, sentì lo stomaco rivoltarsi di nuovo. Dal terrore che quella canaglia lo aspettasse di sotto.

Una volta dabbasso, aprì la porta con circospezione, pronto a richiuderla immediatamente e a premere un pulsante a casaccio, ma non vide nessuno. Uscì dall’ascensore, sgattaiolò fuori e si rifugiò nella sua auto. Di Karl Lönitz non c'era traccia, ma Rainer era sicuro che non fosse lontano e che lo stesse osservando.

Il cuore gli batteva a mille quando avviò il motore. Pigiò subito il tasto della chiusura centralizzata delle portiere e controllò persino dietro il sedile. Gli tornarono in mente tutti i film dell'orrore visti negli ultimi anni. Poi si obbligò a respirare profondamente, espirando e inspirando con regolarità, e a stare fermo, finché il battito cardiaco non gli fosse tornato normale.

Mentre se ne stava così in macchina a riflettere, gli si schiarirono le idee. E all'improvviso si rese conto che Lizzy gli aveva mentito. Era evidente che sapeva chi era Karl Lönitz! Di sicuro era il suo protettore, così come lo era stato di Gudrun. Non era stata proprio Gudrun a consigliargli di andare da Lizzy? Non c'erano dubbi: era migrato da una sbarbina di Karl Lönitz all'altra.

Adesso sarebbe stato facile incastrarlo.

Rainer si mise a pensare se fosse il caso di farlo. Gudrun lo aveva informato della versione da lei resa alla polizia del suo scontro con Karl Lönitz, ma non sapeva se questa versione fosse stata messa agli atti. La storia di Gudrun che, per via di un compagno violento, ha bisogno di un avvocato e lo fa venire a casa sua, era plausibile. Invece adesso cosa era venuto a cercare in casa di Lizzy, se non i suoi servizietti? Era una brutta rogna. Quanto a Karl Lönitz... Minacce... Lesioni personali: c'era di che mandare dritto in galera uno con la fedina penale sporca come lui... Già, ma aveva ragione quella canaglia: per quanto tempo? E poi, cosa sarebbe successo?

Rainer accese il motore e decise di mettere una croce sopra su Karl Lönitz e tutta quella brutta storia. Ma quando, mezz'ora dopo, svoltò nella sua via, aveva già in mente un nuovo piano: avrebbe telefonato a Gudrun, chiedendole un indirizzo che non c'entrasse niente con Karl Lönitz. Valeva la pena di tentare, anche perché Anna, a quanto pareva, non era ancora rincasata. In strada, al solito posto, la sua macchina non c'era. Benissimo. Rainer andò in garage, entrò in casa, appese il suo trench in guardaroba e prese subito il telefono.

Gudrun si mostrò dispiaciuta che il suo consiglio avesse avuto conseguenze tanto nefaste, e dichiarò che era una cosa sacrosanta che Rainer volesse disfarsi una volta per tutte di Karl. "Posso richiamarla tra poco?" chiese.

"Va benissimo," le rispose Rainer, "In fin dei conti lei figura ufficialmente come mia mandante...” Scoppiò a ridere. “Almeno nei verbali di polizia!”

Riattaccò e aprì il frigo per prendere una birra. Il proposito di dare un taglio al suo vizietto l'aveva accantonato dopo breve riflessione. Perché mai avrebbe dovuto farsi violenza per reprimere qualcosa che gli faceva bene? In definitiva tornava, a vantaggio di tutti se lui era soddisfatto ed equilibrato.

La schiuma si era appena depositata nel bicchiere che il telefono squillò. Gudrun gli diede un numero e Rainer lo scarabocchiò in fretta.

“Ma è un indirizzo e-mail!” commentò stupefatto, la penna a mezz'aria. “Che cosa me ne faccio?”

“È una nuova organizzazione,” gli spiegò lei. “Funziona tutto tramite computer, così non rischia di incappare in tipacci come Karl!”

“Tramite computer?” ripeté, sempre più esterrefatto, Rainer. “E come?”

“Lei manda una e-mail, spiega quello che desidera e potrà scegliere online tra diverse foto... Semplice e pulito...”

“Già...” annuì Rainer. A lui pareva complicatissimo. Non aveva mai mandato una e-mail in vita sua, e difficilmente avrebbe potuto chiedere aiuto all'esperta di casa, Anna. Tanto meno alla signora Schenk, in studio. “Devo confessare...” attaccò titubante, “che è una cosa un po' al di là delle mie forze...”

“Vuole che scriva io per lei?”

“Lo farebbe davvero?”

“Mi pare che glielo devo! Ha una connessione Internet?”

Rainer non rispose.

“Un indirizzo e-mail?”

“Certo. Ma in studio!”

“Bene!” Seguì una breve pausa. “Possiamo vederci adesso?”

Rainer guardò l'ora. In studio non c'era sicuramente nessuno. “Sì, buona idea!”

Sulla strada di casa Lars aveva comprato un bel mazzo di tulipani. Serate come quelle gli piacevano, anche se il pensiero di Max lo inquietava un po'. Non c'era da fidarsi di quel ragazzo, che per giunta aveva sempre bisogno di soldi, il che lo rendeva doppiamente pericoloso. Incredibile come una donna della razza di Friederike Leuthental si fosse presa un simile bamboccio e non un vero uomo come lui, ma le donne sono veramente balzane.

Bettina non era ancora rincasata, così lui poteva organizzarsi al meglio e accoglierla con un: "Allora, si torna tarduccio, eh?". Sistemò i fiori sul tavolo, guardò in frigo e decise di fare due bistecche alla griglia. La carne era la sua specialità, era un tratto ereditato dai suoi avi cacciatori... Lars sogghignò tra sé, perché Bettina, di fronte alle sue battute da uomo delle caverne, come le chiamava lei, ogni volta andava in bestia. Era ben strano che quell'esangue letterata, che aborriva la brutalità del mondo, e uno sportivo come lui, che amava sopra ogni cosa l'aria e il moto, si fossero messi insieme. Ma forse erano proprio quelle differenze ad attrarli. O, semplicemente, erano complementari. Lars mondò e sciacquò l'insalata, asciugò la bistecca. Intanto apparecchiò la tavola, stappò una bottiglia di vino rosso, se ne versò un bicchiere e provò un gran senso di benessere. Se non avesse avuto un mestiere tanto idiota sarebbe stato l'uomo più felice del mondo. Doveva fare il colpo grosso alla lotteria, o farsi mantenere da sua moglie... Due cose impossibili, purtroppo. Lui non era fortunato, e lo stipendio di Bettina non era certo favoloso. Mise su un cd di suo gusto, felicissimo di far di testa sua, per una volta. Che meraviglia dare un calcio a tutte le sinfonie e le sirene jazz, per spararsi a tutto volume quella "musicaccia subculturale", come avrebbe detto sprezzantemente Bettina!

Ma, una volta pronti insalata e bistecche, e il cd quasi alla fine, cominciò a sentire una certa inquietudine. Dove diavolo si era cacciata Bettina? Era veramente strano. Le nove, e di sua moglie neanche l'ombra. Lo sapeva o no che sarebbe tornato? Di solito il lunedì faceva il giro breve, anche solo per via degli incontri con Anna. Almeno avvisarlo avrebbe potuto!

Si mise a tavola e si versò un altro bicchiere di vino. Se andava avanti così, si sarebbe scolato tutta la bottiglia. La metà era già andata... Prese a riflettere. Era il caso di chiamarla in ufficio? O forse quella sera c'era un evento che lui ignorava? Una di quelle ineffabili presentazioni di libri, dopo le quali Bettina era sempre costretta a fare buon viso a cattivo gioco e a passare la serata con gli autori in qualche locale, oppure uno di quegli atroci vernissage?

Di punto in bianco gli tornò in mente il luminare di medicina. Quello della mostra di nudi... O era il jazzista? Il tizio per cui lei voleva mettersi quello straccetto trasparente?

Ma aveva il vago ricordo che la serata jazz fosse stata rinviata per motivi di salute, il che gli risparmiava una bella lite coniugale, un inutile braccio di ferro.

Era il dottore! Certo! Che scemo! Lars si precipitò in camera, aprì l'armadio di Bettina. Se mancava proprio quel fatale capo, sarebbe uscito di corsa. Sua moglie mezza nuda in giro con un farabutto che fotografava la gente dalla cintola in giù... solo a pensarci gli veniva male. L'armadio di Bettina straripava: a quanto pare investiva l'intero stipendio in stracci... Lars non trovò niente. E non osava tirar fuori tutti gli abiti e buttarli sul letto. Pazienza, in un modo o nell'altro ci avrebbe visto chiaro. Lars si precipitò in soggiorno e prese il giornale.

Era vero. Sotto la voce: "spettacoli" trovò la mostra "Nudi senza volto nel mutare dei tempi". Vernissage alle sette alla Casa della cultura, presentazione di... bla bla... Lars non lesse oltre. Si precipitò fuori. Era il colmo. Senza neanche avvertirlo, se ne andava a una schifezza di vernissage con quel buffone di un medico. Maledì il fatto che Bettina non avesse il cellulare. Altrimenti le avrebbe potuto fare un fischio per farla tornare. Ma, quanto a tecnologia, quella donna era un caso disperato.

Rainer fece fatica a riconoscere Gudrun. Senza trucco, i corti capelli scuri pettinati all'indietro con il gel, indossava un pullover nero e dei jeans dello stesso colore. "Come sta bene!" commentò, e lei rise.

"Grazie! E mi sento anche bene! In un certo senso è tutto merito suo, per questo adesso le troverò una degna sostituta!"

Lui deglutì. La situazione era piuttosto anomala, ma era grato a Gudrun: aveva la consolante sensazione che sapesse bene quello che faceva.

Lei accese il computer e chiese a Rainer cosa desiderava in particolare.

"Come?! Siamo già a questo punto?" Rainer era esterrefatto, cosa che provocò l'ilarità di Gudrun.

"E certo! Adesso decidiamo una password, così solo lei avrà accesso alle sue informazioni. Non sarebbe molto carino se la signora dell'altra volta..."

"Oddio, la signora Schenk!"

"Esatto! In effetti qui c'è poco da tirare in ballo le lenti a contatto, si va subito al sodo! Che password vuole?"

Rainer rifletté un attimo. "Il mio nomignolo è sempre stato 'Pippolo', ma lo sanno solo i miei amici di più vecchia data!"

Gudrun rise di nuovo. "Che carino, Pippolo! Allora, caro Pippolo, cosa desidera?"

"In realtà desidero farlo di nuovo con lei!" gli scappò detto. Ma era la pura verità.

"Io sono fuori gioco, spiacente, fuori catalogo! Ma una come me ci sarà senz'altro... Scrivo io, tanto so cosa le piace!"

Rainer era seduto sull'angolo della scrivania e la guardava. Pazzesco. Solo nei peggiori dei suoi incubi si era immaginato di dover battere di notte i viali alla ricerca di una Lady che facesse al caso suo. O di dover ricorrere agli annunci o a una rivistucola, come quella che teneva a casa nel cassetto della scrivania. Una volta, per prova, aveva studiato gli annunci, ma erano troppo anonimi e incerti. Adesso, invece, era tutto chiaro. Gudrun gli avrebbe organizzato la cosa per bene.

"Ecco fatto," disse lei dopo un po'. "Adesso sanno cosa cerca. Le dico in due parole come accedere alle informazioni: stia bene attento!" Avvicinò una sedia. "Questo è un computer. Adesso lo spengo, di modo che può imparare passo per passo tutta la procedura!"

Rainer diede un'occhiata all'orologio. "Ci vorrà molto?" Pensava ad Anna: di certo era già a casa e si preoccupava per lui. Forse era meglio se la chiamava e la avvertiva che il suo impegno sarebbe andato un po' per le lunghe.

Gudrun si strinse nelle spalle. "Dipende solo da lei! Come sempre, nella vita!"

Lars si era diretto senza esitazioni alla Casa della cultura. Veramente aveva alzato troppo il gomito per mettersi al volante, ne era consapevole, ma a mali estremi, estremi rimedi. Gli pareva che qualsiasi poliziotto fosse tenuto ad arrendersi di fronte all'impellente necessità della sua mossa. Il parcheggio era zeppo, un'altra delle cose che in quelle occasioni lo faceva andare fuori dai gangheri. Neanche un buco. Né per un'auto, né per un cristiano. Già era orripilato all'idea di tutta quella calca di devoti dell'arte, ma ancor più a quella di Bettina in veste di nudo artistico senza volto nel mutare dei tempi.

Ma non arrivò a tanto, perché lo bloccarono all'ingresso.

"Potrei vedere il suo invito, per favore?" gli chiese una giovane donna con un piercing d'argento al labbro inferiore.

"Lei chi è?" ribatté Lars contrariato.
"L'assistente della signora Reinhard. E lei?"
"Suo marito." Le schiaffò sotto il naso la fede nuziale. "Può bastare come invito?"
L'altra lo squadrò brevemente. "Se non si sente a disagio, vestito così..."
"A disagio?" Lars si diede un'occhiata. Aveva ancora indosso i pantaloni grigi del pomeriggio ma sopra – è vero – solo una t-shirt bianca degradata a rango di canottiera. "A disagio? Ma è fuori di zucca? E allora lei, non è a disagio?" replicò indicando il suo piercing. "Vuole che le dia una tiratina?"
"Ci provi, che poi le strizzo io qualcos'altro!"
"Santa Madonna!" Lars la guardò e lei gli fece un cenno verso l'ingresso della sala.
"Le auguro buon divertimento!"
"Ne ho bisogno!" Lars entrò a grandi passi, ma si fermò subito. A pochi metri, lì vicino, vide Bettina a uno dei tavolini da bistrò sistemati nella sala. Chiacchierava animatamente con qualcuno che volgeva le spalle a Lars. Un tizio corpulento, con i capelli brizzolati e un abito marca "lusso". Persino da dietro si vedeva che era un vanesio e Lars puntò dritto su Bettina. Lei lo fissò con un'espressione di stupore stampata in faccia.
"To', chi si vede!" esclamò, e il suo accompagnatore si girò verso Lars.
Il dottor Wilkens! Lars si sentì prossimo all'infarto. Un luminare della medicina! E certo! Come aveva fatto a non pensarci prima! Un chirurgo estetico che fotografa nudi... roba da film dell'orrore!
"Lars, caro, che bella sorpresa!" Bettina gli diede un bacio. "Posso presentarti il promotore e l'artista di questa mostra, il dottor Klaus Wilkens?"
Lars gli fece un cenno con il capo. "Non ce n'è bisogno, ci conosciamo!"
Era la giornata dei Wilkens, pensò. Al pomeriggio il ragazzo, adesso il vecchio... Complimenti! Avrebbe fatto meglio a girare al largo.
"La mostra sarà un grande successo, già si capisce!" disse Bettina con voce decisa. Lars si accorse, dai suoi occhi, che stava montando su tutte le furie.
"La porto un po' in giro io, le spiego le opere!" Klaus Wilkens, agli occhi di Lars, era la quintessenza del barone in camice bianco, che si crede chissà chi, che fa il gradasso

a fianco della moglie ingioiellata e poi di nascosto si scopa le infermiere: insomma, Klaus Wilkens per lui era spazzatura allo stato puro.

"Grazie, molto gentile," articolò a fatica, perché la sua professione gli impediva di essere villano. "Ma non mi interesso a nudi senza volto. Tanto meno nel mutare dei tempi. Volevo solo dare un'occhiata a mia moglie!"

"Capisco." Klaus Wilkens fece un piccolo inchino in direzione di Bettina. "È veramente la regina della mostra!"

Se non te ne vai all'istante, ti lucido la dentiera, pensò Lars. Wilkens capì l'antifona: "Credo sia meglio che mi occupi un po' dei miei ospiti!". Sorrise e si alzò. Lars fu costretto ad ammettere che era veramente un figo. Un bellissimo uomo di mezza età, vanesio fino al parossismo e ricco da far schifo.

"Evidentemente ti sei bevuto il cervello!" gli sibilò Bettina. "Vuoi farmi fare una figura?"

Lars accennò al suo tailleurino striminzito. "La fai già, la tua figura!"

"Allora cerchi proprio rogne!"

"No, ho solo preparato la cena e sono stato lì ad aspettarti!"

"E a bere!"

"Ma va'!"

"Eccome!"

"Solo un goccio di rosso..."

"Ti ammazzerei!" Bettina fece un profondo respiro. "La gente ci sta guardando. Ora, o ti faccio gli onori di casa e tu ti guardi da bravo le foto e stringi la mano a tutti, dottor Wilkens compreso, oppure alzi le chiappe e mi aspetti a casa!"

"Che modi sono di parlarmi?" Lars aggrottò la fronte.

"I modi che ti meriti!"

Lars guardò la sala. Alle pareti, dipinte di nero, stavano in bella mostra grandi foto in bianco e nero, intervallate da busti di marmo. Ovunque, tavolini gremiti di gente, predisposti per il vernissage. E Bettina aveva ragione: già alcuni ospiti li stavano fissando.

"È il mio lavoro, quello di occuparmi della gente," aggiunse lei calcando il tono. "Anche se tu a volte non riesci a capirlo!"

"Pensavo che, visto che sei mia moglie, il tuo lavoro fosse quello di occuparti di me!" replicò lui caparbio.

Bettina schiumava di rabbia e scosse il capo come un toro prima dell'attacco. "Non solo sei ignorante, viziato e delirante, ma presto sarai pure divorziato, se vai avanti così!"

Lars restò un attimo interdetto. "Era evidente!"

"Certo!"

"Allora ti aspetto a casa!"

"Benissimo!"

Anna aveva appena messo piede a casa, quando il telefono squillò. Sul display vide il numero dello studio di Rainer e alzò la cornetta. Rainer le disse che aveva da fare più del previsto, e Anna ne fu quasi contenta, perché così poteva farsi un bel bagno e preparare la cena con calma.

Nel riattaccare, notò la birra cominciata, il bicchiere e un foglietto, ma non se ne curò, desiderosa com'era di andare di sopra a immergersi nella schiuma profumata. Pensava al caso di quel pomeriggio, era stato veramente pazzesco. Allora quella Leuthental si faceva veramente Max, il ladro d'auto. Era una bomba! Anna sogghignò. Fece per entrare nella vasca, ma per un vero relax le mancavano ancora gli ingredienti giusti: un calice di champagne e il telefono. Doveva chiamare immediatamente Patricia, sarebbe rimasta di stucco! Anna corse in cucina e, mentre apriva una bottiglia di champagne e poi se ne versava un bicchiere, il suo sguardo cadde di nuovo sulla birra e sul foglietto. E all'improvviso si rese conto di quello che il suo subconscio aveva già registrato, ma non espresso: Rainer era già passato da casa. Ma non gliene aveva fatto parola. Evidentemente aveva voluto cominciare la serata con un bicchiere di birra, ma qualcuno lo aveva chiamato. Anna esaminò il foglietto. Un indirizzo e-mail. Strano che Rainer avesse a che fare con cose simili, non ci capiva un'acca! Lesse: "casalinghe@online.de" e rimase di sale. Casalinghe? Cosa ci faceva Rainer con delle casalinghe? Forse un'associazione che gli chiedeva qualche consulenza legale? Una specie di Movimento per i diritti delle casalinghe? O addirittura un sindacato? Prese il foglietto, e decise di scrivere una volta o l'altra a quell'indirizzo... Dopo tutto anche lei al momento era una casalinga, magari avrebbe imparato qualcosa.

Anna appoggiò con ogni cautela il telefono e il calice di champagne sul bordo della vasca, ed entrò in acqua. Era veramente una goduria! Si stiracchiò, si rilassò, soffiò sulla schiuma che le incorniciava il viso e si carezzò la pancia.

La vita a volte era davvero splendida! Asciugò una mano, bevve un sorso di champagne e prese il telefono. Per sbaglio pigiò il tasto "repeat". Sul display comparve un numero sconosciuto. Per curiosità lo chiamò. Rispose la segreteria telefonica: Gudrun Engesser non era in casa. Gudrun Engesser? Anna riflettè. Ah, certo, la ex fidanzata di quel picchiatore... Di solito Rainer non dava il numero di casa ai clienti, ma questo di certo era un caso particolare. Magari Karl Lönitz era ricomparso e l'aveva minacciata, e magari era proprio per quella donna che Rainer faceva tardi in ufficio. Che turbinio di cose! Le venne in mente Steffen Schneider. Chissà se l'istanza di Rainer aveva già portato a dei risultati? Gliel'avrebbe chiesto subito, appena fosse tornato. Guai se quella vicenda fosse andata persa nel mare degli atti che di certo nell'ultima settimana si erano accumulati sulla sua scrivania!

Anna fece il numero di Patricia. Che fortuna! Non solo rispose al primo squillo, ma era anche sola in casa e bendisposta a una bella chiacchierata.

"Sei nella vasca, fortunella? Io sono inchiodata al computer!"

"Su Internet?"

"Sì, ma adesso esco, perché non ho trovato quello che cercavo!"

"Non guarderesti un attimo una cosa per me?"

"Certo! Se conosci l'indirizzo..."

"Ho solo un indirizzo e-mail, ma forse c'è anche un sito web. Proveresti con www.casalinghe.de?"

"Di che diavolo si tratta? Suggerimenti per tirar la casa lucida? Per far risplendere la vasca da bagno?"

Anna scoppiò a ridere e sguazzò un po' nell'acqua. "Ma no! È un indirizzo e-mail che Rainer ha lasciato di sotto vicino a una bottiglia di birra cominciata e al telefono, poco prima di infilare la porta a tutta velocità!"

"Non starai mica pensando che ti tradisca! Rainer?" Patricia sghignazzò. "Assurdo!"

"Calma!" Anna assunse un tono offeso. "Non è poi così ripugnante da non poter avere un'amante!"

Patricia tossicchiò e rimase un momento in silenzio. "Negativo. Non trovo niente sotto 'casalinghe'. Mi dà 'casalinghe tutte sesso', ma è un'idiozia... Cosa può voler dire?"

"Vabbè... Era solo un tentativo." Anna bevve con gusto un sorso di champagne e rise. "Bene, e adesso fai attenzione, tieniti forte. Oggi pomeriggio ho incontrato il tuo fratellino... indovina con chi!"

All'inizio Patricia non voleva crederci, ma dopo un po' disse: "In effetti, era evidentissimo. Max era una preda facile per lei, è finito come una mosca nella tela del ragno! Dove altro avrebbe potuto pescare, quella, un ragazzo muscoloso e belloccio, totalmente privo di ambizioni sociali?".

"Ma pensa: due camere d'albergo fianco a fianco... Non è pazzesco?"

"Be', in futuro prendetevi una suite con due letti matrimoniali, così alla lunga risparmiate!"

Anna scoppiò in una fragorosa risata. "Brava! Invece di liberare il fratellino dalle grinfie di quella strega... o, almeno, mostrare un briciolo di indignazione..."

"Mai sentito parlare delle monachelle?" la interruppe Patricia.

"Cos'è? Una setta?"

"Monachella, o mantide religiosa: una locusta di notevoli dimensioni! I suoi arti anteriori sono prensili..."

"Fantastico..."

"...e divora il suo partner dopo l'accoppiamento!"

"Wow!"

"Proprio!!!"

Seguì una breve pausa. Anna bevve un gran sorso di champagne e prese a riflettere.

"Vuoi dire che prima o poi Friederike Leuthental farà fuori Max? E lo dici così, sorella snaturata?"

"Cosa credi che abbia in mente? Di adottarlo?"

Anna stava per rispondere, quando vide che la maniglia della porta si muoveva. Terrorizzata, si azzittì. Poi chiamò: "Rainer?".

"Be', insomma..." sentì replicare Patricia. "Cambiamo argomento. Parliamo un po' ... del tempo!"

"Rainer, sei tu?" chiese di nuovo Anna.

La porta si aprì e Rainer entrò, un bicchiere di birra in mano. Anna tirò un sospiro di sollievo.

"Cosa sta succedendo?" chiese Patricia.

"Be', forse vedo troppi film dell'orrore! Ciao, bellezza, a presto!"

Rainer le diede un bacio e si sedette sul coperchio del water. "Ti tratti bene, a quanto pare!" disse, indicando il calice.

"Già!" ammise Anna. "Peccato però che adesso sia vuoto!"

Mentre Rainer andava a prendere la bottiglia di champagne, Anna si chiese come avrebbe reagito se adesso lui avesse voluto fare sesso. Non ne aveva la minima voglia, nemmeno per testare se gli funzionava ancora. Era sazia e soddisfatta.

Anche Rainer, risalendo con la bottiglia, si stava chiedendo se lei stesse aspettando un'avance. Non era proprio dell'umore. Aveva paura di non essere all'altezza delle sue aspettative. E poi moriva dalla curiosità di vedere cosa gli avrebbe scovato Gudrun: fino a che non avesse passato quella prova, non avrebbe avuto neanche un po' di gusto al sesso normale. Tutto stava, adesso, nel riuscire a evitarlo...

Riempì il calice ad Anna e la osservò. "Sei bellissima, sexy da impazzire..." disse. "Peccato che abbia un mal di testa terribile, se no mi infilerei anch'io nella vasca..."

"Non te la prendere!" si affrettò a dire Anna. "Anch'io morirei dalla voglia, ma sono convinta che l'importante sia che tu guarisca bene!"

Rainer annuì e si sedette di nuovo sul coperchio del water.

Anna lo osservò. Non era veramente il tipo di maschio che facesse venir voglia di divorarlo dopo il sesso. Non aveva niente di animalesco. Era un bravo marito, fedele: tutto qui. Aprì il rubinetto dell'acqua calda.

"Ci sono novità riguardo a Steffen Schneider?" gli chiese.

"Domani tornerò a occuparmi del caso!"

"Forse sarebbe il caso di fargli di nuovo visita, sarà lì solo soletto!"

"Giusto, Florence!"

"Florence?"

"Nightingale..."

"Bella battuta!" Lo spruzzò con un po' d'acqua.

"Patricia sarà andata di certo a trovarlo!"

"Perché Patricia?"

"Per il senso di colpa. Se non verso suo marito, almeno verso Steffen, dal momento che, pur potendo, non testimonia per scagionarlo!"

Anna decise di non addentrarsi in discussioni: era un terreno troppo scivoloso.

"Mmm..." fece, tanto per dire qualcosa. "E quella Gudrun Engesser? Che ne è di lei?"

"Engesser?" ripeté Rainer titubante.

"Sì, quella che è stata picchiata insieme a te e che..." Si interruppe. Stava per dire: e che hai appena chiamato. Oppure: e che hai appena visto. Ma per un oscuro presentimento non lo disse.

"Ah, quella!" Rainer bevve un sorso dal suo calice e poi lo rigirò indeciso tra le mani.

Anna lo guardò Aveva effettivamente qualcosa da nascondere? Rainer?!?

"A quanto pare si è ripresa dalle botte meglio di quanto non abbia fatto io. Ma il colpevole, Karl Lönitz, ancora non è stato preso!"

Anna si rilassò di nuovo. Erano tutte fantasie sue!

"Sparito nel nulla, quella canaglia?"

"Già!" rispose Rainer. "Volatilizzato!"

Max era tornato a casa e stava ripensando agli avvenimenti del pomeriggio. A dir la verità, non capiva più come andava il mondo, perché tutto quello che credeva di aver imparato sulle donne, con Friederike non valeva più. Evidentemente lei aveva le idee ben chiare riguardo al sesso, e partiva dal presupposto che lui accettasse in pieno le sue regole. L'incontro al Ramses era stato esemplare. All'inizio non avevano neanche toccato il letto, perché lei aveva preferito la doccia, e solo in un secondo tempo si erano stesi per riposarsi un po', anche se lei non aveva resistito a lungo. E per tutto il tempo aveva dato per scontato che anche per lui quello fosse il massimo.

Non era neanche tipo da lasciarsi sconvolgere troppo: l'aveva visto quando erano incappati in Anna e Lars. Si sarebbe aspettato che la cosa la indisponesse, o addirittura la urtasse, ma lei pareva solo divertita. "Lo vedi, no?" aveva detto, una volta in macchina. "Niente è davvero come appare... O tu sapevi già di quei due?"

"Neanche per sogno!" aveva replicato lui, aggiungendo subito: "Adesso ricattarli sarebbe un gioco da ragazzi!".

"Per un ricatto quel Lars mi pare un po' grande e grosso!" Gli aveva lanciato un'occhiata di sbieco. "Se proprio ci tieni, al tuo posto io mi cercherei un avversario più deboluccio. Più piccolo, più grasso, più pacioccone, più vecchio e, soprattutto, immensamente ricco!"

"Stai alludendo a tuo marito?"

Lei era scoppiata a ridere. "Sarebbe al settimo cielo se potesse metterti le mani addosso!"

"È per questo che hai scelto proprio me?"

Erano fermi a un semaforo. Friederike non aveva battuto ciglio, ma nemmeno aveva distolto lo sguardo dal rosso. "Non capisco cosa intendi."

"Davvero?"

"È assurdo," aveva concluso lei, ripartendo al verde. "Toglitelo dalla zucca! Ho scelto te solo e soltanto perché mi sei piaciuto, lì a occhieggiare da dietro la tenda!"

"Un'altra donna avrebbe avuto paura!"

"*Io* non sono un"altra donna'!"

Max si era azzittito, perché Friederike, appena prima di un cantiere, stava superando un'altra macchina e la corsia si era fatta pericolosamente stretta. Aveva pigiato l'acceleratore a tavoletta, rientrando di colpo, come se niente fosse.

"Lo vedo!" aveva detto Max, sbuffando.

Neanche martedì Anna riuscì a liberarsi dal pensiero che sarebbe stato giusto occuparsi un po' di Steffen. Per questo chiamò Patricia di buon mattino e trovò in lei un consenso entusiastico.

"È un'idea grandiosa! Pensa che è venuta anche a me, e ho già telefonato a Max. Mi ha descritto anche lui il vostro incontro nel corridoio del Ramses, e ho colto l'occasione per raccontargli a mia volta della vostra iniziativa telefonica nella camera 416, il giorno in cui è morto Harald Eichmann."

"L'hai detto a Max? Sei pazza? Tuo fratello approfitta di tutto quello che gli capita a tiro... Chissà cosa è capace di cavarne, da una dritta del genere!"

"Non più di Steffen, che ne è già al corrente. Max gli ha scritto una lettera, e noi gliela porteremo!"

"Non so... La voce sta girando troppo, per i miei gusti. È solo questione di tempo, e poi arriverà anche alle orecchie di Rainer..."

"Storie! Per lui faccio io da capro espiatorio, mica tu!"

"Speriamo che tu abbia ragione!" Anna sospirò. "E quando pensavi di andare? Oggi pomeriggio?"

Patricia guardò nell'agenda e confermò. "Potresti chiedere a tuo marito se siamo autorizzate a riferire qualche novità a Steffen Schneider? Magari..."

"È stato dato corso all'istanza, intendi dire?"

"Come parli burocratico! Intendevo dire: magari ci sono novità sull'ora del decesso o sullo sperma!"

"Agli ordini, signora psicologa, chiederò!"

Patricia rise. "Ah, dimenticavo: visto che fornicate sempre in quell'albergo, hai cominciato a indagare un po'? Chi si aggirava quel giorno, all'ora x, nel corridoio davanti alla stanza numero 516?"

Anna, il telefono incastrato tra spalla e orecchio, trafficava con la macchina del caffè per farsi una tazza di cappuccino schiumoso.

"A dir la verità... pensavo di aspettare i risultati dell'istanza... magari le cose si chiariscono..."

"Per quanto riguarda Steffen, magari sì, ma l'assassino non lo becchi mica!"

Il latte usciva schiumoso, l'ugello metallico sibilava.

"Dove diavolo sei?" le chiese Patricia. "Si sentono dei rumori minacciosi!"

"In effetti, è una macchina diabolica! Stavo cercando di farmi un cappuccino!"

"Ah!" Ci fu una breve pausa. "Non sei più tanto dell'idea di giocare alla piccola investigatrice, vero?"

Anna rifletté un attimo. "A me in realtà preme Steffen. Sono più che certa che non c'entra. Quanto al resto, ho pensato che farei bene a darmi al giornalismo. È un mestiere vicino a quello di detective... Guarda ad esempio lo scandalo delle tangenti in cui è stato coinvolto Kohl..."

"Allora dovrai andare a ficcare il naso dappertutto..."

"Pensavo più che altro allo 'Spiegel' o a 'Die Zeit'!"

"Immagino che tu miri alla carica di caporedattore..."

"Certamente!"

"Benissimo: anche loro ogni tanto hanno bisogno dello psicologo, per cui non ci perderemo di vista, no?"

Anna rise. "Innanzitutto, ti saprò dire riguardo a Steffen!"

Non fece in tempo a riattaccare, che il telefono squillò.

Rainer esordì lagnandosi della sua telefonite acuta e dei costi che comportava, poi la informò che il giudice per le indagini preliminari non aveva visto alcun motivo per dar corso all'istanza. In poche parole: l'istanza era stata respinta.

"Non è possibile!" Anna era veramente scossa. "Come può agire così?"

"Può!"

"E adesso?"

"Dobbiamo aspettare il processo!"

"Ma andrà per le lunghe..."

"È probabile!"

I capelli di Steffen Schneider erano cresciuti parecchio: ormai solo le punte erano biondo platino. Nel parlatorio del carcere giudiziario sedeva dirimpetto ad Anna e Patricia, le braccia conserte, le gambe accavallate. Sembrava ancora più magro, la pelle del viso tirata sugli zigomi e sul mento, il che accentuava i suoi tratti asiatici. Aveva un fare estremamente scontroso, sia per l'atteggiamento, sia per il fatto che non si sognava neanche di aprire la bocca.

Anna gli aveva appena spiegato quello che le aveva comunicato Rainer, avvertendolo che Rainer stesso sarebbe venuto il giorno dopo per discutere con lui della situazione. I muscoli facciali di Steffen erano visibilmente al lavoro, eppure la bocca restava ermeticamente chiusa. Solo quando Patricia gli diede la lettera di Max, l'espressione cupa del suo viso si rischiarò un po'. La lesse e la restituì a Patricia senza una parola.

"È sua!" replicò Patricia. Steffen Schneider scosse il capo, alzò una mano: non era chiaro se in un gesto di rifiuto o di saluto, e si avviò verso la porta.

Anche Anna e Patricia si alzarono.

"Stia a sentire," attaccò Anna, nel tentativo di scuoterlo. "Noi stiamo dalla sua parte!"

Steffen si girò. "Lei potrebbe cambiare tutto con una semplice deposizione, ma è troppo vigliacca. Per lei conta più l'apparenza della sostanza. Grazie!" E uscì.

Anna guardò Patricia. "Effettivamente ha ragione! E la rivelazione che hai fatto a Rainer, secondo cui saresti tu la testimone, non è servita a granché, a meno che Frank non sostenga di aver preso una camera al Ramses con te. Ma nel registro dell'albergo figura il mio nome, e poi dovresti dire a Frank di me e Lars... girala come vuoi, non se ne cava niente di buono!"

"A meno che tu..." Patricia lasciò la frase in sospeso.

"E Rainer? E Lars? E Bettina?" Anna si stava scaldando. "Non mi va proprio di mandare a monte il mio matrimonio per una storia del genere!"

"Be', è proprio quello che ti rimprovera Steffen!"

Anna sospirò. "E tu cosa faresti al mio posto? Magari al processo lo assolvono, e allora avrei rovinato la mia vita per niente!"

Patricia si strinse nelle spalle. "Quindi, non resta che aspettare!"

"Hai una proposta migliore?"

Per Rainer aveva già il sapore di un'avventura, dopo l'orario d'ufficio, sedersi al computer, in studio, e manovrare la tastiera per accedere, digitata la password "Pippolo", alla sua posta elettronica. Alla voce "posta in arrivo" in effetti c'era qualcosa, e quando vide che il mittente era "casalinghe@online.de", l'adrenalina gli schizzò alle stelle. Rainer fu costretto a fare più volte il giro della stanza prima di recuperare un po' di autocontrollo. Bene, si disse, rimettendosi seduto davanti allo schermo, e adesso cosa devo fare? Tentò di ricordarsi tutto quello che Gudrun gli aveva insegnato il giorno prima. Visto lo stato dei suoi nervi, non gli riuscì facile. Un passo per volta, si ordinò a bassa voce: prima si clicca su "posta in arrivo", poi su "apri" e per ultimo sull'allegato.

Rainer rimase di sale: funzionava davvero! Quindi si concentrò su quello che era apparso sullo schermo:

> Benvenuto!
> Congratulazioni per la Sua decisione di procurarsi tramite la nostra organizzazione ciò di cui ha bisogno: donne capaci di godere e di farla godere.
> Ci metta pure alla prova per tutto il tempo che crederà, e solo quando sarà certo del fatto suo scelga di diventare socio. Se lo desidera, potrà dichiarare come beneficenza il suo contributo associativo. In qualità di socio lei non solo avrà delle facilitazioni, ma riceverà anche regolarmente a casa sua, via e-mail, "Casalinghe-news".
> Per lei, Pippolo, abbiamo scelto tre ragazze rispondenti ai suoi gusti: può ammirarle nell'allegato. Buon divertimento! Nel caso che nessuna risponda alle sue esigenze, ce lo faccia sapere, e noi provvederemo quanto prima!
> Le auguriamo di passare ore indimenticabili!
> Il suo team di casalinghe.

Rainer si appoggiò allo schienale. Era un gran bel leggere! Non che Gudrun gli fosse mai parsa una repressa, ma da quando aveva saputo che c'era di mezzo un protettore, la cosa gli lasciava un retrogusto sgradevole. Per un tipaccio del genere, i suoi soldi erano buttati. Invece qui era tutta un'altra musica, e poi la possibilità di detrarre dalle tasse il contributo associativo come fosse beneficenza, era veramente geniale. Gli piaceva.

Cliccò su "allegato" e poi "apri". C'era da stare con il fiato sospeso, come in Borsa.

Una foto si compose davanti ai suoi occhi. Capelli corti, scarmigliati, sorriso sfacciato dritto nell'obiettivo: la ragazza gli ricordava vagamente le leggendarie amazzoni, solo che a lei non mancava per niente il seno destro. Si vedeva bene: aveva a tracolla una bretella nera di cuoio, dalla spalla all'anca. Più giù lo schermo non lasciava vedere. Rainer aprì un altro allegato: questa era un tipo molto simile a Lizzy. Capigliatura folta, scura, cuoio fino al mento, occhi verdi con uno sguardo che andava dritto ai visceri. La terza foto mostrava una bionda pettoruta con tatuaggi guerrieri e una testa di riccioli selvaggi, ma era troppo manierata, artificiosa. La mora era quella giusta, lo sentiva. Tornò indietro per rivederla, e scoprì che era possibile anche muovere l'immagine. Meraviglie della tecnologia! Poteva vedere le gambe di quella signora! Era esattamente il suo tipo, dalla testa ai piedi. Tutto contento cliccò su "rispondi" e scrisse: "Sì, Annette è ok! Procuratemi il contatto. Pippolo".

Anna ce l'aveva con se stessa e con il mondo intero. Doveva mettersi dalla parte della verità e confessare a Rainer come erano andate le cose? Ma anche se lo avesse fatto, a cosa sarebbe servito? Di certo lui non avrebbe tollerato che lei rendesse una pubblica deposizione sulle loro storie private, perché dopo tutto non era solo suo marito, bensì anche l'avvocato di Steffen. Era in cucina, intenta a preparare un piatto di affettati e formaggi. Non aveva una gran fame, l'incontro del pomeriggio le aveva annodato lo stomaco. Le costava fatica anche il minimo gesto. La cosa che avrebbe preferito fare sarebbe stata buttarsi sul letto e tirarsi la coperta fin sugli occhi, invece si fece forza, mise in forno qualche panino surgelato e prese dal cassetto delle verdure, in frigo, un mazzetto di ravanelli. Appoggiò il tutto sul tavolo, aprì una bottiglia di birra e si sedette. Era strano. Quando, in azienda, l'avevano licenziata aveva avuto la sensazione che il mondo le crollasse addosso. Lei! Licenziata! Disoccupata! Era la quintessenza del disastro! In qualche modo, però, era venuta a patti con le circostanze, con Rainer, con la sua esistenza... aveva continuato a sognare, dimenticando le paure. E adesso, che tutto andava liscio e regnava una perfetta armonia, si sentiva misera come non mai. Era una questione etica, che non riguardava però la sua infedeltà coniugale, bensì il suo passare sotto silenzio la verità. Si sentiva da cani. Speriamo che Rainer arrivi presto!, pensò. Così l'avrebbe costretta a pensare ad altro. Avrebbe anche potuto raccontare a Lars cosa era successo quel pomeriggio. Ma sapeva già la sua risposta: "Cosa ce ne frega, a noi?" e: "Vedrai che le cose si aggiusteranno". Non era di questo che aveva bisogno.

Quello di cui aveva bisogno era uno che la stesse ad ascoltare, non uno sputasentenze, specie poi se le sentenze erano inservibili. Era seduta al tavolo, la testa tra le mani, e rifletteva. Come avrebbe potuto aiutare Steffen, senza tradirsi? Capì che stava per squillare il cellulare, prima ancora che suonasse, per i rumori di disturbo nella radiolina della cucina. Guardò il display, era Lars.

"Allora?" disse.

"Max ti ha già ricattato?" chiese Lars.

Anna impiegò qualche secondo per reagire. "Cosa? E perché?" Poi le tornò in mente quello che era successo il giorno prima al Ramses. Se l'era già scordato. "No! Perché te sì?"

"Ma va', dicevo per ridere! È Bettina, invece, che non mi fa ridere affatto. Si atteggia a civetta come non ha mai fatto in vita sua, e io ho il mezzo sospetto che sia invischiata con quel mostro orrendo del dottor Wilkens. Gli ha organizzato una mostra fotografica, e adesso si strugge tutta dal grande onore! Non volevi aprire un'agenzia investigativa? Ecco, ho il primo incarico per te!"

Anna rifletté un attimo su quanto aveva sentito, poi scoppiò a ridere. "Non starai mica parlando sul serio, spero! La tua amante dovrebbe spiare tua moglie per scoprire se ha un amante?"

"Non ci trovo niente di spiritoso!"

"Io sì, e spiritosissimo!"

"Ah, interessante!" disse una voce dalla porta. Anna trasalì. Nell'ingresso c'era Rainer, la testa inclinata di lato. Anna si sentì sbiancare. Cosa aveva appena finito di dire? Era così chiaro? Imbarazzante?

"Oh, Rainer!" si affrettò a dire. "Non ti ho sentito arrivare. Sono al telefono con Lars, sta organizzando un incontro nel solito locale per il prossimo venerdì, te lo passo!" Si alzò, baciò Rainer sulla bocca e gli mise in mano il cellulare.

Rainer le lanciò un'occhiata.

"Chi sarebbe la tua amante?" chiese al telefono.

Santo cielo!, pensò Anna, togliendo in fretta e furia i panini dal forno. Tanto erano già mezzi carbonizzati.

Speriamo che a Lars venga in mente al volo una scusa plausibile!, pensò, sistemando i panini nel cestino e mettendo un'altra bottiglia di birra sul tavolo. Poi si sedette di nuovo. Rainer era sempre lì che ascoltava. Era un buono o un cattivo segno? Almeno Lars aveva parecchio da dire, a quanto pareva.

Rainer si sedette a sua volta, con il cellulare incollato all'orecchio. Anna lo interpretò come un segno di distensione e gli versò un po' di birra.

Un attimo dopo Rainer scoppiò a ridere, e quando alla fine chiese ad Anna se voleva parlare ancora con Lars, era evidente che Lars aveva salvato la situazione. Anna scosse il capo, curiosa di sapere cosa avrebbe detto Rainer.

Rainer concluse la telefonata e guardò Anna. "Mi era parso di sentire che Lars avesse un'amante, e Bettina pure. Una come Bettina, sarebbe un'idea assurda!" Scosse il capo e rise. "Ma come spunto per un racconto breve, non è male... Soltanto non capisco perché hai chiesto consiglio a Lars e non a me. Come se io non avessi in serbo delle storie!" Rainer alzò le sopracciglia. "Comunque sia, immagino, a un premio di narrativa del genere parteciperanno in migliaia. Ne vale la pena?"

"Da qualche parte bisognerà ben cominciare," rispose Anna alzandosi per prendere il macinino del pepe. Aveva paura di arrossire di nuovo.

"Di venerdì però non ha fatto parola..." aggiunse Rainer alle sue spalle.

"Se ne sarà dimenticato!"

"Quel ragazzo è veramente una sagoma!"

Per la prima volta in vita sua Friederike pensava alla separazione. Era in soggiorno, mercoledì pomeriggio, si era fatta un tè e rifletteva su come avrebbe voluto organizzare il suo futuro. Non che fosse seriamente innamorata di Max e sognasse una vera relazione con lui: era troppo realista per crederci. Con lui si divertiva soltanto: era ben fatto, giovane. Un giocattolo esclusivo. Allo stesso tempo, grazie a lui capiva come avrebbe potuto essere eccitante la sua vita, finalmente vedeva quante cose aveva perso, nel suo sonno di bella addormentata nel bosco. Aveva passato i quaranta e all'improvviso le sembrava che non esistessero più motivi per resistere altri venti o trent'anni al fianco di un uomo che non amava più e che molto probabilmente a sua volta non l'amava. Una buona sistemazione, una comunione di beni, ma nessuna complicità, niente sesso, niente gioia. Friederike si alzò, andò in cucina a prendere il rum. Lo faceva di rado, ma adesso aveva bisogno di qualcosa di forte. Ripensò all'incontro al Ramses. Proprio la moglie di quell'avvocato malmenato doveva andare a incontrare! In realtà, non poteva essere un caso!

Chiamò con decisione repentina Max e si fece dare cognome e numero di telefono di Rainer. Max ne fu molto stupito, ma non chiese niente. Disse invece: "Mi mancano i tuoi occhi da gatta".

Friederike sorrise. Max chiamava così i suoi seni, da quando, all'albergo Zur Moorleiche, si era accorto che aveva i capezzoli strabici. "Un ricordino di tuo padre, per così dire, adatto a questo ambiente sinistro..." aveva scherzato Friederike, spiegandogli, mentre tornavano a casa, dell'inimicizia mortale tra suo padre e suo marito. "Be', potremmo vederci domani," propose. "O hai altri programmi?"

Continuò a sorridere, mentre sentiva come lui si desse da fare per fingere di doverci riflettere.

"Dovrebbe andare," disse Max alla fine, e subito dopo, in un tono gioioso da ragazzo: "Per te manderei al diavolo qualsiasi appuntamento!".

"Ti faccio sapere," replicò lei, riattaccò e stava per chiamare lo studio di Rainer, quando arrivò una telefonata. Era di nuovo Max.

"Lo sai, vero, che Rainer Leicht è l'avvocato del mio amico Steffen?" le chiese senza fiato. "Il tizio che è in galera per via di quella storia al Ramses?"

Friederike rifletté un attimo: "No, non me l'avevi mai detto!".

"Finora non era importante... ma se vuoi chiamare Rainer..." Si interruppe. "Posso chiederti cosa vuoi da lui?"

"Un appuntamento. Vorrei, pro forma, saperne di più sulla separazione..."

"Oh, merda!" scappò detto a Max.

"Merda... E perché?" chiese Friederike.

"Perché proprio Rainer?"

"Perché se vado da qualsiasi altro avvocato ad Amburgo mio marito verrà a saperlo subito... Lobby maschilista, per così dire!"

"Mmm... capisco." Max rifletté un attimo. "Rainer contro tuo marito, il procuratore di stato... scusami, ma è una follia! Lo distruggerà!"

"Chi distruggerà chi?"

"Tuo marito Rainer. Rainer è una mammola, già mi fa pena!"

"Una mammola e fa l'avvocato? È mai possibile? E uno così dovrebbe difendere un presunto omicida? Come è successo?"

"È quello che ci chiediamo anche noi. Una difesa d'ufficio, che tra l'altro è in pieno stallo, come mi ha detto ieri mia sorella. Tutte le istanze di supplemento d'indagine respinte, e poi la testimonianza di Anna che non può essere resa!"

"È plausibile che io non ci capisca più niente?"

"Più che plausibile. Adesso ti spiego! Mettiti seduta!"

Rainer rimase di stucco, quando la moglie del procuratore di stato in persona lo chiamò per chiedergli un appuntamento. "Potrebbe anticiparmi di cosa si tratta?" le chiese, sentendosi stranamente indiscreto.

"Di una separazione!"

Poco ci mancò che a Rainer cascasse di mano il telefono. "Una separazione?" ripeté come un pappagallo, sforzandosi di assumere un tono professionale.

"Una consulenza informale, un incontro orientativo, niente di più... Niente di decisivo!" Si interruppe. "Per ora!" aggiunse poi.

"È urgente?" chiese Rainer, per poter dare subito un'indicazione alla signora Schenk.

"Be', entro l'anno!"

Rainer non riuscì a capire se il tono fosse cinico o faceto. Quando riattaccò, aveva fissato un appuntamento per venerdì alla signora Leuthental. Tutto quello che sapeva al momento era che si trattava della proprietaria dell'auto rubata da Max Wilkens. E di certo sulla testa di Max pendeva ancora una denuncia. Così come era certo che sua moglie, Anna, sapesse dove si nascondeva Max. Doveva proprio venir coinvolto, lui e il suo studio, in una storia che non gli piaceva per niente?

Quello che gli piaceva, invece, lo stava aspettando, chiuso nel suo computer, ma Rainer non osava controllare la posta elettronica prima della fine dell'orario di ufficio. La signora Schenk era troppo furba, compariva sempre quando meno ce lo si aspettava. L'entrée di Gudrun Engesser era già stato un numero forte, ma una domina sullo schermo l'avrebbe definitivamente sconvolta.

Arrivò a sera controllando degli atti che avrebbe già dovuto visionare da tempo, ma che, annoiandolo a morte, venivano sempre messi da parte.

Quando finalmente tutti i suoi collaboratori furono usciti, saltò su, aprì il frigo, scovò una bottiglia di prosecco, la stappò, si versò un bicchiere e tornò di filato al computer.

Finalmente!

Nella sua casella elettronica c'era effettivamente posta: un messaggio per lui. Rainer sorrise: magnifico! Un'avventura nella routine dell'ufficio, chi l'avrebbe mai detto? La sua favorita, Annette, gli aveva scritto di persona. Senza più intermediari, senza più ostacoli... così andavano le cose, quindi. Incredibile! Gli comunicava di essere molto felice della sua preferenza e gli proponeva un appuntamento di prova. Per entrambi. Se per qualche motivo non si fossero piaciuti, non ci sarebbe stato alcun problema. Bastava parlare e tutto finiva lì. Il prezzo dell'appuntamento di prova ammontava a trecento marchi, gli incontri successivi sarebbero partiti da cinquecento. Perché non conoscersi subito? Seguiva il numero di cellulare.

Rainer rifletté: le condizioni gli parvero eque. Prese il telefono e fece il numero.

Annette rispose subito. Aveva una voce gradevole e propose di incontrarsi quanto prima. "Perché rimandare? Stiamo entrambi morendo dalla curiosità..." disse, e Rainer deglutì. Quella formulazione già lo eccitava.

"D'accordo," rispose e annotò l'indirizzo.

Tra un'ora, incalzò lei.

Rainer acconsentì e si appoggiò allo schienale della poltrona. Bella, la vita! Aveva incassato qualche brutto colpo da un essere immondo, era vero, ma per il resto tutto andava alla perfezione. Aveva Anna e adesso, probabilmente, anche Annette... Tutti i suoi capricci e i suoi desideri erano appagati. Vuotò il bicchiere con calma e decise di andare a quell'appuntamento rilassato e tranquillo.

Anna si stupì della telefonata di Rainer. Stava esagerando con quegli appuntamenti serali. Non era nel suo stile. Una volta ci teneva moltissimo a tenersi libero la sera per stare con lei. Il suo motto era: nessun appuntamento può essere tanto importante da farmi rinunciare a una serata con te. E adesso, a quanto pareva, ne aveva di impegni più importanti! Più importanti di lei, Anna! Così non andava... Chiamò Patricia per sfogarsi, ma anche Patricia aveva voglia di sfogarsi, perché Frank negli ultimi tempi si fiondava da un corso di aggiornamento all'altro, e non passava nemmeno una sera a casa, durante la settimana.

"In casa nostra..." sbottò Patricia, esasperata "sembra che tutto sia in sospeso! La cucina ancora non è pronta, gli scatoloni dappertutto... L'unica cosa finita è il letto. La dice lunga! Devo andare in analisi quanto prima da me stessa, altrimenti do i numeri! Altro che felicità dei primi anni di matrimonio! Mi sento come se fossi fresca di separazione!"

"Ah! Allora casco bene! Due uomini sulla cattiva strada!"

"Tre!" la corresse Patricia.

"Tre?"

"Anche Lars, no?"

"Be', si spera che la sua strada sia diversa!"

"Anzi, quattro!"

"Quattro?"

"Anche Max si è messo su uno strano binario!"

Anna sospirò. "Esisterà ancora qualcosa che assomigli a una relazione normale?"

"Ecco che riattacchi! Cosa vuol dire, normale? Ogni sera guardare la tv, mano nella mano?"

"Be', però essere innamorate perse dell'uomo con cui si sta, in un rapporto duraturo, sarebbe divino!"

"Io lo sono, innamorata persa, ma lui non c'è quasi mai! Non mi sembra tanto divino!"

"Io invece non lo sono! E lui c'è quasi sempre!"

Scoppiarono entrambe a ridere. Poi Anna chiese: "E che si fa adesso, a sera già inoltrata?".

Lanciò un paio di proposte, ma Patricia all'improvviso esclamò: "Ferma là! Ho l'idea giusta!".

"Vale a dire?" chiese Anna incuriosita.

"L'unica cosa che funziona, da noi, è il collegamento con Internet. Ti va di venire qui? Facciamo un giro in rete a vedere le novità! Oppure indaghiamo un po' meglio su quella storia delle casalinghe a cui accennavi tu. Dopo tutto sei una vera hacker! E io preparo uno spuntino a base di spumante."

Anna era entusiasta all'idea di navigare insieme in rete nel caos totale della casa di Patricia. In effetti, grazie al suo lavoro di un tempo, era una vera esperta, anche se, dopo il licenziamento, non sentiva più il bisogno di comunicazione virtuale.

Mezz'ora dopo, una bottiglia di spumante in mano, suonava alla porta di Patricia. Che l'accolse raggiante. "Direi che abbiamo avuto un'idea coi fiocchi!" disse, prendendole la bottiglia di mano.

"Anch'io!" Anna la seguì, per fermarsi poi subito in mezzo alla stanza. "Ma possiamo anche lasciar perdere il computer e metterci a spostare mobili, montare librerie e srotolare tappeti, se vuoi!"

Patricia alzò le spalle. "È proprio quello che vuole Frank.

Spera che prima o poi capiti qui un imbecille e faccia tutto al posto suo. Se lo può scordare! Quell'uomo va addomesticato, altrimenti non impara più!"

"È la volta buona!" Anna andò in cucina. Vide un tavolo da giardino e alcuni bizzarri assemblaggi, ma di una credenza come si deve neanche l'ombra, per non parlare poi della cucina vera e propria. "I bicchieri, dove sono?"

"Nella lavastoviglie. Se hai fortuna, sono puliti, altrimenti dobbiamo dargli una sciacquatina!"

"Che ne diresti di addomesticare prima di tutto te stessa?"

"Adesso non fare la sfacciata! Il computer è in camera da letto, gli stuzzichini li ho già portati di là!"

La camera da letto era perfetta. Nella stanza, ampia e luminosa, campeggiava un grande letto con la testiera foderata di stoffa e un armadio con le ante coperte da specchi fumé, che occupava un'intera parete. A mo' di ornamento c'erano delle lampade molto particolari, che sembravano stalattiti di ghiaccio multicolori. In ogni angolo fonti di luce nascoste, e per finire una moderna console con tv, stereo e computer.

"Al vostro posto io starei sempre in questa stanza!"

"Perché, cosa credi che facciamo?"

Patricia avvicinò due poltroncine di vimini al computer e lo accese.

"È ancora tutto provvisorio!" precisò.

"Ah!" rispose Anna.

Patricia sorrise. "Prego, comincia pure!" Avvicinò un tavolino su cui effettivamente stava un vassoio con delle tartine, e stappò la bottiglia di Anna.

"L'hai tenuta sul tetto, venendo qui? È ghiacciata!"

Anna le lanciò un'occhiata di sbieco, mentre si collegava con Internet.

"Temevo che non avessi il frigo!"

"Frigo, lavatrice, lavastoviglie sono ormai indispensabili! Come un uomo e l'aspirapolvere!"

Anna si scelse una tartina prima di chiedere: "Cosa dice un uomo immerso nell'acqua fino alla cintola?".

"Non ne ho la minima idea: dimmi!"

"È al di sopra del mio comprendonio!"

Annette abitava in uno di quei complessi residenziali moderni, non più tirati su con la squadra, bensì movimentati e costruiti con materiali e colori diversi. Gli edifici non superavano i quattro piani. L'insieme era ingentilito da piccoli giardini ricchi di siepi e arbusti, dove già spuntavano i primi fiori primaverili. Ovunque cartelli del tipo: "Si prega di gettare gli escrementi dei cani nei bidoni dell'immondizia", o: "Vietato calpestare le aiuole". L'ordine regnava sovrano, e neanche i più italiani tra gli architetti tedeschi avevano potuto cambiare le regole.

Rainer impiegò parecchio tempo per trovare la porta di Annette. Abitava in uno dei caseggiati più interni, disposti di traverso, che non guardavano sui piccoli appezzamenti di verde, bensì sulla strada di accesso a quattro corsie, che correva a una certa distanza.

Rainer osservò le cinque targhette con i nomi, trovò quello di Annette e suonò. Il portone si aprì immediatamente, e quando Rainer entrò nell'ingresso pavimentato di marmo chiaro, la porta davanti a lui si spalancò. Il cuore di Rainer batteva a mille, il sangue gli rombava nelle orecchie.

Annette si fece avanti. Era veramente bellissima. Gli occhi verdi, i capelli corvini e il fisico erano mille volte più esplosivi di quanto non sembrasse sulla foto nel computer. "Ciao Rainer!" disse con una voce roca che sapeva di whisky e di frustino.

Rainer avanzò verso di lei come ipnotizzato. "Buonasera, Annette!"

Lei lo trapassò con un'occhiata gelida, chiuse la porta alle sue spalle e lo precedette giù per una scala che portava in cantina. Una volta dabbasso, girò la chiave nella serratura di una pesante porta di ferro nera, e per giunta tirò un robusto chiavistello. "La tua vita è nelle mie mani!" sussurrò, e Rainer si sentì invadere da una piacevole vampata di calore. La porta, aprendosi, gli lasciò intravedere un andito buio con catene, lettino di contenzione, gabbie e una vergine di Norimberga. Le pareti, in pietra viva, erano costellate di fiaccole, che spandevano intorno una luce tremolante. Rainer provò piacere e paura e si girò verso Annette, che ora si era messa sugli occhi una mascherina nera di cuoio e gli porgeva un panno nero ripiegato. "Bendati!" disse perentoria, e poi: "Inginocchiati!". Rainer ubbidì tremante e presagì che quel giorno avrebbe toccato l'acme della sua esistenza.

Anna si era incaponita. Come sempre, quando girava intorno a un problema, avrebbe preferito morire piuttosto che lasciarlo irrisolto. "In un modo o nell'altro ce la farò a scoprire 'ste maledette casalinghe!" aveva detto, più per una questione di orgoglio che per vero interesse.

Patricia stava seduta accanto a lei, senza più riuscire a seguire tutti i passaggi della ricerca. Di tanto in tanto diceva: "Un po' di spumante?", o: "Vuoi qualcos'altro da mangiare?", ma non otteneva quasi risposta.

"Piuttosto noioso, come party!" sbottò a un certo punto, ma in quel momento sentì che Anna, inspirata una gran boccata d'aria, tratteneva il fiato.

"Wow!" esclamò, espirando piano. "Sono entrata nel loro sistema! Non ci speravo più!" Guardò Patricia come se avesse appena vinto il premio Nobel, e si abbandonò contro lo schienale della poltroncina, alzando le braccia. "Ce l'ho fatta, evviva!"

"Fantastico!" Patricia allungò il collo, un po' meno entusiasta. "E cosa abbiamo scoperto? Un'associazione di casalinghe per la promozione della cera da pavimenti o dei seni al silicone?"

"Non essere tanto cinica, bellezza, solo perché non nutri ambizioni da casalinga, anzi, non mostri la seppur minima inclinazione!"

"Senti chi parla!"

Anna non rispose.

"Tutto 'sto polverone intorno alle casalinghe è solo una copertura, ragazza mia! Al momento non saprei dirti se qui è all'opera un'investigatrice o una giornalista!"

"O magari una moglie. E una casalinga!"

"Sei veramente al di sotto di..." attaccò Anna, ma Patricia avvicinò la sua poltroncina.

"Fa' un po' vedere. Parrebbe interessante!"

Anna le mostrò una lista infinita di nomi, indirizzi, coordinate bancarie, preferenze.

"Cosa diavolo è?!" Patricia cliccò su una delle opzioni. "Guarda guarda. Cosa vedo? Preferenze: tipi esili, efebici, capelli corti, pelle chiara, pochi peli..." Patricia fissò Anna. "Che follia è mai questa? Dove sei capitata?"

Anna prese il bicchiere. "Direi che qui le casalinghe c'entrano ben poco, no?"

Fece scorrere i nomi più lentamente, bevve un sorso di spumante ma quasi lo sputò con un "Oh!" strozzato. Attaccò a tossire furiosamente, mentre Patricia le batteva con foga sulla schiena.

"Guarda qui!" Agitatissima indicò lo schermo. "Dio mio, questo sì che è materiale scottante!"

Sul monitor c'era scritto: *Siegmund Leuthental, procuratore di stato, cinquantacinque anni, uno dei primi soci (trattamento privilegiato) e uno dei migliori clienti. Categoria di lusso! Preferenze: piuttosto rotondette, con molto seno, genere bionda ingenua e adorante, mai tipi decisi e sicuri. Nei preliminari gli piace fare il cazzone, ma ce l'ha piccolo. Ha un debole per la fellatio. Crew prediletto: Luise, Gerlinde, Sabine.*

Anna era sbiancata, mentre Patricia si dimenava sulla poltroncina, agitatissima. "È una roba da uscire pazzi! Cosa diavolo sarà?!"

Anna aggrottò la fronte. "Parrebbe una faccenda pericolosa!"

"Eccome... e comunque..." Patricia puntò il dito sullo schermo, "guarda un po', l'illustre procuratore di stato! Il tipico meccanismo compensatorio! Chi ce l'ha corto fabbrica razzi... La mia teoria trova sempre più conferme!"

"Già, e gli uomini più piccoli non hanno forse i cani più grossi e feroci?"

"Esatto, è un fenomeno analogo! Compensare quello che non si ha o non si è..." Si interruppe. "Anna, è mostruoso!"

Anna stava tutta rigida davanti allo schermo. "Non penso che la polizia sia in possesso di simili informazioni!"

"No di certo!" confermò Patricia.

"E credo anche che un'organizzazione che mette in piedi una roba del genere, non abbia alcun interesse a farlo sapere in giro!"

Patricia annuì. "Giusto!"

Anna era sempre lì, fulminata. "Penso che siamo in pericolo di vita, noi due!"

"Cosa?" Patricia si guardò intorno.

"Se quelli scoprono chi ha violato il loro sistema... Non voglio neanche immaginare cosa può succedere!"

Patricia si abbracciò stretta. "Possono arrivarci?"

"In teoria no. Ma se hanno un esperto?"

"Vuoi dire, qualcuno alla tua altezza?"

"Pensa al film *23*... Gli hacker erano già attivi a livello internazionale quando noi ancora leggevamo 'Topolino'!" Anna riprese a far scorrere i nomi. "Ma qui è tutto reale, queste persone esistono veramente... e appartengono tutte alla buona società! Chissà chi scopriamo ancora!"

"Max potrebbe ricattare mezza città!" buttò lì Patricia.

"Ma siete fissati, in famiglia!" Anna scosse il capo. "Hai per caso un grappino? Ho bisogno di qualcosa di forte... To', guarda: sono in ordine alfabetico!"

Patricia si era alzata, ma si fermò. "Aspetta! Allora posso andare a colpo sicuro a cercare i miei colleghi!"

"Vai prima a prendermi la grappa, se ce l'hai... Intanto do un'occhiata ai pezzi grossi: sindaco, banchieri, parroci e così via!"

Patricia stava frugando tra le scorte natalizie alla ricerca di una bottiglia di superalcolico, quando un grido la fece tornare di corsa in camera.

"Forse farei meglio a stare zitta," si schermì Anna. "È stata una follia da parte mia reagire così!"

"Chi hai trovato?" Patricia la fissava con gli occhi sbarrati. "Frank?"

"Tuo padre!"

"Papà?"

"Eccolo!" Anna puntò il dito sul monitor.

"È vero! Pazzesco!" Patricia la guardò di traverso. "Non leggere! Le preferenze di mio padre non sono affar tuo!" Si interruppe. "O le hai già lette?"

"Io?" Anna levò una mano per giurare. "Macché!"

Patricia si chinò verso lo schermo.

"*Gli piacciono donne con aplomb aristocratico, per eccitarsi ha bisogno di credere di conquistare una fortezza inespugnabile...*" lesse ad alta voce. "*Vuole abbandonare il campo da vincitore assoluto, dopo aver piegato la presunta resistenza della castellana o dell'amazzone! Crew: principessa Susanna e duchessa Petrusia!*"

Patricia si lasciò cadere sulla sua poltroncina. "Non ci posso credere! No, non ci posso credere! Dammi un pizzicotto! Il mio papi ha bisogno di una castellana! La prossima volta che vado a casa mi presenterò come..." alzò la voce, "la principessa Susanna!"

Anna scoppiò a ridere. "Chi avrebbe potuto prevedere la piega che avrebbe preso la serata... Pazzesco! Dov'è la grappa?"

"La grappa? Subito! Guarda un po' se c'è Rainer!"

"Cosa? Rainer? Sei impazzita?" Anna si accigliò.

"Ah!" esclamò Patricia trionfante. "Non hai il coraggio!"

"Come no!" scorse la lista fino a Leicht, trovò un Mark Leicht, ma nessun Rainer.

"E Lars?"

"Uh, sarebbe una bella faccenda!"

Non trovarono né Lars né Frank. Proprio in coda alla lista c'erano registrati i nuovi soci: sette nomi in codice. L'ultimo era 'Pippolo'.

"Pippolo vuole una domina, perché in casa se la fa sotto davanti a sua moglie." Anna rise. "Povero Pippolo! È veramente incredibile!"

"E poi?" incalzò Patricia. "Cosa si dice d'altro di questo Pippolo?"

"Ehi, calma! Non fare l'ingorda!" Anna alzò il dito indice con aria di rimprovero. "Dunque!" Cambiò il tono di voce, dandole un'inflessione da checca. *"Finora esperienze fiacche, ma può essere plasmato duramente. Provare con gabbia, lettino di contenzione e catene alla parete, benda sugli occhi e gatto a nove code"*.

"Brr!" Patricia scosse il capo. "C'è anche scritto quanto sborsano, i ragazzi?"

"No, non espressamente. Dipenderà dalle categorie!"

"Di mio padre cosa c'è scritto?"

"Categoria lusso!"

"Ci fa fuori la nostra eredità, quel disgraziato! E quel tal Pippolo?"

"Niente. È ancora in prova!"

"Uno così andrebbe cancellato dalla faccia della terra!"

"Cosa faresti tu se avessi un uomo del genere in casa?" chiese Anna. "Se adesso, ad esempio, avessimo trovato Frank?"

"Lo concerei talmente per le feste, per giorni e notti intere, che alla fine dovrebbe uscire di casa strisciando come un verme!" Fece una smorfia feroce. "E tu, il tuo Rainer?"

"Gli darei una pacca sulle spalle congratulandomi per la sua potenza!"

Patricia scosse il capo. "Balle! Non lo faresti davvero!"

"È meglio che non ci pensi. A libido non va molto forte, è solo contento se io non insisto oltre al sabato!"

"Ma tu per rifarti hai Lars!"

"Esatto!"

"Adesso vado a prenderla davvero, la grappa!"

Rainer, già mentre stava steso sul lettino di contenzione, aveva deciso che Annette valeva tanto oro quanto pesava e che quel giorno stesso avrebbe già pagato la tariffa piena. Lei si mostrò d'accordo. Prese i soldi con quel suo sguardo d'acciaio e non batté ciglio nel comunicargli che lo accettava nel novero dei suoi clienti. Rainer ne fu lusingato, in quanto lei gli aveva fatto presente quanto fossero elevati i suoi standard e quanto quindi fosse grande quell'onore. Si ripromise di chiederle, la volta successiva, quali fossero i suoi criteri, ma in quel momento una simile domanda gli pareva troppo vana.

Annette lo precedette su per le scale, e lui intanto la osservò da dietro. Somigliava a una pantera, i movimenti flessuosi, le forme, inguainate nel cuoio, mozzafiato. Era veramente una donna da sogno, capace di regalare incubi magnifici. Rainer sorrise al suo gioco di parole, quando il respiro gli si fermò. Nello specchio, appeso in anticamera di fronte alle scale, scorse oltre le spalle di Annette una figura che gli era familiare. Stava di lato, contro la parete, per non farsi vedere dai clienti, ma evidentemente non aveva tenuto conto dello specchio. Il primo impulso di Rainer fu quello di bloccarsi, ma alle spalle di Annette si sentiva al riparo, e continuò a salire.

Nell'attimo in cui Rainer comparve dietro Annette, lo riconobbe anche Charly. Lo guardò fisso. "Non riesci proprio a tenerti!" lo aggredì.

"Smetta subito di insultare i miei clienti! Non è mica qui per questo!" lo rimbrottò Annette.

"Chiudi il becco!" Charly gonfiò il petto. Si era tagliato e tinto di nero i capelli, e indossava un completo grigio scuro, ma Rainer lo avrebbe riconosciuto al volo ovunque. "Mi puzza, a me, che tu riesci sempre a scovarmi!" aggiunse con fare minaccioso.

Rainer alzò le spalle e si avvicinò lentamente alla porta.

"Come cazzo fai?"

Rainer aprì la porta e si girò verso di lui: "Mia moglie fa l'investigatrice privata," rispose, e richiuse la porta.

Charly in vita sua ne aveva viste di tutti i colori, ma non gli era mai capitato che una donna gli negasse i suoi soldi.

"È un'emerita porcheria come lei si comporta qui dentro!" Annette si tolse la mascherina dagli occhi. "Lo farò presente. Non l'ho mica chiamata per far scappare i clienti, bensì per vigilare, nel caso qualcuno dia i numeri! È questo il suo compito!"

"Quel coglione mi ha già fatto girare le palle diverse volte!" si giustificò Charly.

"Anche se l'avesse coperto di merda! Fintanto che lei viene pagato da me, non può permettersi di svillaneggiare i miei clienti! Questo, per mettere le cose in chiaro. Ed è l'ultima volta che lei lavora qui: comunque di soldi da me non ne vede, tanto per capirci!"

"Cosa?!" Charly si mise in posa da boxeur. Il suo viso divenne paonazzo, gli si rizzò la cresta.

"La nostra è un'organizzazione. E lei è l'ultimissima rotellina dell'ingranaggio. Se crede di poter fare il galletto qui con me, si sbaglia di grosso!"

Charly fece un passo indietro e lasciò ricadere i pugni chiusi.

"Uno come lei, più che un aiuto, è un pericolo!" aggiunse Annette con calma indicandogli la porta.

Charly, pur ribollendo di rabbia, se ne andò. Una volta fuori, avrebbe volentieri sferrato un calcione alla porta o conciato per le feste quell'idiota. Si era avviato schiumando, ogni due passi sferrava una gragnola di pugni in aria.

Poi, pian piano, sentì che la pressione sanguigna calava e che riusciva di nuovo a vederci chiaro. Charly – si disse –, datti una calmata! Il lavoro è buono, finora non hai dovuto far altro che incassare il tuo bigliettone alla fine. Lascia perdere quella troia e quel cretino! La certezza che, se solo avesse voluto, avrebbe potuto fargli sentire la sua superiorità fisica, lo consolava. In quel momento non gli andava, tutto lì. Diede un'occhiata al suo orologio da polso. Ancora qualche settimana e se ne sarebbe potuto permettere uno vero, e prima o poi si sarebbe anche guardato intorno in cerca di una nuova casa. Montò sulla vecchia Chevrolet e si diresse alla pensione. Adesso si sarebbe cambiato e messo in tenuta da magnaccia, per farsi vedere un po' nell'ambiente.

Trenta minuti più tardi era in manette. Aveva posteggiato nel parcheggio di fronte alla pensione, era sceso e stava per chiudere la macchina, quando tre uomini in borghese lo avevano circondato all'improvviso. Uno gli piantò la canna della pistola tra le scapole, l'altro il tesserino di riconoscimento sotto il naso e il terzo cominciò a palparlo in cerca di un'arma, per poi chiudergli le manette ai polsi.

"E perché?" chiese Charly, ma per tutta risposta il poliziotto accanto a lui lo guardò annoiato.

"Che ne diresti di: lesioni personali aggravate?" gli disse, spingendolo come un sacco sul sedile posteriore della macchina della polizia.

Charly guardava fisso davanti a sé. Non era mica un caso, era evidente. Era stata davvero la donna di quel tipo che lui aveva riempito di botte a trovare il suo indirizzo? Cosa aveva detto quel cretino poco fa? Che era un'investigatrice privata? Se davvero finiva di nuovo in galera per colpa di quella stronza, quella si era fatta un nemico a vita: doveva mandarglielo a dire in qualche modo. Oppure era già la risposta dell'Organizzazione alle lamentele di Annette? Non riusciva a pensare con ordine, e all'improvviso il suo cellulare mandò due suoni brevi. Un SMS. Charly guardò il poliziotto al suo fianco. "Posso?" L'altro alzò le spalle. Charly si arrabattò, le mani impacciate dalle manette, a tirar fuori il cellulare dalla tasca del giubbotto. Il messaggio arrivato non era dei più lusinghieri: "Non abbiamo bisogno di un guastafeste nella nostra organizzazione!".

Il giorno dopo, in studio, Rainer venne informato dell'arresto di Karl Lönitz. La cosa non gli fece affatto piacere, perché, se aveva iella, quello avrebbe confessato al giudice tutte le volte che si erano incrociati. L'incontro con Gudrun ancora era giustificabile: era un avvocato, e voleva proteggere la sua cliente. Ma con Lizzy? E Annette? Si mise a pensare a come avrebbe potuto salvarsi la faccia: solo salvando in contemporanea anche Karl Lönitz! Il che significava che doveva ritirare la denuncia contro di lui. Come avrebbe giustificato però una simile decisione davanti ad Anna? Ma era proprio necessario che lo sapesse?

D'altro canto, Karl Lönitz dietro le sbarre era un pensiero consolante. Non poteva più vederlo, quel farabutto. Ma, a quanto pareva, fintanto che restava a piede libero, non c'era verso di risparmiarsi quegli incontri. Decise di lasciare che le cose facessero il loro corso. Karl Lönitz in galera era già una piccola vittoria.

In un primo tempo Anna e Patricia avevano pensato di tenere tutta la faccenda segreta. Per Anna non era stato facile tacere, a tarda sera, bevendo un bicchiere con Rainer e chiacchierando della giornata. Ma si era dominata. Era una storia avventurosa. Entusiasmente. Anche se sapeva che poteva assumere dimensioni imprevedibili.

Ma poi, poco prima di andare a letto, in bagno, mentre si lavavano i denti, Rainer le aveva come per caso raccontato della strana telefonata di Friederike Leuthental, che gli aveva chiesto un appuntamento. Anna proprio in quel momento aveva in bocca lo spazzolino elettrico, e credette di aver preso la scossa, tanto la notizia la fece trasalire. Quasi si strozzò, e Rainer dovette batterle sulla schiena. Eccola lì, la soluzione! Se Friederike intendeva separarsi dal marito, la rivelazione sul suo caro procuratore di stato le avrebbe fornito un'arma formidabile, e Max sarebbe tornato libero. Doveva subito parlarne con Patricia. Anna si mise a pensare, come poteva riuscirci senza farsi notare da Rainer. Ma non le veniva nessuna idea. Volente o nolente doveva, agitata com'era, andare a letto e simulare stanchezza. Oppure saltare addosso a Rainer? Sarebbe stato un diversivo, e poi magari sarebbe stata stanca davvero. Ma quando arrivò in camera, lui era già nella sua parte di letto, tutto avvolto nelle coperte. Anna lo osservò mentre si infilava il pigiama. Aveva sposato veramente uno, sessualmente parlando, al lumicino... del resto lo sapeva già, anche prima del matrimonio.

Anna gli stampò il bacio della buonanotte su una guancia e si distese al suo fianco.

Patricia rifletté per mezza mattina se fosse il caso o meno di informare sua madre delle inclinazioni del marito. Una frase non le usciva dalla testa: *per eccitarsi ha bisogno di credere di conquistare una fortezza inespugnabile*. Si vedeva letteralmente la scena davanti agli occhi: come giocasse al gran signore e facesse lo charmeur. E anche i nomi delle due del cosidetto crew le martellevano ancora in testa: principessa Susanna e duchessa Petrusia. Che enorme idiozia!

Ma poi si immaginò sua madre. Come era pensabile che facesse qualcosa contro il marito? Non lo aveva fatto per trent'anni, non l'avrebbe fatto neanche in futuro. Era la vecchia storia della facciata: l'importante era che l'immagine esteriore tenesse.

Pensò a suo fratello. Che uso avrebbe fatto Max di quelle notizie? Si sarebbe rovinato la vita, ne era sicura. Era troppo puerile, troppo passionale e impulsivo per poter avere a che fare con storie del genere.

Per prima cosa, probabilmente, avrebbe infangato la reputazione del padre davanti alla buona società di Amburgo, per poi ingiungere all'illustrissimo procuratore di stato di liberare Steffen. Patricia era convinta che si trattasse di una rete capillare di personaggi altolocati che non sapevano niente uno dell'altro, ma che insieme servivano la causa, chiunque vi si celasse dietro.

Nel frattempo ad Anna sembrava di stare sui carboni ardenti, perché proprio quel giorno Rainer se la prendeva comoda. Dopo colazione, si mise a leggere il giornale, senza mostrare irritazione alcuna davanti ai provocatori sguardi di Anna all'orologio.

"Come mai sei tanto frenetica?" le chiese alla fine, e Anna trasalì.

"Sei in ritardo, non è ora di andare?" ribatté, cercando di indurlo a smuoversi nel modo più diplomatico.

"Mi godo un po' la vita," fece lui da dietro il giornale. "Il che significa anche, ogni tanto, arrivare in ritardo!"

"Ah, bene!" Anna si agitava sulla sedia. E doveva cominciare proprio adesso? "Ma se c'è un cliente aspetta?"

"Non aspetta nessuno."

Quando, finalmente, alle dieci se ne andò, Anna si precipitò sul telefono.

Patricia cominciò a raccontarle delle sue riflessioni mattutine, ma Anna la interruppe subito.

"Non ci crederai!" sbottò. "Friederike Leuthental ha un appuntamento con Rainer. Domani. Vuole separarsi, o, almeno, informarsi sulla separazione... Figurati un po'!"

"Oh no!" Patricia era nel cucinino del suo studio, un paziente già in dirittura d'arrivo. "Che situazione!"

Arrivò alla medesima conclusione di Anna. A Max non si potevano dare in mano informazioni riservate, ma Friederike Leuthental avrebbe usato al meglio quella notizia.

"Come facciamo a dirglielo?" chiese. "Io non la conosco!"

"Be', neanch'io... l'ho vista solo una volta nel corridoio del Ramses..." disse Anna dubbiosa.

"Ottimo!" La voce di Patricia assunse un tono più frizzante. "Sono cose che creano confidenza. Chiamala!"

"E dovrei dirle al telefono... non è un po' brutale?"

"Sonda un po' il terreno, poi vedi."

Friederike era pronta per uscire, aveva appuntamento con il marito per pranzo, quando squillò il telefono. All'inizio non voleva rispondere, perché era in ritardo, ma poi non riuscì a ignorare quegli squilli. Magari era una cosa importante. Era già sulla porta, con il cappotto: tornò indietro nel vestibolo e alzò il ricevitore. Era Anna. Si presentò, ma Friederike si ricordava benissimo. "Ho un appuntamento domani con suo marito," disse, "di certo gliel'ha raccontato..."

"Sì, le telefono proprio per questo. Le conviene disdire l'appuntamento. Se crederà a quello che sto per dirle, farà una buona cosa per sé e per Max. E qualsiasi cosa lei faccia o esiga da suo marito, lui accetterà e non potrà fare niente contro di lei!"

Friederike fissava una delle statue nell'atrio, un Adone di marmo bianco, e intanto rifletteva su quello che aveva appena sentito. "Non suona... molto convincente, per dirla in modo eufemistico!" osservò, distogliendo lo sguardo dagli addominali di quel torso.

"E in effetti è una faccenda troppo delicata per parlarne al telefono..." Dal giorno prima Anna era tormentata dal sospetto che qualcuno potesse ascoltare le sue telefonate.

"Cosa facciamo, ci vediamo?" chiese Friederike, e il suo tono interessato colpì Anna. "Sto proprio andando in centro, per pranzare con mio marito. Subito dopo, le andrebbe?"

Due ore dopo le due donne sedevano al bancone di un bar in un centro commerciale. Friederike era più alta di Anna e un tipo completamente diverso: capelli di un biondo naturale, jeans stinti, blazer blu scuro con foulard di seta al collo, mocassini piatti, corrispondeva in tutto e per tutto all'immagine della tedesca sportiva. Anna invece aveva un aspetto più femminile, le forme sinuose sottolineate da un pullover scollato, portava dei pantaloni neri attillati e stivaletti con il tacco alto. "Caffè? O è meglio un calice di champagne?" chiese Friederike porgendo la mano ad Anna.

"È una notizia buona e cattiva nello stesso tempo. Anche se, considerata la sua situazione..." Anna sorrise come per scusarsi, "dovrebbe prevalere l'aspetto positivo. Deciderà lei stessa!"

Friederike si accomodò sullo sgabello. "Viste le premesse, mi sa che urge lo champagne!" Sorrise con aria maliziosa. "Due donne che hanno amanti clandestini dovrebbero bere solo champagne..."

L'uomo alla sua sinistra le lanciò un'occhiata interessata. Anna sogghignò. "Dunque..." Ordinò due calici di Taittinger e si chinò verso Friederike. "Ma non caschi per terra svenuta!"

"Il mio vicino mi sorreggerebbe volentieri, mi sa... quindi non si preoccupi!"

Anna fece di sì con la testa e attaccò a raccontare a bassa voce quanto era accaduto la sera prima a casa di Patricia. Per farla breve disse che erano capitate per caso in quel sito, scoprendo nella lista dei soci di quell'organizzazione i nomi di alcuni personaggi della buona società.

Friederike si fece ripetere due volte il testo riguardante le preferenze del marito. Il viso le si era pietrificato ed era pallidissimo. Alla fine si schiarì la voce: "Adesso sì che ho davvero bisogno di bere qualcosa!".

Anche Anna prese il bicchiere. "Mi spiace, non so, forse avrei potuto inodorarle in qualche modo la pillola!"

"È già orribile..." Friederike la guardò in faccia, "che un'estranea – mi scusi il termine – possa mettere il naso nella sfera sessuale di tuo marito, ma ancora più orribile, naturalmente, è che..." tracannò di colpo tutto il bicchiere, "quel mandrillo, quel sepolcro imbiancato si comporti in casa come se fossi io la colpevole di tutto, e poi faccia il porco altrove!" Aveva parlato a voce più alta del previsto, e il suo vicino tornò a squadrarla. "Un altro calice, prego!" disse al cameriere, ma, dato uno sguardo a quello di Anna, si corresse: "Anzi, due!".

Anna la osservò. Manteneva un invidiabile autocontrollo, bisognava ammetterlo. Non riusciva a immaginarsi come avrebbe reagito lei, se una perfetta sconosciuta fosse venuta a raccontarle, nel bel mezzo di un pomeriggio qualsiasi, i giochetti erotici di suo marito. Probabilmente sarebbe veramente cascata per terra. E poi avrebbe comprato un kalashnikov.

I nuovi calici erano già comparsi sul bancone, il che stupì non poco Anna, perché non era mai stata servita così in fretta: probabilmente Friederike era una habituée di quel locale.

"Mi dispiace," Friederike fece un profondo respiro. "Devo innanzitutto digerire la cosa e riprendermi, prima di poter sferrare la controffensiva. Ma in effetti ha ragione: con una simile dritta non ho più bisogno di avvocati... Gli posso imporre tutto quello che voglio. Niente male..." Scosse il capo e levò il calice. Le sue labbra, che avevano preso una piega offesa e molle, si tesero di nuovo. Friederike gettò la testa all'indietro. "Pazzesco!" esclamò e, rivolgendosi ad Anna: "Brindiamo al lato assurdo della vita!".

Quel brindisi piacque ad Anna. Quando ebbero bevuto, Friederike posò il calice e disse, fissandola negli occhi: "Perché mi è venuta a raccontare queste cose?".

"Perché suo marito con ogni evidenza è un uomo di potere ed è in grado di cambiare il corso delle cose. Di certo può fare qualcosa per Max, che per me è quasi un fratello. Quella denuncia di furto d'auto gli taglia le gambe... Bisogna che se ne liberi!"

Friederike si ravviò i capelli che le sfioravano le spalle. "Per questo non c'è neanche bisogno di mio marito: la denuncia l'ho fatta io. Solo che, se la ritiro, l'assicurazione protesterà..."

"Basta che la denuncia contro Max Wilkens si trasformi in una denuncia contro ignoti!"

"Mmm..." Friederike prese a riflettere. "Ci avevo già pensato, a prescindere dagli exploit erotici di mio marito. Ma a questo punto Max avrebbe bisogno di un alibi. Senza dimenticare poi che non ha solo fatto sparire la mia auto," scosse il capo, "bensì anche mandato al diavolo il posto di praticante, senza dire una parola. Il che significa che, da allora, risulta irreperibile, proprio come la mia macchina."

Anna si guardò intorno, mentre rifletteva. Incredibile quanta gente avesse tempo, il pomeriggio, per fare due chiacchiere davanti a un calice di champagne, a un piatto di frutti di mare, a un cappuccino. I tavoli erano tutti occupati, persino gli sgabelli al bancone. Da quel punto si godeva una vista magnifica sul viavai festoso nel centro commerciale. Un luogo di vizi e delizie. Anna bevve un sorso. "Ci sono!" esclamò, appoggiando di botto il bicchiere. "Max deve scomparire dalla lista dei ricercati nei computer della polizia. E l'assicurazione non si metterà di certo a fare ricerche per conto proprio, in fin dei conti una turbo non sarà poi così importante... ci saranno casi più gravi! Si fideranno della polizia, e tutto finirà lì!"

Friederike trovò l'idea buona. Ma aveva i suoi dubbi riguardo alla possibilità di ottenere qualcosa dal marito in favore del figlio dell'odiato Wilkens: "Dopo tutto è il suo acerrimo nemico!".

"Che ce l'abbia troppo corto sta nero su bianco nei suoi atti sessuali," precisò Anna. "Cosa vuole, allora?"

"Non è tanto questione di lunghezza, quanto di spermatozoi pigri," la corresse Friederike con nonchalance.

"Tanto meglio!" Anna si strinse nelle spalle. "Sarebbe assai penoso per lui dover ammettere di avere un debole per le bionde adoranti perché ha paura della moglie forte e decisa, figuriamoci, un procurato..."

"Ssst!" Friederike si mise un dito davanti alla bocca e roteò gli occhi.

“Potrebbe stamparmi quel... quell’attestato? Documenti alla mano, si lavora meglio!”

“Quanto prima! Ha ragione!”

“Bene, io intanto vedo cosa si può fare per Max!”

Anna levò il calice alla salute di Friederike. “Magnifico!” esclamò, bevendo un altro sorso. “Un caso più che raro: un marito che si adopera in favore dell’amante della moglie!”

“Brutte zoccole!” sbottò il vicino di sinistra. “Mi fate venire il vomito!”

Friederike e Anna si guardarono esterrefatte, poi scoppiarono a ridere. Friederike si girò verso di lui: “Anche molti uomini fanno venire da vomitare, specie quelli che spiano!” gli disse in tono reciso.

“Siete voi che starnazzate tanto da far sentire a tutti le vostre chiacchiere volgari!” si difese quello.

“È il primo lei, a lamentarsi!” Friederike lo osservò: un uomo senza segni particolari. Se lo sarebbe dimenticato appena uscita dal centro commerciale.

L’altro le girò la schiena con fare provocatorio e Friederike tornò a rivolgersi ad Anna scuotendo il capo.

“Dimentichiamo l’incidente! La sua idea riguardo a Max è buona. Non dovrebbe essere difficile, per Siegmund, convincere uno dei suoi amici del Rotary in polizia. Oppure spulci un altro po’ la lista alla ricerca di nomi ancora più altisonanti di paladini della giustizia, poi io faccio la soffiata a mio marito, e in men che non si dica, la denuncia è sparita! Fa quasi rima!” Rise con aria birichina. “E Max è tornato un uomo con la fedina immacolata!”

Anna aveva informato subito Patricia di quella conversazione, e Patricia si era mostrata felice che per Max si aprisse uno spiraglio. D’altro canto, però, la cosa non la convinceva del tutto. Dalla sera prima erano subentrati un sacco di mutamenti. Nella sua vita, addirittura nella sua camera da letto, erano successe cose che non avrebbe mai creduto possibili. Patricia tornò a casa prima del solito, perché non ce la faceva più a stare in studio. Appena l’ultimo paziente se n’era andato, aveva salutato i colleghi. Si sentiva in preda a una strana inquietudine e si era messa, una volta a casa, a disfare scatoloni, benché nell’intimo non fosse affatto motivata. Ma aveva bisogno di una qualsiasi attività fisica. Anna le aveva promesso che sarebbe passata verso le sei, così aveva ancora quaranta minuti buoni. Si avvicinò al computer e lo accese, e, già che c'era, controllò se era arrivata qualche e-mail. Ce n'era una. La lesse dapprima in piedi, poi dovette sedersi.

Piccolo avvertimento ai non addetti, era il titolo. *Forse ve la siete spassata per un po', ma adesso il divertimento è finito. Nel caso però vogliate continuare a curiosare nel nostro programma, faremo veramente sul serio. Quindi: piantatela lì e dimenticatevi tutto!*

Patricia deglutì a vuoto, rilesse la missiva e si precipitò al telefono.

"Anna!" esclamò, tutta agitata. "Ci siamo! Ci hanno beccate! Ma come hanno fatto a scoprirci?"

"Come fai a saperlo?"

"Ci hanno mandato una e-mail!"

"Una e-mail? Strano! Devono essere abilissimi!"

"Adesso finiscila!" Patricia aveva paura di dar di matto. "Finiscila di interrogarti sul come... Ci sono alle calcagna, questa è la verità! Ci minacciano!"

Anna aveva appena finito la sua seduta di massaggi e non era così facile farle perdere la calma. "Che velocità!"

"Sì, maledizione! È come se in casa mia fossero entrati i ladri... mi sento osservata, non posso più sentirmi sicura neanche un attimo. La prossima volta ci saranno dei picchiatori con il volto coperto giù nell'atrio... Vieni qui subito!"

"Sei completamente isterica! Non ti avevo mai visto in questo stato!"

"Ahhh!" Patricia sbatté giù il ricevitore e tornò al computer. Rilesse la lettera e cliccò su "rispondi". Scrisse: *Non abbiamo affatto intenzione di mettervi i bastoni tra le ruote. È stato un caso. Già scordato tutto!*

Spedì immediatamente il messaggio e andò in cucina a versarsi un po' di birra. Doveva prendere subito qualcosa per calmare i nervi. La valeriana sarebbe stata l'ideale, ma non ne aveva, e poi, anche se l'avesse avuta, di certo non l'avrebbe trovata. Maledì quel caos infernale e decise di obbligare Frank, il prossimo week-end, a stare in casa: era veramente arrivato il momento di mettere ordine in quel casino.

Non fece in tempo a tornare al computer, che la risposta era già arrivata. A momenti, dallo spavento, le cascò di mano il bicchiere, ma non c'erano dubbi: ormai tra lei e quella misteriosa organizzazione era in corso uno scambio epistolare. Roba da pazzi! Il monitor le sembrava ostile, ma si sedette e lesse.

Benissimo, siete ragionevoli. Da parte nostra, una piccola controproposta: lavorate per noi! Il guadagno è ottimo, le condizioni di lavoro pure. Sarete voi a decidere chi prendere e chi no. Ci sono anche tipi interessanti in offerta: alti, spalle larghe, occhi azzurri. C'è da spassarsela!

Patricia strizzò gli occhi, rilesse la lettera e si girò di scatto. Chissà perché aveva la sensazione che ci fosse qualcuno alle sue spalle. Come faceva, per tutti i diavoli, quella maledetta organizzazione a sapere che lei era una donna? Anzi, peggio ancora, a sapere che erano in due? Avevano scritto "lavorate per noi!" non "lavora!". C'era di che morire di paura.

Patricia si alzò lentamente e tornò al telefono. Pigiò il tasto "repeat", ma a casa di Anna rispondeva solo la segreteria.

Fece il numero del cellulare.

"Sì, sono qui sotto," rispose Anna senza preamboli. "Apri la porta e prepara un caffè, che ne ho bisogno!"

"Di una grappa, hai bisogno!"

"Ancora? E perché?"

"Siamo in contatto!"

"Cosa?"

"Rispondono!"

Anna si scordò il caffè e si precipitò in camera da letto di Patricia. Prima lesse le lettere, poi avvicinò una seggiola.

"Strano, strano..." mormorò, e a Patricia sembrò che stesse recitando incantesimi al computer.

"Cosa, strano?" chiese.

"Sembra che ci conoscano! Cos'è, controllano tutta Amburgo?"

"Perché dici questo?"

"Be', guarda qui!" Anna puntò il dito sullo schermo. "*Alti, spalle larghe, occhi azzurri: c'è da spassarsela*... È come se alludessero con strafottenza alla mia relazione con Lars!"

Patricia la guardò inarcando un sopracciglio. "Stai dando di matto?"

"Può darsi. Grazie!"

Anche Patricia prese una sedia e si mise accanto all'amica.

"Be', buttiamoci!" esclamò Anna e cominciò a digitare sulla tastiera.

Gran bella cosa fare la vostra conoscenza, scrisse. *Vi ringraziamo per la vostra proposta, che peraltro rifiutiamo. C'è qualcosa però che ci lascia di stucco: come fate a sapere che siamo donne? Addirittura, che siamo in due?*

Anna cliccò su "rispondi" e disse a Patricia: "Be', adesso hai tempo di farmi un bel caffè!".

"Macché!" Patricia restò seduta. "Quelli rispondono al volo, vedrai!"

Era vero. Arrivò solo una frase: *We are watching you!*

Inquietante. Anna guardò Patricia.

"Non so che dire!" Patricia incrociò le braccia. "Non faremmo meglio a sganciarci? Adesso so che il mio vecchio padre è un porco e che il procuratore di stato ce l'ha piccolo... c'è proprio bisogno di saperne di più?"

Cosa sapete di Harald Eichmann?, scrisse Anna e spedì, prima che Patricia potesse reagire.

"Sei impazzita? Questo computer è in casa mia, e se quelli decidono di far fuori il proprietario, vengono da me!"

"Avrebbero già interrotto il collegamento, se fosse così. Se hai i nervi troppo tesi, va' una buona volta in cucina a fare il caffè!"

"Come ti permetti di parlarmi con questo tono?"

Anna alzò le spalle. "Su, dai!..."

"Guarda!" Eccitatissima, Patricia indicò lo schermo. "C'è qualcosa!"

Dovremmo metterci a chattare, sarebbe più furbo.

"Oddio!"

"Be', stai a vedere!" Anna annuì pensosa, leggendo la nuova missiva: *C'è gente che vuol sapere troppo. E che crede di mettermi in scacco. E che lotta con i mezzi sbagliati, incapace di accettare di aver perso. Allora bisogna semplicemente farla tacere! Harald Eichmann è stato fatto tacere!*

Lessero entrambe e rimasero un attimo in silenzio.

"Stampa, Anna! È una ammissione di colpa!"

"Già, ma di chi? Hai per caso guardato se nella lista figura anche il capo della polizia?"

Anna fece una smorfia, poi scrisse: *Perché ci venite a dire queste cose, non avete paura delle conseguenze?*. Diede un'occhiata a Patricia, che annuì, e fece partire la missiva.

Ci volle un po' di tempo perché arrivasse la risposta: *Non abbiamo paura di niente. Siamo troppo forti.*

"Perché dedicano tanto tempo a noi due?" Patricia voleva rileggere il messaggio, ma Anna aveva già pronta la risposta: *Steffen Schneider!*, scrisse.

"Oh, andiamo su un terreno minato!" Patricia aggrottò la fronte. "Sono curiosa di vedere se adesso il contatto si interrompe."

Sembrava che fosse davvero così perché, non essendo

arrivata risposta dopo cinque minuti, Patricia andò davvero in cucina a fare il caffè per tutte e due. "Avevo ragione io," aggiunse uscendo.

Si era appena eclissata, quando sentì Anna gridare dalla camera da letto: "Vieni, svelta! Ci risiamo!".

Steffen Schneider sta facendo controvoglia una bella cura disintossicante. Male non gli fa. Al momento buono uscirà. È una mera misura precauzionale. E adesso vi faccio io una domanda: chi frequenta per lo più i locali per single?

"Eh?" Patricia si grattò la testa. "Cosa diavolo c'entra?"

Anche Anna si scervellò senza risultato. Alla fine rispose solo con tre punti di domanda.

Questa volta la risposta fu immediata: *Uomini sposati!*.

Anna e Patricia si scambiarono un'occhiata. "È una donna!" Patricia annuì solennemente. "Sì. A capo dell'organizzazione c'è una donna!"

"Ammesso che stiamo parlando con il capo. Credi che avrebbe tanto tempo?" chiese Anna dubbiosa.

"Che ne so! A ogni buon conto adesso è una donna. Impossibile che a un uomo esca una battuta del genere!"

"O magari è un uomo che si camuffa da donna!"

Patricia sospirò. "Comunque sia, è una cosa da pazzi, e adesso vado a prendere il caffè!"

Non fece in tempo a tornare, che Anna aveva già pronto un nuovo messaggio. "Ehi! Non mi aspetti? O forse non vuoi che legga?"

"Figurati! È che non sono più tanto sicura di non sbagliarmi di grosso..."

Patricia appoggiò le tazze di caffè su un tavolino e guardò il monitor. *Un'altra domanda. È lei il capo dell'organizzazione?* c'era scritto.

La risposta arrivò in un battibaleno. *La curiosità non paga. A volte si vengono a sapere delle cose, ma non se ne può più fare uso. Badate alla vostra pelle.*

Friederike era andata a fare jogging. Faceva ancora piuttosto freddo, ma la primavera era già nell'aria. Non si era neanche data la pena di spostarsi in macchina, si era messa a correre appena fuori casa. Strada facendo scorse i primi fiori nei giardini. Bucaneve e crocus, e, nei luoghi più riparati, i primi anemoni. Cercava di liberare la mente da ogni pensiero, e quando arrivò al punto in cui le gambe le si fecero di piombo ed ebbe voglia di fermarsi, sentì che qualcosa dentro di lei si scioglieva. A ogni passo le cose perdevano di importanza, e nel momento in cui le sembrò di correre in libertà assoluta, come se non dovesse fermarsi mai più, anche Siegmund era diventato totalmente insignificante. L'unica cosa che contava era la sua vita. Non era mica al mondo per lui, bensì per se stessa: era questo che si ripeteva a ogni passo. E avrebbe agito di conseguenza. Non avrebbe permesso che il dolore per il suo matrimonio fallito si facesse troppo opprimente. I casi erano due: o quella sera Siegmund avrebbe acconsentito alla separazione, oppure sarebbe sottostato alle sue condizioni. E avrebbe anche fatto sì che sulla testa di Max non pendesse più quella denuncia. Le aveva ridato il gusto di vivere..., cos'è mai un'auto in confronto? Caso mai, se proprio buttava male, avrebbe regolato lei le cose con l'assicurazione a modo suo, con uno chèque. E poi avrebbe cercato di trovargli un lavoro che gli piacesse. Per fare solo il vitellone era ancora troppo giovane. E con un ladro d'auto e uno spacciatore dichiarato, le sue riserve di pazienza si sarebbero presto esaurite...

Arrivò a casa sudata fradicia, ma con una grande chiarezza interiore. Stava imbrunendo, la casa era immersa nel buio. I domestici erano già andati via, ma di Siegmund non c'era traccia. Sarà stato da una di quelle donne? Friederike aprì la porta, prese una bottiglia di acqua minerale e salì in camera sua. In bagno lo sguardo le cadde subito sul cofanetto dei gioielli. Ogni volta le tornava in mente Max, e ogni volta non poteva fare a meno di sorridere. Strano, il modo in cui il destino le aveva messo tra le mani quel ragazzo. Dietro la tenda, con i suoi gioielli. Sorrise ed entrò nella doccia. Era magnifico aver fatto sport, poi docciarsi con getti freddi e caldi, strofinarsi bene con un telo spugna e cospargersi il corpo di lozioni profumate... Anche le piccole cose nella vita fanno piacere, a volte più di quelle grandi, pensò. In quel momento squillò il telefono. Friederike andò, nuda com'era, in camera da letto e alzò il ricevitore. Era Anna. Le spiegò che era ancora da Patricia e che l'organizzazione si era messa in contatto con loro via e-mail.

"Che brivido!" Friederike tornò in bagno con il telefono.

"Già, ma ci minacciano apertamente... Chi ci sia dietro, lo ignoriamo, comunque pare gente molto ben organizzata e soprattutto ben informata!"

Friederike rifletté un attimo, e intanto si osservava nella specchiera. "Gemelli strabici", li chiamava Max. Un sorriso passò sulle labbra di Friederike. Sentì che a ogni buon conto si era presa una bella cotta per quel ragazzino. "Tanto meglio," disse. "Di sicuro nessuno avrà interesse a tradirsi. Né mio marito, perché altrimenti scoppierebbe un bello scandalo e lui probabilmente passerebbe un brutto quarto d'ora con quella gente, né l'organizzazione, che vorrà di certo continuare ad agire nell'ombra. Comunque, ha fatto bene ad avvertirmi, Anna, mi farò viva presto!"

Si era appena vestita e stava preparandosi un toast in cucina, accingendosi a imbottirlo di prosciutto e asparagi, quando sentì l'auto di Siegmund sulla rampa. Adesso veniva il bello. Mangiando si litiga meglio, per cui prese altre due fette di pane e le infilò nel tostapane. Aprì il frigo e tirò fuori un Pinot grigio, lo stappò e lo assaggiò. Mmm... era perfetto, doveva solo stare attenta che, dopo aver corso, non le desse alla testa.

Siegmund entrò. Indossava un pullover di cachemire verde scuro, una camicia chiara e la cravatta rossa, il che stava a significare per Friederike che, dopo la giornata da bravo lavoratore, si era sbizzarrito altrove. Era la sua tenuta da "impeccabile-topo-d'ufficio-trasformato-in-grande-viveur".

"Allora, giornata stressante?" le chiese a mo' di saluto, e l'intonazione della sua voce le fece scattare la molla giusta. Quell'uomo non lo poteva più vedere. Qualsiasi compromesso era escluso.

"Io no, ma tu di certo. Posso chiederti se era il turno di Luise, Gerlinde o Sabine?"

Siegmund la fissò con gli occhi talmente sbarrati che lei ebbe paura che gli venisse un infarto. Gli ci volle un po', prima di riprendere il controllo della sua muscolatura facciale.

Si vedeva che annaspava alla ricerca di una risposta.

"Un goccio di vino, magari?" gli chiese Friederike con lo stesso tono in cui lui le aveva buttato lì la domanda sulla giornata stressante.

"Cosa vuoi da me?" ribatté lui.

Friederike era contenta che non cercasse scappatoie.

"Separarmi, alle mie condizioni, e il ritiro della denuncia contro Max Wilkens per furto d'auto. Il modo in cui lo farai, che contatti dovrai attivare e come regolerai la faccenda con l'assicurazione: di tutto ciò non mi importa niente. Presumo che un modo lo troverai."

"Ah, quel piccolo merdoso! Hai una storia con lui?"

Cercava di rigirare la frittata, Friederike lo capiva benissimo: attaccava invece di difendersi.

"Di merda ne hai tu fino al collo," ribatté lei, appoggiandosi rilassata a un armadio della cucina. "Qui non siamo in tribunale. E bada bene: se io avessi una storia con Max Wilkens, la cosa, al massimo," e sottolineò quella parola trascinando artificiosamente le sillabe, "al massimo interesserebbe a due o tre persone, mentre un procuratore di stato che ha bisogno di bionde energiche e pettorute che lo adorino, un procuratore di stato che ha un debole per la fellatio – il tutto all'interno di un'organizzazione di dubbia legalità – sarebbe un bocconcino succulento..."

Lui incrociò le braccia. "E come fai a essere così bene informata?"

"Solo per il caso che tu stia pensando di rifarti una verginità mandandomi all'altro mondo, ti avverto subito che non solo non te lo dico, ma che le prove sono in mano a due persone diverse, che staranno zitte fintanto che tu farai tutto quello che voglio io!"

Il viso di Siegmund si indurì, gli occhi si fecero sempre più piccoli: sembrava proprio che stesse meditando un omicidio.

"E chi mi garantisce che quelle persone staranno zitte se faccio quello che vuoi tu?"

Era evidente che gli pesava dirlo. Mai in vita sua si era sognato di fare quello che diceva lei.

"Non abbiamo ulteriori interessi alla cosa, né finanziari, né d'altro genere. È una faccenda puramente privata. Anche se..." abbassò la voce, "adesso devo mordermi la lingua pur di non dirti quanto mi sconvolga il fatto di avere un marito che mi ha costretto a un'operazione al seno, per poi mettermi da parte e comprarsi i favori di energiche biondine. È un colpo duro!"

"Tu non mi hai mai eccitato davvero, sessualmente."

Friederike annuì. "E tu mica le eccití, quelle, caro Siegmund. Sono i tuoi soldi a eccitarle!"

"Che ne vuoi sapere tu!"

"Già, perché non ho mai avuto un altro uomo oltre a te, il che è stato un madornale errore, me ne accorgo adesso!"

"Perché quello psicolabile di Max ti mette le mani addosso? Almeno ha delle doti tali per cui il gioco vale la candela?"

Friederike tacque per alcuni secondi. Sentì che tra loro era scoppiato qualcosa che prima riteneva impossibile, ma che pure covava sotto le ceneri da molto tempo: un odio genuino.

"Tanto per completare il quadro, ti riassumo in due parole le altre annotazioni che ti riguardano. Cito letteralmente: 'Nei preliminari gli piace fare il cazzone, ma ce l'ha piccolo'. E con ciò, possiamo cambiare argomento? Adesso sai quello che voglio da te. Se hai fame, ti faccio volentieri un toast. È già pronto."

Siegmund deglutì: gli si leggeva in faccia che aveva una gran voglia di avventarsi sulla moglie. Le puntò contro il dito: "Ok, avrai il divorzio, tanto tra noi è finita. E avrai anche il tuo ragazzino, a me non costa niente. Corri pure in braccio alla tua rovina, ti do la mia benedizione. Ma ricordati: uno come me non lo trovi più, te ne accorgerai. Cosa sei senza di me? Una divorziata come tante, per giunta con i seni storti e senza una posizione in società... In due parole: sei finita. Auguri!". Girò la schiena, infilò la porta e la sbatté con fragore.

Friederike fece un respiro profondo e scolò il suo bicchiere tutto d'un fiato. Le tremavano le ginocchia e si sedette sulla credenza. Doveva innanzitutto rielaborare quanto era successo. Aveva fatto tutto senza grandi sforzi, d'impulso... Non sentiva ancora nessuna sensazione di trionfo, bensì uno strano vuoto. Dieci anni in fumo... per cosa aveva vissuto?

Pochi minuti dopo si era già ripresa al punto da poter chiamare Anna.

"Ha accettato tutte le condizioni!" disse. "Max non avrà più nessuna denuncia sul gobbo, e io sono libera!"

"Fantastico!" esclamò felice Anna. "È grandioso! È stata dura?"

"All'inizio no, adesso un po'!"

"Capisco. Vuole fare un salto da me? Mio marito non è in casa..."

"Magari più tardi... Adesso devo fare chiarezza con me stessa: grazie, comunque!"

Patricia e Anna decisero di non dire niente a Max del colpo di fortuna che gli era capitato. Glielo avrebbe detto Friederike, quando sarebbe venuto il momento! Era venerdì pomeriggio, e stavano di nuovo davanti al computer di Patricia. Si erano date appuntamento molto presto, perché Frank sarebbe stato di ritorno già alle otto, e anche Rainer aveva detto che aveva voglia di una bella serata con sua moglie. Così Patricia era uscita dallo studio due ore prima, e adesso si accingevano a passare, con tanto di caffè e torte, due ore da brivido.

"Devo memorizzare quella lista, a tutti i costi" dichiarò Anna. "Sono stata stupida l'altro ieri a non farlo subito... Adesso speriamo di potervi accedere ancora! Friederike ha bisogno di una prova, e anche per noi non sarebbe male..."

"Per noi?" Patricia stava mettendo due fette di torta alla ricotta su due piattini. "Per fare?"

"Nel caso che quelli vogliano farci la pelle, avremmo la lista chiusa in cassetta in banca..."

"Sei veramente lungimirante!"

"E tu un po' corta!"

"Merda!" Una fetta si era rovesciata e stava per cadere dal bordo del piatto. "È troppo molle, 'sta roba!" Anna la spinse indietro con un dito. "La mangio io, non ti preoccupare, tu piuttosto vai a prendere il caffè!"

Con i due piatti in mano andò in camera da letto, li appoggiò sul tavolino e accese il computer.

Anna riuscì a entrare di nuovo nella lista. Per prudenza la stampò subito, poi passò alle e-mail. Non era arrivato nessun nuovo messaggio, ma la corrispondenza del giorno prima era ancora lì, e Anna stampò anche quella. Poi fecero un duetto, leggendola ad alta voce. Quindi si scambiarono un'occhiata.

"Di nuovo!" disse Patricia, e tornarono a leggere tutto, Patricia le comunicazioni dell'organizzazione, Anna le loro risposte e domande.

E di nuovo si scambiarono un'occhiata.

"Non saprei," fece Patricia, "ma ho una stranissima sensazione. Come di un parto imminente... anche se non sono mai stata incinta: qualcosa sta per venir alla luce, per esplodere!"

Lars, come sempre, era tornato a casa venerdì tutto contento. Bettina lo accolse di ottimo umore sulla porta, lo baciò con insolito trasporto e gli sussurrò: "Sorpresa!". La cosa lo elettrizzò fino alla punta dei capelli, perché andava matto per le sorprese, specie quelle delle "sue" donne. Mentre la seguiva, ammirando il suo grazioso culetto strizzato nei pantaloni panterati che non aveva mai visto, si chiese che genere di sorpresa potesse mai essere. Uno strip-tease lì su due piedi? O gli avrebbe strappato i vestiti di dosso? Storie!, si disse, quella era roba da Anna, mica da Bettina. Bettina non avrebbe mai fatto una cosa simile, era semplicemente estranea alla sua mentalità. Di certo gli aveva cucinato una cenetta speciale.

La seguì fino in soggiorno. Bettina, senza una parola, gli indicò un grande quadro, appeso dietro al tavolo da pranzo, coperto da una sciarpa di seta bianca. La luce di un faretto era puntata verso la tela. Sul tavolo stava un cooler d'argento con una bottiglia di champagne e due calici, e tre candele accese. Nient'altro. Quindi non si trattava di un banchetto celestiale, bensì solo di un quadro. Peccato. Lars tentò di non smorzarsi il sorriso. C'era da augurarsi che non fosse una di quelle croste moderne, perché ce l'avrebbe avuta sempre sotto gli occhi e come se non bastasse avrebbe dovuto fingere chissà che entusiasmo...

"Tararà!" esclamò Bettina, abbracciandolo e baciandolo. "Vedrai come resterai di stucco!"

Di stucco lo era già, perché tutta quell'esibizione di sentimenti da parte di Bettina stava a significare che si trattava di una cosa davvero speciale. Un Picasso degli anni giovanili? Un Renoir degli anni tardi? Molto altro non gli veniva in mente, se non che avrebbe di certo preferito un Picasso, specie uno dei disegni della serie dei centauri, ad alto tasso erotico.

Bettina si aggirava eccitata, andò allo stereo e mise il cd di *Buena Vista Social Club*. Il che prometteva bene, meglio dei suoi strampalati pezzi di jazz.

"E adesso..." Bettina gli porse la bottiglia. "Aprila, per piacere!" disse ridendo.

Lars la trovava deliziosa. "Dev'essere un'occasione veramente straordinaria!"

"Eccome!" Bettina alzò le braccia al ritmo della musica e accennò due movimenti sinuosi. Lars la guardò stupito, e benché aborrisse i gusti estetici della moglie, gli venne l'idea folle che potesse trattarsi di un nudo. Il che, anche, non sarebbe stato male. Un bel corpo femminile, durante una buona cena...

Bettina gli porse entrambi i calici. Lars versò lo champagne e fece un cenno di assenso. "Hai un aspetto magnifico," la complimentò. "Quei pantaloni non li ho mai visti... Parrebbero piuttosto cari!"

Bettina fece una smorfia. "Vintage, bello mio. Con gli uomini bisogna sempre prendere la prima scelta, con gli abiti va bene anche la seconda..."

Lars rifletté un attimo: "È un complimento per me, se non sbaglio!".

Bettina rise e brindò. "Bene, e adesso tieniti forte!"

Si avvicinò al quadro e tirò giù la sciarpa di seta con un gesto deciso. Era l'ingrandimento di una foto in bianco e nero. Un nudo, in effetti, ma ripreso solo dal collo alle cosce. La testa e le gambe dalle ginocchia in giù mancavano. Era veramente ben riuscito: il corpo era leggermente girato su un fianco, luci e ombre ne sottolineavano il profilo, i capezzoli staccavano contro un fondale chiaro, piccole scintille di luce brillavano sui corti, soffici peli pubici. Lars rimase lì a osservare: qualcosa non gli piaceva, benché l'immagine fosse molto bella. D'improvviso un pensiero lo fulminò.

"Ma sei tu!" La guardò allibito.

"Sì, tesoro, è il mio regalo per il nostro anniversario di matrimonio, che cade oggi!"

Lars sentì un colpo al cuore. Posò il bicchiere. "Chi è il fotografo? Lo faccio secco!" Chiuse un attimo gli occhi. "Wilkens! Quel primate, altro che primario, di Wilkens! È vero?"

"Ha persino firmato, guarda!" Tutta fiera Bettina indicò uno scarabocchio in basso a destra della foto. "Così l'opera acquista valore!"

Lars si sentì a un passo da un raptus di furia. Firmato! Quel... Firmare sua moglie! Nuda! Era mostruoso! Lo avrebbe ucciso, adesso, subito!

"Ti metti in posa nuda davanti a quello? E ti fai fotografare? E cos'altro?" Schiumava di rabbia. Bettina bevve imperturbabile un sorso dal suo calice, poi distolse gli occhi dal quadro e lo guardò.

"Dio mio, Lars, sii felice! È una foto così ben riuscita, ti pare? Invece di essere contento di avere un così bel corpo al tuo fianco..."

Lars chiuse gli occhi, tentò di riacquistare l'autocontrollo. Avrebbe più che volentieri mollato un ceffone a sua moglie e sarebbe uscito di corsa a cercare quell'idiota... Spaccargli due dei suoi denti era il minimo per ritrovare un po' di pace interiore.

"Lars, quest'uomo è un medico. Ogni giorno vede tante di quelle persone nude nel suo studio, che non gli fanno più né caldo né freddo!"

"Lo dici tu! Quel medico è un uomo! Tanto va la gatta al lardo... Non fare la santarellina! Non venire a raccontare a me, uomo, come sono gli uomini!"

"Coda di paglia?"
Lars tacque. Prese il bicchiere dal tavolo e si allontanò di qualche metro, per osservare la foto da lontano.
"D'accordo. Ormai è fatta. Avrò modo di dirgli quello che penso di lui... Adesso il quadro è qui, tu sei venuta splendidamente e in questa casa non ci mette più piede nessuno. Per lo meno, nessun uomo. Oppure il quadro verrà tolto prima, ci penserò io!"
"Lars, sei veramente stupido!"
"Grazie!"
Suonarono alla porta.
"Aspettiamo qualcuno?" chiese Lars.
"No, io almeno no. Ma tu puoi cominciare a tener fede a quello che hai detto," disse Bettina piegando in tutta calma la sciarpa di seta.
Lars fece la faccia feroce. "Io non faccio entrare nessuno, è certo!"
Ma quando suonarono per la terza volta, andò alla porta e guardò nello spioncino.
Erano Anna e Patricia. Sul principio Lars esitò, perché aveva voglia di stare solo con Bettina, poi aprì.
"Che faccia fai?" chiese Patricia. "Disturbiamo?"
"Mmm," fece Lars, "oggi è il nostro anniversario di matrimonio!"
"Dalla faccia non si direbbe!" Anna scoppiò a ridere.
"Ah, ah! Entrate!"
Bettina le accolse con un sorriso. "Uh, che sorpresa!" disse, dando a entrambe un bacio sulla guancia. "Contavo su di voi!"
"Davvero?" Patricia la guardò stupita. "Hai bisogno di rinforzi per l'anniversario?"
"Se Anna ha tempo..."
Anna la guardò di traverso.
"Era uno scherzo, non preoccuparti. Un calice di champagne? Stavamo festeggiando!"
Lars fece un cenno verso le poltrone, e Bettina andò a prendere due bicchieri.
"Ehi, questo sì che è forte!" Patricia indicò il quadro.
"Già," Lars aggrottò la fronte. "È forte, l'hai detto, ed è pure il regalo di anniversario di mia moglie!"
"E il pendant maschile, dov'è?" chiese Anna guardandosi attorno.
"Io non rendo molto come nudo d'autore," rispose Lars in un sussurro, lanciandole un'occhiata molto significativa. "Solo nudo in carne e ossa!"

Patricia tossicchiò e Bettina tornò con i bicchieri.

"Eccoci, quindi!" Lars versò da bere e fecero cin cin. "A cosa brindiamo?" chiese.

"Al potere delle donne!" rispose Bettina d'un fiato.

"A una cazzata del genere io non brindo! Mi si rizzano i peli sulla nuca solo a sentire una roba del genere! Tutti slogan vuoti: women's power, women's liberation, emancipazione, parità, doppio lavoro e guerra delle casalinghe!"

"Guerra delle casalinghe?" chiese Anna stupefatta. Diede un'occhiata a Bettina, che gliela restituì tranquilla, alzando le spalle.

"Mio marito si sente oppresso e avrebbe bisogno di un po' di compassione, signore mie!"

Lars fece una smorfia. "Non mi sento affatto oppresso, ho solo fame, è tardi e non mi aspettavo certo una riunione di femministe!"

"È uno scorpione, vero?" Patricia abbozzò un sorriso di sufficienza.

"Già, e con il pungiglione!"

"Lo è davvero!" Bettina scosse il capo. "Gli uomini dello scorpione sono..."

"Avreste qualcosa in contrario se io mi congedassi all'istante e tra, diciamo, dieci minuti andassi con mia moglie a cena in un grazioso ristorante? Intendo, noi due soli!"

Le tre donne si scambiarono un'occhiata e scossero la testa una dopo l'altra.

"No, niente in contrario, tesoro!" fece Bettina. "Magari nel frattempo potresti mettere un po' in ordine il garage, ne avrebbe bisogno!"

Lars la fulminò con un'occhiata e si alzò. Poco dopo si sentì la porta di casa che sbatteva. "Fa il giro dell'isolato di corsa, gli fa bene all'equilibrio ormonale."

Anna alzò gli occhi.

"Aspettate un attimo..." Bettina corse via e tornò subito con una nuova bottiglia e dei fogli stampati. Allungò la bottiglia a Patricia perché la stappasse e mise i fogli sotto il naso ad Anna. "Non volevi fare l'investigatrice privata? Eccoti un incarico: mio marito ha una relazione, scopri con chi."

Anna sentì il suo battito cardiaco accelerare, mentre dava la prima occhiata a quelle carte. Erano le bollette del cellulare di Lars. Con tanto di specifica delle chiamate. In bell'ordine si leggeva quando, per quanto tempo, con quale frequenza e con chi Lars aveva parlato. Non era difficile risolvere il caso propostole da Bettina. Figurava praticamente un solo numero. Era quello del cellulare di Anna.

Il cuore di Anna batteva a mille. "Perché non mi hai mai detto niente?" chiese.

Bettina alzò le spalle. "All'inizio ci ho patito, poi ho pensato che chiedervi spiegazioni non mi avrebbe portato a niente, e alla fine ho trovato un modo divertente di compensare."

"E pensare che si dice che tu non abbia dimestichezza con la tecnologia!" Patricia scosse il capo. "Specifica delle chiamate... Io non ci sarei mai arrivata!"

"Apparenza e realtà non sempre coincidono," disse Bettina scandendo bene le sillabe.

Anna fece un cenno di assenso. "Era con te che abbiamo corrisposto l'altro ieri, vero?" chiese.

Bettina versò da bere dalla nuova bottiglia e la mise al posto della vecchia nel secchiello del ghiaccio. "Be', vi ho facilitato non poco la cosa!"

"È vero. Mi sono messa sull'avviso alla tua prima frase: 'tipi per spassarsela, alti, spalle larghe, occhi celesti'... Il messaggio era rivolto a me, alludevi a Lars, vero?"

Bettina sogghignò. "Prima o poi dovevo sfogarmi. Non credere che io non sapessi che solitamente vi incontrate al Ramses..."

Anna sbiancò. "Be'... Non so davvero che dire, Bettina. Quasi preferirei che mi facessi una scenata o mi mollassi una sberla... ma così..."

"Tuo marito si fa strapazzare da una delle mie ragazze... È abbastanza forte, come sberla?"

Anna non rispose. Patricia teneva il bicchiere in mano, immobile. Entrambe fissavano Bettina.

"Rainer? No!"

"Ti dice niente 'Pippolo', il novizio?"

Rumore di vetri infranti. A Patricia era cascato il bicchiere di mano.

"Scusa!" Balzò su per andare a prendere uno straccio in cucina. "Rainer frequenta una... cos'era? Una domina!" Anna aggrottò la fronte. "Mi stai prendendo in giro! Voglio dire... capisco le tue ragioni, ma questa non è credibile!"

"La lista l'hai letta, no? Di recente ci sei entrata nuovamente, come mi è stato detto, quindi probabilmente ce l'hai stampata a casa. Rileggila, e chiedi stasera a Rainer, a letto, com'era il suo nomignolo di una volta. Fattelo dire da lui!"

"Santo cielo! Rainer! Da una domina! Mi vien male..." Anna si portò una mano alla gola. "È una cosa ributtante! Lo sbatto fuori di casa!"

"Non lo farai. Lui ne ha bisogno. Così come Lars ha bisogno di te per altri motivi. E tu di lui."

"Ma adesso non ce la farò più, con Lars..."

"Solo perché io lo so? Ma l'ho sempre saputo! Cosa cambia?"

Anna deglutì. "Bella forza! Neanche con Rainer ce la farò più... Comunque non riesco ancora a crederci!"

"Già!" Bettina alzò le spalle.

Anna la guardò scuotendo il capo. "Ho bisogno di bere qualcosa!!" Mise al sicuro il suo bicchiere da Patricia, che stava asciugando il tavolo e raccogliendo le schegge. "Ti ricomprerò il bicchiere, naturalmente!"

Bettina fece un gesto di diniego. "Le schegge portano fortuna, lo sai. Ti prendo un altro bicchiere, ce n'è quanti ne vuoi!"

Anna fece un profondo respiro e bevve un sorso.

"Come ti è venuta un'idea del genere?" chiese a Bettina. Patricia intanto si era seduta di nuovo e fissava l'amica. "Proprio tu, che hai sempre fatto l'intellettuale nella torre d'avorio?"

"E in effetti lo ero davvero, finché ho collaborato a un progetto, riguardante la socializzazione, che mi ha insegnato un mucchio di cose: a usare il computer, a destreggiarmi con Internet, a capire le persone... Durante quel lavoro ho parlato con la gente più diversa, e sono stata spesso nel Reeperbahn. Ho osservato come vanno le cose, lì, e all'improvviso ho capito che dovevano andare diversamente. Le donne, lì, dipendono dagli uomini, il che non solo è indegno, ma anche ingiusto. Invece l'idea su cui si fonda il mio business è che bisogna portare gli uomini a dover dipendere dalle donne. Nel modo più pulito, via e-mail. La cosa ha funzionato, più rapidamente di quanto pensassi. La clientela si è talmente allargata da mettere in allarme la concorrenza, per cui ho ingaggiato un paio di uomini, tra cui quel demente che ha menato Rainer, Karl Lönitz, detto Charly. Adesso è in galera, perché era troppo scemo anche per un lavoro così."

"E chi è, la concorrenza?" Anna la fissava a occhi sbarrati.

"Sbaragliata!"

"Come, sbaragliata?"

"Il capoccia è morto, Sahit è al fresco, e con ciò l'organizzazione è a pezzi!"

"Il capoccia è morto? Era un pezzo grosso? Voglio dire, uno conosciuto?"

"Abbastanza grosso: Harald Eichmann! Camera 516!"

Anna e Patricia si guardarono senza parole. Anna si riprese per prima. "E tu cosa c'entri?"

"L'ho ammazzato io!" Bettina incrociò le braccia. "Comunque non era nei programmi. Aveva ordinato una puttana tramite la mia organizzazione, per carpire informazioni. Naturalmente sono andata io in persona, per contrattaccare. E mentre eravamo in camera, è suonato il telefono. La cosa l'ha talmente scombussolato, che sono andata in paranoia. Mi è venuto il sospetto che fosse un segnale convenuto e ho colpito!"

Anna era stravolta. "Sono stata io, a telefonare! Ho chiamato io la 516!"

"Tu? E perché? Non capisco!"

"Perché ero con Lars nella 416 e di sopra c'era tutto quel finimondo!" Scosse il capo. "Era solo uno scherzo!"

Bettina prese fiato. "Uno scherzo che a quell'uomo è costato la vita!"

"Roba da matti!" Patricia sbuffò. "E perché ci hai lasciato la firma a fil di lama, su quel poveraccio?"

"Così... per un impulso improvviso! Aveva troppe donne sulla coscienza, quello!"

Patricia insistette. "E per colpa tua marcisce in prigione un innocente?"

"Per colpa di chi, vuoi dire? Mia o di Anna?" Il viso di Bettina adesso aveva un'espressione diabolica.

Anna si alzò. "Non l'ho mica ammazzato io, quel disgraziato!"

"Indirettamente sì, da quanto risulta ora!" Bettina la fissò con aria di sfida. "Siamo sulla stessa barca!"

"Sì, magnifico... Noi remiamo, e Steffen sta in galera, o no?" Patricia la fulminò con un'occhiata.

Bettina non fece una piega. "Perché credi che Rainer abbia avuto la difesa d'ufficio? Perché stava giusto per cadere nella mia rete. Dove peraltro sono intrappolati in molti. Perché il giudice per le indagini preliminari dovrebbe dar corso all'istanza di supplemento d'indagini, se non gli fa comodo? Steffen tornerà libero solo quando tutta la vicenda sarà finita nel dimenticatoio..."

"Rainer!" Anna scosse il capo e si lasciò nuovamente cadere nella sua poltrona. "Mi viene veramente male!"

"Anche lui non starebbe molto bene se sapesse che tu sei un'assassina!" disse Patricia recisa. "E comunque... Bettina a capo di un'organizzazione di sesso a pagamento! Non riesco a crederci!"

Bettina alzò le spalle. "Si può organizzare tutto con il computer. Di tanto in tanto mi tocca leggere qualche documento – una volta, di recente, Lars mi è capitato tra capo e collo –, ma per lo più dirigo l'impresa dal mio studio..." Indicò con un leggero cenno del capo il piano di sopra.

"Devi guadagnare quattrini a palate!" Nella voce di Patricia vibrava una sfumatura di ammirazione.

"Volete mettervi in affari?"

"Sei matta! La tua cosiddetta proposta, nella prima email, è stata già una bella sfacciataggine!"

Bettina scosse il capo sogghignando. "Non al fronte! Nel management! L'impresa sta diventando un po' troppo impegnativa, per me sola..."

Anna e Patricia si scambiarono un'occhiata. "Ci si può pensare..."

"E Lars?" chiese Patricia. "Non ti pare ingiusto? Tu ricca sfondata, e lui che si ammazza di lavoro!"

"Innanzitutto mi tradisce da un anno, e si merita una bella punizione. In secondo luogo il lavoro gli fa bene, rafforza il suo ego. In terzo luogo, prima o poi gli caccerò la balla di aver fatto il colpo grosso al lotto. E poi, ragazze..." levò il calice, "a ogni donna il suo piccolo segreto!"

Stampa Grafica Sipiel
Milano, marzo 2002